デスマーチからはじまる
異世界狂想曲
27

カリナ
アリサ
ポチ
タマ

サトゥー
ミーア
リザ
イネニマアナ
ナナ
ルル

「お久しぶりです、ゼナさん」
「サトゥーさん、お待ちしてました」

デスマーチから
はじまる
異世界狂想曲
27

★★★

愛七ひろ

Death Marching to the
Parallel World Rhapsody

Presented by Hiro Ainana

口絵・本文イラスト
shri

装丁
coil

C O N T E N T S

Death Marching to the Parallel World Rhapsody 27

セーリュー市、再訪

〝サトゥーです。昔は「お医者様でも草津の湯でも惚《ほ》れた病は治りゃせぬ」なんて言ったそうですが、現代でも恋愛の悩みというのはままならないものです。そして、それは異世界でも——。〟


「マスター、前方にセーリュー市の外壁塔が見えたと報告します」

馬上からそう報告したのは、金髪碧眼《へきがん》の巨乳のナナだ。妙齢の美女にしか見えないが、実年齢は一歳を超えたばかりのホムンクルスだったりする。

「サトゥー、空」

ナナの乗るゴーレム馬に同乗したミーアが北方の山を見上げて指さす。

馬の歩くリズムで揺れていた淡い青緑色の髪が、首の動きで大きく動き、エルフの特徴である少し尖《とが》った耳が覗《のぞ》いた。

「ご主人様、ワイバーンのようです」

手でひさしを作り、馬上から北方の山を見上げてそう告げたのは、橙鱗《とうりん》族のリザだ。

今日は軽装鎧《よろい》を着ているだけなので、橙鱗族の特徴である手首や首元のオレンジ色をした鱗《うろこ》が陽《ひ》の光を反射してキラキラと輝いている。

「えもの～？」

「お肉さんなのです！」

ワイバーンと聞いて馬車の窓から飛び出しそうになったのは、白いショートヘアに猫耳猫尻尾《しっぽ》の幼女タマと茶色い髪をボブカットにした犬耳犬尻尾の幼女ポチだ。

――LYURYU。

ポチが胸元に下げたペンダント――「竜眠揺篭《ドラゴン・クレイドル》」から小さな幼竜リュリュが現れた。

普段は竜眠揺篭の中で居眠りをしているリュリュだが、ポチの楽しげな空気に釣られて目を覚ましたようだ。

「ワイバーン相手なんて腕が鳴りますわ」

馬車の対面座席で、拳《こぶし》を握りしめて勇ましいセリフを吐いたのは、爆乳を超える魔乳の持ち主、金髪縦ロールのお嬢様であるカリナ嬢だ。

お気に入りの武具である「獣王葬具」をいつでも身に着けられるように乗馬服を着込んでいるせいで、身体《からだ》のラインが露《あら》わになっていて非常に目のやり場に困る。

まあ、馬車の振動で揺れる胸元ほどじゃないけどさ。

「あ、ごめんなさい。丁度良い位置に来たから撃ち落としちゃいました」

御者台からそう言ったのは、長い黒髪をした和風美少女のルルだ。

フィクションの中にもそうそういない超絶的な美貌《びぼう》を持つ彼女だが、狙撃手《そげきしゅ》としての腕はシガ王国でも五本の指に入る。

「回収はお任せあれ～」

「ポチも一緒に行くのです！」

タマが忍術で影に潜り、ポチとリュリュがそれに飛びついて一緒に馬車の中から消えた。

きっと撃墜したワイバーンを回収しに向かったのだろう。

出遅れたカリナ嬢が少し寂しそうだ。

「二人とも元気ね～。やっぱ、子供に馬車で大人しく座ってろってのは無理ってもんよね」

オレの横でおばさん臭いセリフを言うのは、転生者で幼女のアリサだ。

今は身内しかいないので、不吉と言われる紫色の髪を堂々と晒《さら》している。

「クボォーク王国を出てから、魔物との遭遇がほとんどなかったからね」

きっと退屈していたに違いない。

「クボォーク王国といえば、良かったの？」

アリサが言葉を濁して問いかけてきた。

「後輩氏の事かい？」

「うん、昔の知り合いだったんでしょ？　クボォーク王国に置いてきて良かったの？」

「こっちで所帯を持ったみたいだし、本人がクボォーク王国に残るって決めたみたいだから仕方ないよ」

ヨウォーク王国に出現した魔王を、サガ帝国の新勇者二人と討伐した後に寄ったクボォーク王国で、オレは日本にいた頃《ころ》の知り合いである後輩氏と予想外の再会を果たしたのだ。

あれはクボォーク王国で仲間達と一緒に城下町を散歩していた時――。

◇◇◆◇◆◆

『鈴木《すずき》先輩！』

酒場の前でぶつかってきた黒髪の少年がオレの本名を呼んだ。

「もしかして、君は――」

オレの前に現れた黒髪の少年――いや、青年はオレの知る人物だった。

異世界に来る前に、デスマーチする羽目になった原因。

『――後輩氏？』

失踪《しっそう》した会社の後輩が、異世界にいた。

『あえ？　先輩、なんか縮んでません？　歳《とし》も若返っているような？　もしかして弟さん？　でも僕の事を後輩氏って言ったし？』

『酔っ払ってるのか……』

『酔っ払ってまえん！　僕は素面《しらふ》れす！』

呂律《ろれつ》が回っていない。

「すみません、貴族様！　うちの宿六がご無礼を！」

凛《りん》とした感じの女性が酒場から飛び出してきて、後輩氏の頭を掴《つか》んで一緒に頭を下げて謝りだした。

「宿六という事は、彼の奥さんですか？」

「は、はい。レージの妻の――」

「えへへー、こっちで奥さんできちゃいました」

日本にいた時は女っ気なんてなかったのに、なんて言ったら「お前が言うのか」と突っ込まれそうだ。

「ご主人様、もう少し静かな場所に移動した方がいいんじゃない？」

アリサがそう助言してくれたので、騒々しい酒場前から後輩氏と奥さんを連れて移動した。

奥さんは処罰を回避しようと後輩氏を必死で擁護していたけど、移動中に彼の知り合いだと告げて安心させる事に成功した。

少し込み入った話になりそうなので、カリナ嬢隔離の為《ため》にアリサ以外の面子《メンツ》は別行動だ。

「にがっ」

酔っ払いを正気に戻す為に、アルコールの分解を促進する魔法薬を飲ませる。

後輩氏があまりの苦さに飲むのを止《や》めようとしたが、「いいから飲め」と先輩の強権を発動して無理矢理に最後まで飲ませた。

「酷《ひど》いですよー、鈴木先輩ぃ。――って鈴木先輩でいいんれすよね？」

「ああ、それでいい」

会社の同僚に「サトゥー」と呼ばれるのは、ＳＮＳのハンドル名で呼ばれるような感じがして少し気恥ずかしかったからだ。

「それで、日本にいるはずの君がどうしてクボォーク王国に?」

「えーっとですね。泊まり込みで仕事をしている時だったかな?　夜食を買いに外に出た時に、関西弁の変な中年男に絡まれて、逃げだそうとしたその先に紫色の大きな輪っかみたいなのがあって、そこを潜《くぐ》ったら、石造りのお城みたいな場所に出たんですよね」

彼は奥さんが差し出した井戸水の入ったカップに口を付け話を続ける。

奥さんが「また目元を隠して!」と怒って後輩氏の髪の毛を頭の上で縛って顔が見えるようにした。彼は会社にいた頃から、頑《かたく》なに目元を隠すスタイルを貫いていたけど、さすがに奥さんには逆らえないようだ。

「そこには紫色の髪をしたすっごい美人がいて、まわりに騎士のコスプレをしたのとか映画に出てくる魔法使いみたいな格好をしたヤツとかがいっぱいいたんです」

たぶん、彼の言う「紫色の大きな輪っか」というのが異世界への転移ゲートだったのだろう。

紫色の髪の美女――転生者によるユニークスキルに違いない。

「ちょっと、レージ。新婚早々浮気?」

「ち、違うよ!　僕は奥さん一筋!　だから、その振り上げた拳を下ろしてください。お願いします」

奥さんと後輩氏がじゃれ合う。

「先輩、ジト目で見てないで助けてくださいよ」

「それで君を召喚した人達はなんか言ってなかったか?」

「よく分からない外国語でさっぱりでした」

そういえば彼は言語系のスキルを持っていない。

どうやらクボォーク王国の言葉を自力で覚えたようだ。

海外旅行のたびに現地語を覚えていた彼の特殊すぎる経験が活《い》きたらしい。趣味――芸は身を助けるってやつだね。

「あ、でも。紫髪の美人――」

「ちょっと、またその女の話?」

「待って! 真面目《まじめ》な話だから、ね」

後輩氏が奥さんを宥《なだ》め賺《すか》しつつ続きを話す。

「他《ほか》の人から『ユリコ』なんとかって呼ばれてました」

ユリコ――それはルモォーク王国のメネア王女が言っていた、ランダムに他の世界から誰《だれ》かを召喚する能力を持っていた転生者の名前だ。

おそらく、彼が召喚されたのはルモォーク王国で間違いないだろう。

「横に王冠を被《かぶ》っていた人はいた?」

「えーっと、そういえばいたような、気も……すみません、憶《おぼ》えてません。その後が衝撃的すぎて……」

「衝撃的?」

「そう、それです! でっかい黒い悪魔みたいなバケモノが現れたんです。ビルよりも大きなバケモノが、バカでっかい手で腰を抜かしていた僕を掴んだんですよ」

「——魔族かしらね？」

「たぶん、そうだろう」

ルモォーク王国のメネア王女から聞いた八人目の召喚話とも符合する。

「捕まったのは君だけ？」

「すいません、いっぱいいっぱいだったので、憶えていません」

まあ、仕方ないよね。

召喚直後に大型の魔族に捕まえられたら、オレだって取り乱してパニックを起こしていたと思うし。

「僕を掴んだバケモノは空に舞い上がり、それから——」

後輩氏が吐きそうになりながら語った内容を纏《まと》めると、彼を掴んだ魔族は雷撃と火炎で召喚の間を破壊し尽くしたらしい。

彼はあまりの恐ろしさに目を閉じてしまい、地上にいた人がどうなったかは知らないそうだ。

メネア王女の話によると、召喚に携わった人達は魔族によって全滅させられたという話だったので、見なかったのは正解だったと思う。下手に見ていたら、トラウマになっただろうからね。

「その後は気絶していたのでよく分からないんですけど、ここことは違うお城のある街に降りて——」

そこまで語った後輩氏がハッとした顔で何かを思い出した。

「そうだ！　そこで僕に絡んでいた中年男を捨てていました」

「中年男って、元の世界で絡んできた人？」

「そうです」

もしかして、その中年男って――。

「シンの父親かしら？」

「可能性は高いね」

オヤジ魔王はユニークスキルを持っていたけど、ヨウォーク王国で簒奪《さんだつ》を企《たくら》んでいた「幻桃園の魔女」ミュデや弟のギギラと同じユニークスキルだったし、新勇者達の話だと紫髪の転生者ってわけでもなさそうだった。

オレがシンの父親の特徴を伝えてみたところ、後輩氏に絡んだ中年男に合致するとの回答が得られた。どうやら、ルモォーク王国で召喚されたのは八人ではなく九人だったようだ。

「バケモノはまた空を飛んで、この国のお城の前に僕を捨てたんです」

「魔族は何の為にそんな事をしたのかしら？」

「さあ？」

後輩氏が首を横に振る。

魔族はどこかへ消え、その数日後に城や離宮が燃える事件があったそうだ。

「わたしとルルが離宮から逃げ出した一件ね」

「その時に魔族からの接触はなかったのかい？」

「いえ、全く。ただ……遠目で見ましたけど、僕を運んだバケモノとは違う種類みたいでした」

それぞれは別の魔族による仕業か。

まあ、アリサのいた離宮や王城を焼いた魔族は、彼女の元家臣が契約したヤツだったらしいし、そこに関連性があるとは思えない。

「それであたしがお城の前で途方にくれている宿六を見つけて、家に連れ帰ったってわけ」

「へー、よく見知らぬ男を連れ帰ったわね」

「見た事のない立派な衣装を着ていたし、きっとやんごとない身分の人だと思って世話したんだよ」

奥さんが後輩氏のその後を教えてくれた。

最初はスーツ姿の後輩氏を見て礼金目当てに近づいたらしいけど、持ち前のお節介さで後輩氏の世話を焼き、彼が自力でクボォーク王国の言葉を覚える頃には男女の関係になっていたそうだ。

「オレ達と一緒に来るかい？　今のところ、元の世界に戻る方法は分からないけど、金銭的な苦労はしなくて済むよ？」

「すみません、僕はこの国に残ります。彼女の事もありますし、彼女のご両親やこの街の人にも一方ならずお世話になってますから」

「こっちに骨を埋《うず》めるつもりか？」

「はい」

後輩氏が漢《おとこ》の顔で答えた。

もっとも、そのすぐ後に――。

「あ、でも！　日本へ帰る方法が分かったら教えてください！　連載を追いかけていた少女マンガやアニメの続きが見たいので！」

「分かる！」

なんて言ってアリサと意気投合して、台無しにしていた。

この厳しい世界で彼を放置していくのは心配だけど、使い捨ての緊急報知装置と当面困らないだけの金貨と魔法薬を置いていけば大丈夫だろう。

エルゥス君にも彼の事をそれとなく気にしてやってくれと頼んでおいたしね。

◆◆◇◆◇◇

そんな事を思い返している間にも、馬車はセーリュー市の外門が見える場所へと辿《たど》り着いていた。

「人がいっぱいなのです！」

「かーにばるぅ～？」

「この時期にそんなモノはなかったと思いますが……」

獣娘達が混《こ》み合った門を眺めながら首を傾《かし》げている。

オレは短い期間しかセーリュー市にいなかったので記憶が曖昧《あいまい》だが、それでも昼間にこれだけの行列ができていた憶えはない。

「マスター、貴族は別枠で入市審査をすると門番から言われたと報告します」

馬で先行していたナナとミーアが戻ってきた。

ルルが操る馬車が行列を離れ、正門で待つ門番の前に行く。

そこにいたのは知っている人物だった。

「そこで止まってくれ、この馬車はどこの貴族様のだ？」

「お久しぶりです、騎士ソーン」

彼はオレが初めてセーリュー市に来た時に、手続きをしてくれた騎士だ。

「おー、確かゼナの嬢ちゃんの恋人だったたか？」

オレの事を憶えていてくれたようだ。

「ゼナさんは恋人ではなく友人です」

「そうか？　まあ、そういう事にしておこう」

騎士ソーンはそう言って馬車に視線を向ける。

「それで今は貴族様の従僕をしているのか？」

「いえ、従僕ではなく、貴族をしています」

オレはそう言って貴族の身分証を彼に見せる。

「貴族？　前は偽りの申告をしたのか？」

「いえ、あの後にムーノ伯爵領で貴族になったんですよ。あの時にヤマト石で鑑定したでしょ？」

「そういえばそうだったな」

騎士ソーンが不快そうな顔になったので、誤解を解くべく真実を告げる。

「まあ、ムーノ領なら名誉士爵になっても不思議じゃ——」

身分証に視線を落とした騎士ソーンが表情を凍らせた。

「子爵？　……身分詐称は重罪だぞ」

「——ペンドラゴン閣下！」

騎士ソーンの深刻な声を、順番待ちしていた商人が搔《か》き消した。

「やっぱり、ペンドラゴン閣下ではありませんか！」

親しげな様子だが覚えがない。

「ペンドラゴン？　『魔王殺し』か！」

「この方が噂《うわさ》の『魔王殺し』ペンドラゴン子爵様ですと?!」

周りの商人達が有名人に会ったミーハーな人達のように沸き立った。

ちなみに彼らは王都の商人で一方的にオレを見知っていたらしい。なんでもセーリュー市は迷宮フィーバーで訪れる人が多いそうだ。

握手を求める人達に応《こた》えつつ、会話が中断したのを騎士ソーンに詫《わ》びる。

「いえ、先ほどは失礼いたしました」

「何かありましたか？　彼らの声が大きくて聞こえなかったもので」

他領の子爵を身分詐称者扱いしたら大事になるので、韜晦《とうかい》して聞こえなかった事にした。

「ありがとうございます。——伯爵様に先触れを出せ。ムーノ伯爵領のペンドラゴン子爵様がご来訪だと」

騎士ソーンに命じられた門番が馬に飛び乗ってお城に向かって走っていった。

貴人用の待合室を勧められたが、ただ待っているだけなのも暇なので、馬車だけ預かってもらって、先に門前宿やなんでも屋に顔を出す事にした。

◆

「ユニに会いに行くのです！」

「ういうい～」

ポチの言う「ユニ」は門前宿の小間使いをしている幼女だ。

門からは「なんでも屋」の方が近いのだが、ポチタマが落ち着かないので門前宿から行こう。

「ポチ、門前宿でリュリュが出てきたら騒ぎになるから竜眠揺篭は預かるよ」

「はいなのです」

ポチが首から下げていた竜眠揺篭をオレに渡す。

さっきのワイバーン回収騒ぎではしゃいだからか、リュリュは竜眠揺篭の中でよく眠っているようだ。これなら、ポチ達がはしゃいでも起きてこないだろう。

「こんにちは」

門前宿の一階にある食堂が満員だ。

「あ！　サトゥーさん！　久しぶり！」

看板娘のマーサちゃんが抱き着いて歓迎してくれた。

相変わらず、一三歳とは思えないボリュームだ。おっと新年を過ぎたから、一四歳なんだっけ。

「元気にしてたかい、マーサちゃん」

「うん、もちろん！」

それにしても一年ぶりくらいなのに、よくオレの名前を覚えていてくれたものだ。

さすがは宿屋の看板娘の記憶力ってところかな？

「はい、離れて離れて」

「ん、破廉恥」

アリサとミーアが手際よく割り込んで、オレとマーサちゃんを引き離した。

「ユニいた～？」

「ユニなのです！」

奥から出てくるユニちゃんを見てタマとポチが駆け寄る。

「おい！　獣人が店に入ってくるな！」

それを見咎《みとが》めた地元民っぽい青年が苛《いら》ついた声でタマとポチを怒鳴りつけた。

怒鳴られた二人が身を竦《すく》ませて泣きそうな顔になる。

そういえばセーリュー市ってこういう獣人差別の激しい土地だったっけ。

「ポチ、タマ」

オレが二人に駆け寄ると、しがみつくように腰に抱き着いてきた。

「飼い主なら飼い犬はきっちり繋《つな》いでおけ！」

ちょっとカチンときた。

差別の激しい土地とはいえ、差別を容認しないといけないわけじゃない。

「そこの君。君が飼い犬扱いしたこの子達は貴族だ」

威圧スキルが意図せず暴発しているのか、努めて優しく語りかけているのに差別青年の顔色が悪い。

「き、貴族？　――貴族の飼い犬に頭を下げろってか⁉」

威圧された事が青年のプライドを傷付けたのか、自棄《やけ》になった顔で噛《か》みついてきた。

「何か勘違いしているようだね。彼女達は二人とも国王陛下から直々に名誉士爵として叙爵された正真正銘の貴族だよ」

「それが――」

なおも負け惜しみを言おうとした差別青年を遮って、言葉を続ける。

「それも高位貴族からの働きかけで得た爵位じゃない。彼女達自身の武勇で得た爵位だ。迷宮の強大な魔物達や魔王の側近を屠《ほふ》った彼女達の刃《やいば》を受けてみるかい」

オレは意地悪な顔で差別青年に畳みかけた。

口をぱくぱくさせる差別青年に代わって、近くの席にいた商人風の男性が立ち上がった。

「小さな耳族の名誉士爵――キシュレシガルザ三姉妹か！　その子達がそうだとすると――そちら

KEEP
KEEP
KEEP

の橙鱗族の女性がキシュレシガルザ名誉女准男爵！　シガ八剣の『不倒』のジュレバーグ卿《きょう》に土を付けた『黒槍』のリザ殿！」

商人男性が熱に浮かされたような顔でこちらに来て、リザに握手を求めて感動している。

「ご主人様……」

困り顔のリザというのもレアだ。

「獣人に准男爵位なんて……」

「なんだぁ？　文句があるならてめぇが出て行きやがれ！」

「そうだそうだ！　酒がまずくならぁ！」

差別青年はなおも納得がいかない顔をしていたが、周りの商人達の勘気に触れて食堂から追い出された。

「サトゥーさんが『魔王殺し』で獣人が准男爵？」

話についていけなかったのか、マーサちゃんが目をグルグルさせて混乱している。

「店先で何を騒いでいるんだい――お客さん、久しぶりだね。前に手紙と一緒に送ってくれた櫛《くし》や手鏡は大事に使わせてもらっているよ」

店の奥から出てきた女将《おかみ》さんに、けっこう前に送った手紙やお土産のお礼を言われた。

「そういえば貴族様になったんだってね、おめでとうさん。せっかく来てくれたのに悪いんだけど、今は余所《よそ》の商人がやたらと来るから部屋が空いてないんだよ」
二、三日待ってくれたら部屋を用意できると言ってくれたが、今回はそれほど長居する予定はないので、申し出にお礼を言って遠慮した。

ユニちゃんとポチ達を遊ばせてやりたかったので、女将さんに相談したら中庭にテーブル席を用意して、その席の給仕という扱いでユニちゃんを付けてくれる事になった。前にセーリュー市に魔物が襲来した時に、門前宿を守ったお礼にご馳走《ちそう》を振る舞ってもらった時の席だ。

お城から迎えが来るまでなので、本格的な食事ではなく軽食を頼んでおく。

「ポチちゃんとタマちゃんの手紙ちゃんと読んだよ。あたしの手紙も読んでくれた？」

「おーいえす～」

「ちゃんとしまってあるのですよ」

タマとポチが妖精鞄《ようせいかばん》からユニちゃんからの手紙を出してみせる。

門前宿に手紙を送った時には、返信の手配もしておいたから、スムーズに返事を受け取る事ができた。さすがに、この時代の手紙を小間使いの給料で出すのは無理だからね。

三人の幼女達が楽しげに会話する。

――LYURYU。

ポチに「竜眠揺篭」を返した途端、中から小さな幼竜リュリュが現れた。

「うわっ、可愛《かわい》い！　この子は？」

「リュリュなのです！　リュリュ、こっちはユニなのですよ。ポチ達の大切な友達なのです！」

――LYURYU。

ポチの頭に着地したリュリュが首を伸ばして、ユニちゃんに挨拶《あいさつ》する。

「私も交ぜてほしいと告げます」

「はいなのです。ナナも一緒なのですよ」

リュリュが参加したのを見て我慢できなくなったらしい。

ナナがユニちゃんを膝《ひざ》の上に乗せ、幼女達の会話に参加する。

「サトゥーさん、お待たせ」

子供達を見守っていると、マーサちゃんが人数分のキッシュを持ってきてくれた。

最初に門前宿に泊まった時に食べたキッシュだ。

「うわっ、何、この子？」

「リュリュなのです！　ポチ達の大切な友達なのですよ」

――ＬＹＵＲＹＵ。

「へー、噛んだりしない？」

「だいじょび～」

「はいなのです。リュリュは良い子だから、噛んだりしないのですよ！」

マーサちゃんは爬虫類《はちゅうるい》が苦手なのか、リュリュから距離を取りながらテーブルの上にキッシュの皿を並べていく。

「今日はできたてだから、前よりもっと美味《おい》しいよ！」

「ありがとう、本当に美味しそうだ」

そういえば門前宿では食事を受け取る時に代金を支払った記憶がある。

「幾らだい？」

「お母さんが贈り物のお礼だから代金はいらないって」

それは少し心苦しいので、門前宿で使えそうな枝肉をお土産と称してプレゼントした。

「お母さん、サトゥーさんからお肉もらった！」

「マーサ、御《お》貴族様相手に不躾《ぶしつけ》だよ。士爵様って呼びな」

リンゴ水のピッチャーと人数分のカップを持った女将さんが、マーサちゃんの口調を叱《しか》る。

そういえば子爵になった事は言ってなかったっけ。

「こんなに良い肉をいいのかい——ですか？　かえって気を遣わせちゃったのかねぇ」

女将さんも貴族相手の敬語は苦手のようだ。

「たくさん手に入ったのでお気になさらず」

「じゃあ、ありがたく」

女将さんとマーサちゃんだけじゃ運べないので、ルルやリザが肉の運搬を手伝ってあげている。

運び終わって戻ってきたマーサちゃんが話を振ってきた。

「士爵様って、マリエンテールのお嬢様と同じだっけ？」

「情報が古いわ！　ご主人様はもう子爵よ」

アリサがマーサちゃんの言葉を訂正する。

「へー、凄《すご》いんだ？」

マーサちゃんは貴族の階級を知らないらしく、よく分かっていない顔で首を傾《かし》げた。

「それより、『魔王殺し』の話を聞かせてよ。もしかして、勇者様とも会った事がある？」

「もちろん、あるわよ」

アリサがパリオン神国での冒険譚《たん》を、話せる範囲で面白おかしく語る。

いつの間にか、ユニちゃん達まで、アリサの物語に耳を傾けていた。

「サトゥー」

ミーアがオレの袖《そで》を引っ張る。

「なんでも屋」

「そうだね、先に顔見せに行こうか」

「ん」

「ご主人様、私もナディさんにご挨拶したいので一緒に行きます」

「分かった、一緒に行こう」

こっちはリザとアリサに任せ、オレはミーアとルルを連れてなんでも屋に向かった。

「こんにちは」

「あら！　いらっしゃい、サトゥーさん」

なんでも屋の入り口を潜《くぐ》ると、二〇歳過ぎの美女ナディさんが出迎えてくれた。

マーサちゃんや女将さんもだけど、商売をしている人の記憶力は凄いね。

「店長！　サトゥーさんやミーアちゃんが訪ねてきてくれましたよ」

奥のソファーで居眠りをしていたエルフのユサラトーヤ店長が、目深に被《かぶ》った帽子を押し上げた。

ミーアと同じ色の髪がこぼれ落ち、帽子に隠れていた少し尖《とが》った耳が覗《のぞ》く。

「ユーヤ、来た」

「ミーアか」

「ん」

店長とミーアが単語で会話する。

「元気か？」

「ん、お土産」

ミーアがボルエナンの森で預かっていた店長宛《あて》の手紙や贈り物を手渡す。

「ナディさん、これ、王都や西方諸国のお土産です」

「まあ、珍しい茶葉や可愛い小物ですね。ありがとうございます」

店長とミーアの会話を眺めつつ、ルルがナディさんにお土産を渡すのを見守る。

「――子爵様、こちらでしたか」

ナディさん達と談笑していると、騎士ソーンが呼びに来た。

「こちらにいらしたぞ！」

騎士ソーンが店外の仲間に向かって叫ぶ。

ふと、レーダーに視線を落とすと、仲間達や知り合いを示す青い光点が増えているのに気付いた。

「サトゥーさん！」

騎士ソーンに続いて店を出ると、領軍の士官服を着たマリエンテール家のゼナさんがいた。

お日様色の髪が陽光を反射してキラキラ輝いており、それに負けないような弾《はじ》ける笑顔でオレとの再会を喜んでくれている。

「お久しぶりです、ゼナさん」

「サトゥーさん、お待ちしてました」

軽く再会のハグをしていると、後ろからゴホンゴホンと騎士ソーンが気まずげに咳払《せきばら》いした。

「──あっ、すみません。セーリュー伯爵からの出迎えとして参りました！　ペンドラゴン子爵の来訪を歓迎いたします！」

ゼナさんがお仕事モードで敬礼をする。

門前宿の方からもユニちゃんやマーサちゃんに見送られて仲間達が出てきた。リュリュの姿がないところを見ると、既に竜眠揺篭の中に戻ってしまったようだ。

オレ達は出迎えの騎馬に護衛されてお城へと向かい、お城までの短い道行きの間に、ゼナさんと近況を語り合う。

玄関ホールでは使用人達──メイドや執事達が整列して出迎えてくれた。

急な来訪だったのに、大した歓迎ぶりだ。

「──え？　獣人？」

「人族なのに獣の耳や尻尾《しっぽ》があるぞ？」

使用人達の小さな声を聞き耳スキルが拾ってきた。

遠巻きにした家臣達や出迎えの使用人達が、獣娘を見て眉《まゆ》を顰《ひそ》めている。

どうやら、お城にも獣人に偏見を持つ者は多いようだ。

◆

「よくぞ来られたペンドラゴン子爵。――いや、『魔王殺し』殿とお呼びした方がいいかな？」

「いえ、私はそのような大仰な称号で呼ばれるほどの事はしておりませんので」

応接間に案内されたオレは、セーリュー伯爵と面談していた。

他《ほか》の仲間達はゼナさんと一緒に隣室で伯爵夫人と歓談している。

「そうかな？」

セーリュー伯爵が意味深な視線を送ってきた。

何が言いたいのか分からなくて言葉の続きを待つと、彼はこちらの反応を窺《うかが》った後、話を続けた。

「ヨウォーク王国に潜入させていた密偵から、サガ帝国の新勇者達と行動する貴公を見たと報告があったのだが？」

おっと、隣国の事とはいえ、情報が速い。

「お耳が速いですね。公都でリーングランデ様に助力を乞《こ》われまして」

「ふん、あの公女殿の事だ。強引に攫《さら》われたのであろう？」

その通りなのだが、ここで迂闊《うかつ》に肯定するわけにもいかないので、オレは日本人らしい曖昧《あいまい》な笑みで誤魔化した。

「万が一を考え、先日まで即応態勢を取らせていたが、貴公らのお陰で兵を出さずに済んだ。礼を言う」

「お礼なら私どもではなく、サガ帝国の新勇者のお二人に」

「年若い勇者だそうだな。ペンドラゴン卿《きょう》の見立てを聞かせてくれぬか？」

「では、僭越《せんえつ》ながら――」

オレが出会った二人の新勇者――リーゼントがトレードマークの勇者リクと糸目がチャームポイントの勇者カイ――の活躍や仲間想《おも》いな人柄などを語る。

「ペンドラゴン卿はずいぶん二人を認めているのだな。そんなに魅力的な者達だったのかね」

「若いながらも、魔王という脅威に怯《ひる》まず挑んでいく姿はまさに勇者のあるべき姿のように思えました」

「若い？　密偵の話ではペンドラゴン卿とさほど変わらぬ年齢だと聞いたが？」

そういえばそうだった。

今のオレは一六歳だから、むしろ新勇者二人の方がわずかに年上だ。

「すみません、年上の方と接触する機会が多かったものですから」

詐術スキルを頼りに、そんな言葉で誤魔化しておく。

「そういえば勇者ナナシ殿がヨウォーク王国に来られたとか？　貴公はお会いになったかね？」

「いえ、従者様方が戦っているのは遠目に見ましたが、魔王の作り出した霧に邪魔されて勇者ナナシ様と魔王の戦いは直接見ておりません」

セーリュー伯爵はオレの言葉や仕草を子細に観察しながら話を聞く。

なんとなくだけど、オレが勇者ナナシじゃないか疑っているような感じだ。

「そうか、それは残念だったな」

熱の篭《こ》もっていない声でそう言って、「時に――」と次の話題を振ってきた。

「セーリュー伯爵領の迷宮に現れた上級魔族、それを討伐した銀仮面の勇者殿の事をどう思うかね?」

「どう、と仰《おつしや》いますと?」

彼の言わんとする事がよく分からないので、質問意図を確認してみた。

「勇者ナナシ様と同一人物だという者が多いが、私は違うと見ているのだ」

「そうなのですか?」

間違いなく同一人物ですよ?

「私も以前は同一人物だと思っていたのだが、王都で勇者ナナシ様や王祖――ミツクニ女公爵の戦い方を見た今では、その考えに疑問を呈しているのだ」

「何かお気にかかる事でも?」

「貴君は気付かなかったか?」

「私は『悪魔の迷宮』に現れた銀仮面の勇者様を直接目にしておりませんので」

鏡は見てません。

「戦い方が違うのだよ」

私も直接は見ていないとセーリュー伯爵が言った後、そう続けた。

そう言われてみれば、「悪魔の迷宮」で戦った時は勇者の称号がなくて聖剣を碌《ろく》に使えなかったし、魔法も巻物で覚えた「小火弾《ファイア・ショット》」だけだった。王都で中級の攻撃魔法を自在に使う勇者ナナシとは衣装も違ったし、印象が違ったのも頷《うなず》ける。そういえば閃駆《せんく》や天駆も当時は使えなかったっけ。

「戦いの間に成長されたのでは？」

「わずか数ヶ月でか？　さすがにそれはなかろう」

セーリュー伯爵がオレの言葉を一笑に付した。

事実を言ったのに解せぬ。

「銀仮面の勇者様はムーノ伯爵領——当時のムーノ男爵領の危機にも現れたとか？」

「はい、絶体絶命のピンチを救っていただきました」

オレがそう答えると、少しの間を置いてセーリュー伯爵が言葉の爆弾を投げてきた。

「不思議だとは思わぬか？　銀仮面の勇者現れる所にペンドラゴン卿あり——」

「——偶然ですよ。私がトラブルに愛されやすい体質なので、事件に巻き込まれて、それを銀仮面の勇者様が助けてくださっただけです」

ドヤ顔でカマを掛けてくるセーリュー伯爵に、無表情《ポーカーフェイス》スキル先生と詐術スキル先生のペアで対抗する。一瞬だけ言葉が詰まったけど、ノータイムで弁明するよりは自然だったはずだ。

「ふむ……君の戦い方と銀仮面の勇者様の戦い方が近いと思ったのだが」

「似ていますか？　ムーノ領で救援に駆けつけてくださった銀仮面の勇者様の戦いは、常人に再現できるようなものではないと思われますが……」

「あくまで自分は違うと？」

「セーリュー市の迷宮事件に巻き込まれるまで、私は剣で戦った事もありませんでした。そんな人間が勇者のはずがありません」

疑いの言葉を事実で迎撃する。

「勇者本人でないと言うのなら、勇者ナナシの黄金騎士団やエチゴヤ商会を裏で牛耳る従者クロ――」

げっ、今度はクロや黄金騎士団メンバーなのを疑ってきたぞ。

「――そういう可能性も考えられる」

「クロ様には迷宮都市で助けていただいた事がありますが、私達や探索者ギルド長――『紅蓮鬼《ぐれん》』ゾナ様さえ攻めあぐねた魔族を、あっという間に倒しておられました」

「そういえばそういう報告も受けた記憶があるな」

「王都では『魔王殺し』などと大仰な二つ名で呼ばれておりますが、本物の勇者や従者様方と比べられるのは汗顔の至りです」

オレは無表情スキルと詐術スキルの黄金ペアの助けを借りて、伯爵を説得する。

その甲斐《かい》あってか――。

「そうか、そこまで違うか……疑って悪かった。詫《わ》びに、今宵の晩餐《ばんさん》会は料理人達に腕を振るわせる」

――さしものセーリュー伯爵も、なんとか矛を収めてくれたようだ。

「ペンドラゴン卿、宿泊先は決まっておるのか？」

「いえ、これから宿を取ろうかと」

「ならば好都合。迎賓館を用意するように申しつけてある。そこに滞在するがいい」

一度は断ったものの、亜人差別をする宿が多いと諭されて承諾した。

仲間達と合流し、メイドさんに案内されて迎賓館へ向かう。

「ここ知ってる～？」

「前に泊まったお屋敷なのです！」

タマやポチが言うように、この迎賓館は迷宮事件後に滞在した場所だ。

お世話係のメイドさんも前回と同じ人らしい。

「ふかふか～」

「ベッドがぽよんぽよんなのです」

「二人とも、行儀が悪いですよ」

前回の宿泊時を思い出したのか、タマとポチがベッドで飛び跳ねてリザに叱《しか》られていた。

「とりま、迎賓館を探検しましょう！」

「ん、賛成」

「イエス・アリサ。宿泊場所の把握は必須《ひっす》だと告げます」

「れつら～」

「ごーなのです！」

アリサを筆頭に年少組とナナが迎賓館の探検に出発した。

「ペンドラゴン閣下、面会希望者が参っておりますが、いかがいたしましょう」

部屋で寛《くつろ》いでいるとメイドさんが取り次ぎにやってきた。

追い返すのも角が立つので、迎賓館の応接間で会う事にした。平民だった前回と異なり、今回は「魔王殺し」のネームバリューもあってか、面会希望の貴族や商人が後を絶たず、ゼナさんと会う暇もない。

大半が娘の売り込みで、商談のほとんどはオマケ扱いだった。

幾つかはちゃんとしたムーノ領との交易話だったので、太守になったブライトン市も経由するように少しだけ軌道修正してムーノ伯爵やニナ・ロットル執政官に話を持っていくと約束してある。

そんな実りが少ない面談が終わらないうちに、晩餐会の準備を始めるべき時間になったので、途中で切り上げて礼服に着替えた。

晩餐会には領内の貴族達やセーリュー伯爵の陪臣達が列席し、非常に華やかな雰囲気だ。

「サトゥー、どこか変じゃないかしら？」

「いいえ、カリナ様。よくお似合いですよ」

今日の晩餐会に参加するのはオレとカリナ嬢だけだ。

昼間の面談中に、晩餐の列席者の中に獣人への差別心を持つ人が少なくないのを聞いていたので、仲間達は迎賓館の食堂で晩餐会メニューと同じご馳走《ちそう》を食べてもらう事になっている。

オレ達の席は領主一族の隣だ。

領主夫妻と側室数名、一〇代後半くらいの青年を筆頭に七人ほどの子供達が並んで座っている。

その中にはパリオン神殿の神託の巫女《みこ》であるオーナ嬢もいた。

座る時に周囲を見回すと、末席の方にゼナさんがいる。横にいる一五歳くらいの少年はゼナさんの弟らしい。

オレ達が最後らしく、着席と同時にセーリュー伯爵の口上と乾杯の掛け声で晩餐会が始まった。

食事は高級食材が多いものの料理は大雑把でイマイチな感じだ。唯一、羊肉と豆の料理が美味《うま》かったが、他の列席者達の表情を見る限り、セーリュー伯爵領のご馳走のラインナップとしては微妙な品だったらしい。美味《おい》しいのに。

食後はサロンへ移動して歓談になる。このへんの流れは王都や公都と同じ感じだ。

「サトゥー、男女で分かれるそうなのですけれど……」

知らない人ばかりの中に入るのは不安だとカリナ嬢が訴えてきた。

彼女は人見知りなところがあるから、こういう場は苦手なんだよね。

「大丈夫ですよ、カリナ様。私が一緒にいますから」

「……ゼナ。とっても頼もしいですわ」

ゼナさんが小走りでやってきて、カリナ嬢をフォローしてくれた。

「それに今日はオーナ様もいらっしゃいますし」

「はじめまして、カリナ様。セーリュー伯爵の次女で、普段はパリオン神殿で『神託の巫女』をしております」

「は、はじめまして、オーナ様。ムーノ伯爵次女のカリナですわ」

「うふふ、私達、次女同士ですわね」

巫女オーナが如才ない会話で、カリナ嬢の緊張をほぐしてくれる。

それを見守っていたゼナさんが、誰《だれ》かを見つけて大きく手を振った。

「あ！　ユーケル、こっちよ！」

「姉様！　それにオーナ様も」

ゼナさんが見つけたのは弟君らしい。

彼は巫女オーナが好きなのか、彼女の顔を見た途端、頬《ほお》を染めている。

「サトゥーさん、この子は私の弟でユーケルといいます」

人垣の向こうから現れたユーケル君は、姉のゼナさんに似た紅顔の美少年だ。

姉のゼナさんもだけど、なんとなく栄養ドリンクっぽい名前だよね。

「姉様、こいつは誰？」

「ユーケル！」

ユーケル君のツンツンした物言いに、ゼナさんが強い口調で弟の名を呼ぶ。

「はじめまして、私はムーノ伯爵領の貴族で――」

「他領の貴族？　姉様は領内で縁談が進んでいるんだ。余計なちょっかいを出さないでくれ」

「ユーケル！　その話は断ったはずです」

「ですが、相手はベックマン男爵家の嫡男ですよ？　姉様が男爵夫人になる又とないチャンスじゃないですか！」

ベックマン男爵というと、確か雷系魔法が得意なセーリュー伯爵領の筆頭魔法使いだったっけ。

そういえば孫がセーリュー伯爵と顔見せに来ていた覚えがある。オレの記憶が確かなら、けっこうな美青年だったと思う。

魔法使いの家系みたいだし、ユーケル君の言うように良い縁談相手だろう。

——ゼナさんが望んでいるのなら、だけど。

「ユーケル、望まぬ縁談は双方が不幸になります。無理強いは感心しません」

巫女オーナも同じ考えなのか、ユーケル君を叱りつけた。

「あなたはそれを誰よりも分かっていると思いましたが、私の勘違いでしたか？」

「——いいえ。申し訳ございません、オーナ様」

悲しげな顔で言う巫女オーナの前で、ユーケル君がしおしおだ。

「それに、そのような話は家でなさい」

「……はい」

「それにこの方は——」

「存じています。『魔王殺し』ペンドラゴン子爵」

おっと、ユーケル君はオレの事を知っているようだ。

「そのお付きの貴族子弟ですよね？　主《あるじ》が優れているからといって、自分が主人のように偉大な存在だと勘違いする若者は多いんです」

ユーケル君は巫女オーナにそこまで言った後、くるりとオレへ振り向いて言葉を続けた。

「主をエサに姉様を誑《たぶら》かそうというなら、僕はあなたを許しません」

キリリとした顔でオレに告げ、ゼナさん達の方に向き直った。

彼はなかなか姉想《おも》いな少年のようだ。

「ユーケル、違います！」

「姉様？」

「ゼナの言う通り、間違っているのはあなたです、ユーケル」

「オーナ様まで……」

ゼナさんと巫女オーナに畳みかけられたユーケル君が困惑顔になる。

「偉大とまで言われると名乗りにくいですが——」

オレの言葉にユーケル君がこちらを見る。

「私がサトゥー・ペンドラゴン子爵です」

先ほど途中で遮られた名乗りを、今度こそ最後まで告げた。

「お前——いえ、あなたが『魔王殺し』殿？　迷宮都市セリビーラで『階層の主《フロア・マスター》』を討伐し、ミスリル証を得て、平民からわずか一年で子爵にまで陞爵《しょうしゃく》した不世出の剣士？」

ユーケル君が戸惑う視線をオレに向け、震える声でそう言葉を紡ぐ。

うーん、今度は「不世出」とまで言われてしまった。

ユーケル君が小声でぶつぶつと「そんな偉大な方が姉様に？」「身分が釣り合わない」「姉様は遊ばれているのか？」なんて呟《つぶや》いている。

彼は相当混乱しているようだ。

ゼナさんがオレに「弟がすみません」と詫びた。

「ユーケル、混乱するのも分かりますが、まずはペンドラゴン卿《きょう》に謝罪を」

巫女オーナに諭されて、ユーケル君がピンッと身体《からだ》をまっすぐに硬直させた後、バネ仕掛けの機械のように綺麗《きれい》な角度で深々と頭を下げて無礼を詫びてくれた。

「申し訳ありません、子爵様！」

「誤解が解けたならなによりです」

いつまでも頭を下げたままのユーケル君に顔を上げさせる。

「カリナ様、お待たせしてすみません。そろそろサロンに参りましょう」

巫女オーナが後ろで反応に困っていたカリナ嬢に詫び、遠巻きにオレ達を見物するギャラリーにもサロン室に移動するように促した。

「子爵様、我々も向かいましょう」

ユーケル君に先導されて男性達が集まるサロン室へと足を運ぶ。

「ユーケル、こっちだ！」

体格の良い美丈夫がユーケル君を呼ぶ。

彼は王都でセーリュー伯爵の護衛をしていたキゴーリ卿だ。

その横には迷宮事件で縁があったベルトン子爵もいる。

「まあ、座れ。ペンドラゴン卿はこちらの席に」

キゴーリ卿に促されて席に座る。

よく見ると、キゴーリ卿とユーケル君が座った席と、オレやベルトン子爵が座る席では椅子《いす》のグレードが大きく違う。階級社会は色々とめんどくさいようだ。

「まさか、迷宮で私を救った君が、一年で同格の貴族に栄達するとは思わなかった」

ベルトン子爵が感慨深げに告げる。

オレも当時は貴族になるとは露ほども思わなかったよ。

「ユーケル、愛《いと》しの巫女様のドレス姿はどうだった?」

「キゴーリ閣下、からかうのは止《や》めてください」

隣の席からユーケル君をからかうキゴーリ卿の声が届く。

「巫女オーナ様の事ですか?」

「ああ、そうだ」

やはり、ユーケル君は巫女オーナが好きらしい。

「ユーケルと乳兄弟だったのさ」

それはゼナさんからも聞いた覚えがある。

「そういえば一年ほど前にオーナ様に会った時に、ユーケル殿の事を気にしておられましたよ」

「本当ですか、子爵様?!」

ユーケル君が凄《すご》い勢いで食い付いてきた。

詳しい内容までは憶《おぼ》えていなかったので、ゼナさんと神殿を見学中にユーケル君の近況を確かめる為《ため》だけに声を掛けてきた事を教えてあげる。

巫女オーナの方に恋愛感情があるのかは不明だけど、少なくとも彼の事を嫌ってはいないと思う。

「良かったな、ユーケル」

「はい！」

キゴーリ卿に背中を叩《たた》いて祝福されたユーケル君が、痛がりながらも元気に返事をする。

「こいつは巫女様に釣り合うように頑張ってるから、新米騎士の中じゃ一番なんだ。ワイバーンが跋扈《ばっこ》する領境や山岳地帯への巡回や魔物の掃討作戦にも、一番に名乗りを上げるからな」

「家格が低い僕が名を上げるには、実戦で地道に功績を積み上げるのが一番ですから」

ユーケル君はキゴーリ卿に気に入られているらしい。

真面目《まじめ》な顔だったキゴーリ卿が、稚気に溢《あふ》れた顔になって言葉を続けた。

「巫女様が城の廊下を歩いていたら真っ先に気付くし、巫女様に貰《もら》ったハンカチをお守り代わりにいつも鎧下《よろいした》に忍ばせているからな」

「キゴーリ閣下?!　ど、どうしてそれを！」

「ふふん、隊じゃ有名な話だぞ。他《ほか》にも――」

キゴーリ卿に巫女オーナがどれほど好きかを暴露され、ユーケル君が真っ赤な顔で狼狽《ろうばい》している。

初々しくて実に可愛《かわい》い。一人前の男性にこんな表現を使ったら怒られそうだから、口には出さないけどね。

「――キゴーリ卿！」

「おっと、呼ばれちまった。ちょっと行ってくる」

キゴーリ卿が離れた席の貴族から呼ばれて席を立った。

ムードメーカーである彼が席を立つと、この場がシーンとする。

何か話題を探していると――。

「マリエンテール卿、騎士が貴婦人や巫女に敬愛の気持ちを抱くのは構わん。だが、それ以上を望むのは止めておけ」

さっきまで黙って耳を傾けていたベルトン子爵が、諭すような口調でユーケル君に忠告する。

「そ、そんな事！　……分かっています。身分違いな事くらい」

ユーケル君が青菜に塩みたいな感じでしょんぼりしてしまった。

「少し、頭を冷やしてきます」

そう言ってユーケル君が中座する。

かなり落ち込んだ様子だったので、ベルトン子爵に断って彼の後を追う。

知り合ったばかりの相手だけど、ゼナさんの弟だし、ここで放置するのも薄情だしね。

◆

ユーケル君はサロンに面した中庭の一角にいた。

ここは背の高い生け垣で迷路のように整えられているので、マップやレーダーがなければ会うのに苦労しそうな場所だ。

「大丈夫ですか？」

「――ペンドラゴン子爵」

ベンチに腰掛けて項垂《うなだ》れていたユーケル君が顔を上げた。

「どうして、ここに？」

「風に当たりたくて散策していたら、偶然ここに」

もちろん、嘘《うそ》だ。

「……そう、ですか」

ユーケル君が力なく答える。

かなり精神的に堪《こた》えているようだ。

「横に座っても？」

ユーケル君が答えないので、沈黙を承諾だと解釈して腰掛ける。

少し迷惑そうだったが、特に言及はなかった。

「良かったらいかがですか？」

ストレージからグラス入りのワインを取り出して、ユーケル君に差し出す。

どこに持っていたのかとツッコミが入らないくらい、彼は注意力散漫になっているようだ。

「……貰う」

ユーケル君がぶっきらぼうに受け取って、一気飲みしたワインで咳《せ》き込んだ。

「ハンカチをどうぞ」

咳き込むユーケル君の背をさすり、ハンカチを渡した。

なんだか、新歓コンパで新入生を介抱していたのを思い出す。

「僕なんかを構っても、姉様との関係を認めたりしませんよ」

「ご心配なく、ゼナさんとはそういう関係ではありません」

前にも否定したのに、ユーケル君は信じてくれていなかったようだ。

「そうやって！　そうやって姉様を誑かしているんですか！」

「誑かしてなんていません。最初から徹頭徹尾、ゼナさんの事は友人だと思って接していますよ」

好ましく思っているけど、恋愛感情はないんだ。

「だったらどうして、姉様や僕にこんなに構うんですか？」

「ゼナさんが大切な友人だからですよ」

ユーケル君が納得いかないという顔をしているので、もう少し続けよう。

「私が初めての土地で右も左も分からない時に、ゼナさんは親身になって色々と助けてくれたんです。それがどれほど気持ちを楽にしてくれたか分かりますか？」

あの頃《ころ》は意識していなかったけど、ゼナさんが受け入れてくれたからこそ、セーリュー市に入るのにも苦労しなかったし、それらの成功体験のお陰で、ポジティブな気持ちで異世界を楽しむ事ができていたんだと思う。

言葉にすると、ちょっと気恥ずかしいね。

「それに、リザ達にとって彼女は命の恩人ですから」

「姉様が？」

「ええ、迷宮事件の発端になったザイクーオン神殿の騒動はご存じですか？」

「噂《うわさ》で聞いた事があります」

「その時に、神殿長達が犠牲にしようと石打ったのがリザ達なんです。ゼナさんはそれを身を挺《てい》して助けてくれたんですよ」

あの時、ゼナさんが一瞬の躊躇《ちゅうちょ》もなく飛び出してくれたからこそ、オレもすぐに行動できたんじゃないかと思う。

もし、出遅れていたら、リザ達の誰《だれ》かが亡くなっていてもおかしくない。

「……そう、だったんですね」

ユーケル君が呟くように囁《ささや》いた。

「なら、どうして姉様をきっぱりと振らないんですか？」

「振るも何も、私はゼナさんから告白された事はありませんから」

オレの事を好きでいてくれるのは態度で分かるんだけど、告白もされないうちから先回りして振るのは、ちょっと違うと思う。

「そうなんですか？」

ユーケル君が不思議そうな顔になった。

「ユーケル殿はオーナ様に告白された事はありますか？」

「ありません。オーナ様は僕程度の者に届くような方ではありませんから」

「そこまで卑下しなくていいと思いますが、ゼナさんも同じような気持ちなのかもしれませんよ」

オレがそう言うとユーケル君がハッとした顔になった。

「なるほど、似た者姉弟という事か……」

ユーケル君がハハハと力なく笑う。

「ユーケル殿はオーナ様の事が幼い頃から好きだったのですか？」

ラノベなんかだと幼馴染《おさななじ》みは負けキャラ扱いが多いけど、中には幼馴染みが勝つ名作もあるから、ユーケル君には頑張ってほしい。

「いいえ、小さい頃はオーナ様が苦手でした」

それは意外だ。

てっきり幼い頃から惚《ほ》れていたと思ったのに。

「何か転機になるできごとがあったんですね」

「ええ、あれは六歳の頃でした」

ユーケル君が昔を懐かしむように言う。

「オーナ様が神殿裏で、大柄な貴族子弟と言い争っているのを見かけたんです」

「ただのケンカというわけではないんですよね？」

「はい、オーナ様はその貴族子弟が虐待していた亜人の女の子を助けようとしていたんです」

「亜人？　獣人ですか？」

「いえ、違います。初めは人族かと思ったくらいですから」

「耳族や鱗人《うろこ》ですか？」

「たぶん、鱗人だったと思います。首や手足に鱗がありましたし、蜥蜴《とかげ》のような尻尾《しっぽ》も生えていましたから」

もしかしたら、幼い頃のリザか？

——なんて思ったけど、そんな偶然はないか。リザの話だと戦争奴隷となってセーリュー市に来たと言っていたから、昔はもっと橙鱗族の奴隷が多かったのかもしれないね。

「すみません、話の腰を折って」

オレが話を促すと、ユーケル君が話の続きを語る。

幼いオーナ嬢が上から目線の正論で相手を言い負かし、貴族子弟の正しくない行いを矯正しようとしていたらしいのだが、相手の貴族子弟が短気だったようで、怒りだしてオーナ嬢を突き飛ばしたそうだ。

乱暴に扱われた事のないオーナ嬢が茫然《ぼうぜん》としたところに、ユーケル君が割って入ったらしい。

「そこで物語の主人公のように、颯爽《さっそう》と助けられたら良かったんですが――」

相手の方が年上でさらに体格も良い男子だったので、ユーケル君の方がボコボコにされてしまったそうだ。

「それでもオーナ様に怪我《けが》をさせるわけにはいかなかったので、何度も立ち上がっては殴られての繰り返しで、その日の晩には母様や姉様にも見分けが付かないほど顔が腫《は》れ上がってしまいました」

「それは大変でしたね……」

オレは相鎚《あいづち》を打ちつつ、巫女《みこ》オーナとのフォーリン・ラブなエピソードを聞いたはずが、なぜか子供のケンカの話になったのに少し困惑していた。

そんなオレの顔を見て、ユーケル君が「すみません、前置きが長くて」と詫《わ》びる。

どうやら、本題はここかららしい。

「意識を失った僕が目を覚ますと――」


『ゆーけう!』

目元に溢れんばかりの涙を浮かべた幼いオーナ嬢が、ベッドによじ登ってユーケル君に抱き着いて泣き出したらしい。

いつもの勝ち気なオーナ嬢とは別人な姿に、ユーケル君は目を白黒させたそうだ。

『オーナ様、ユーケルが目覚めましたから、城にお帰りください』

ユーケル君の両親がそう言っても、オーナ嬢は離れず――。

『やっ！　ユーケルを看病する！』

――と言って、宣言通りベッドの傍《そば》を離れなかったらしい。

「顔の腫れは領主様の手配してくださった魔法薬のお陰でその日のうちに治ったんですが、利き手が変な風に折れていて、中級の魔法薬でも上手《うま》く治らなくて、障害が残るだろうと言われたんです」

今の彼にそんな障害の形跡はないから、その後にちゃんと治したのだろう。

大人達は廊下で話していたらしいのだが、ユーケル君の家は築年数が長く傷みが激しかった為《ため》、彼らのいる病室に大人達の声が漏れ聞こえてきたのだそうだ。

「その話を聞いたオーナ嬢が『私がユーケルの利き腕の代わりになる！』と言って、わんわん泣き出して、僕もそれに釣られて泣いてしまって大変でした」

一緒に部屋にいたゼナさんが必死で慰めてくれていたらしい。

責任を感じたオーナ嬢は夜遅くになっても帰らず、このまま「マリエンテール家の子になる」と言い出してテコでも動かなかったそうだ。

「まあ、子供のする事ですから、疲れて眠った所を側仕《そばづか》えの侍女さん達に運ばれて帰っていったんですけどね」

そう言ってユーケル君が苦笑する。

そのオーナ嬢だが、次の日の朝早くから訪れ、それから毎日、寝落ちする夜中まで甲斐甲斐《かいがい》しくユーケル君の世話をしたらしい。

食事や着替えの手伝いから、入浴やトイレまで手伝おうとしたらしい。

「さすがに入浴やトイレの手伝いは断りました」

就学前の子供ならお風呂《ふろ》くらい一緒でも構わない気がするけど、貴族的にはマズいようだ。

「その甲斐甲斐しさに絆《ほだ》されたと？」

「あはは、そこまで単純じゃありません。それにあの頃は利き手が使えなくなって、そんな浮ついた気持ちを持つ余裕がありませんでした。お恥ずかしながら、騎士の道を閉ざされたと思い込んで、オーナ様を逆恨みして落ち込んでいたんです」

ユーケル君がそう言って恥ずかしそうに頭を掻《か》く。

邪険にされても、オーナ嬢はユーケル君の利き腕代わりを続けたそうだ。

「そんなある日、姉様に呼び出されてこっぴどく叱《しか》られたんです」

幼いゼナさんはユーケル君を自室に呼び出し、豪快にビンタをしたらしい。

茫然とするユーケル君に、ゼナさんは――。

『それでもマリエンテール家の嫡男ですか！　騎士への道を閉ざされたからといって、いつまで自分を憐《あわ》れんでいるのです！』

『姉様に分かるもんか！』

『負け犬の気持ちなんて分かりたくもありません！』

『姉様なんて嫌いだ！』

『聞きなさい、ユーケル！　利き腕が使えなくなったから、騎士になれない？　あなたにはまだもう一本の腕があるではありませんか！　片腕の剣豪なんて、勇者物語には何人も出てきます！　もし、騎士になれなかったのなら、お祖母《ばあ》様や母様のような魔法使いになりなさい！』

子供とは思えないゼナさんの大人びた発言に、ユーケル君は打ちのめされ、そこで初めて周りに目を向ける事ができたそうだ。

「姉様のお陰で前を向けて、ようやくオーナ様の甲斐甲斐しさに感謝できたんです」

祖父からリハビリ運動を指導され、その合間にゼナさんやオーナ嬢と一緒に詠唱の訓練をする日々が始まり、オーナ嬢と徐々に仲良くなっていったそうだ。

『私、大きくなったらユーケルのお嫁さんになって、ユーケルを支えてあげる』

『僕も大きくなったら、オーナ様を守れるくらい強くなってみせる』

数ヶ月後にはそんな約束を交わすほど仲良しになったらしい。

「もっとも、そんな事を伯爵様が許してくださるはずがありません」

オーナ嬢は領内の有力貴族の子弟と婚約するか、パリオン神殿で本格的に巫女の修行をするかを迫られたそうだ。

「当時のオーナ様は神殿に行く事を酷《ひど》く嫌っていましたから、凄《すご》く思い詰めていて、僕と二人で駆け落ちをしようと持ちかけたら、迷った末に承諾してくださいました」

「駆け落ちをしたのですか？」

都市や集落を離れたら魔物が跋扈《ばっこ》するような場所で駆け落ちなんて、命がけの所業だと思う。

「いいえ、それは行われませんでした」

翌日、駆け落ちの待ち合わせ場所に、オーナ嬢はパリオン神殿の巫女装束で現れた。

『……オーナ様？』

『ユーケル、私はパリオン神殿に行きます』

「静かな声で言うオーナ様に、僕は裏切られたような気持ちになりました」

『五年待ってください。五年後には治癒魔法を極め、必ずユーケルの利き腕を元に戻してみせます』

決意を秘めた目でオーナ嬢がユーケル君に宣言したそうだ。

「オーナ様は僕の腕を治す為に、あれほど嫌悪していた神殿に行く事を選んだんです」

当時のユーケル君はその事実に気付かず、オーナ嬢に裏切られたと思って鬱々《うつうつ》とした日々を過ごしていたらしい。

「あれはその四年後の春でした」

『ユーケル！』

『――オーナ様？　何をしに……』

『もちろん、あなたの利き腕を治す為です！』

少し成長したオーナ嬢――巫女オーナがユーケル君の前に現れ、約束通り彼の利き腕を治してみせたそうだ。

『……腕が動く』

『やった、やりました！　ユーケル！』

「その時のオーナ様の笑顔が忘れられません」

無防備な巫女オーナの弾《はじ》けるような笑顔に、ユーケル君はノックダウンしてしまったらしい。

「たぶん、『あの笑顔を守りたい』と思った時に、僕は本当の意味で彼女に身分違いの恋心を抱いてしまったんだと思います」

ユーケル君が満天の星を眺めながら言う。

「――って、何を言っているんだろう。子爵様、今の話は姉様や他《ほか》の人には内緒にしてください」

我に返ったユーケル君が頬《ほお》を染めて懇願する。

「ええ、誰《だれ》にも話しません。その一件からは、オーナ様と元通り仲良く?」

「あはは、物語の主人公とヒロインならそうなるんでしょうけど――」

図らずも頭角を現してしまった巫女オーナは、神殿の仕事や巫女修行で疎《おろそ》かになっていた社交の勉強が始まり、ユーケル君も利き腕が治った事でリハビリや騎士修行が始まって、すれ違いの日々だったらしい。

「でも、月に何度かは会えたので、それを励みに頑張れました」

ユーケル君が恋する少年の瞳《ひとみ》で語る。

会えない時間が愛を育てるってやつかな?

しかし残念ながら、それ以降は進展はなかったようだ。

「そろそろ戻りましょう」

ユーケル君が恥ずかしさを誤魔化すように話題を変え、歩き出した。方向が違う。

「戻るなら道が違いますよ」

「すみません、ここには来た事がないので、道順が分からなくて」

「ここは迷路みたいですからね」

長く話しすぎたのか、中庭には幾人もの人が散歩に来ているようだ。

その中に、一人でいる巫女オーナを見つけたので、愛のキューピッドになった気分で、そこを経由する経路を選んで先導した。

◆

「――パリオン様。どうして人の心はこんなにも不自由なのでしょう」

薔薇《ばら》の生け垣の向こうから、巫女オーナの独白を聞き耳スキルが拾ってきた。

これはもしかして、間の悪いタイミングで来てしまったのだろうか？

「頭では何をするべきか分かっているのに、どうして私の心はこんなにも、叶《かな》わぬ恋に焦がれるのでしょうか？」

年頃《としごろ》の乙女らしい悩み事だ。

噴水のへりに腰掛けて、澄んだ水面《みなも》に手を浸す姿は一枚の絵画のようだ。

「貴族の娘として生まれた私は、家の為に政略結婚をするのが定めだというのに、どうしても心の奥底で燻《くすぶ》る自分の恋心を抑える事ができないのです」

月明かりに照らされた巫女オーナの横顔に、一雫《ひとしずく》の涙が流れる。

このまま月明かりの中に儚《はかな》く消えてしまいそうな、幻想的な雰囲気だ。

「……ユーケル」

やっぱり、巫女オーナはユーケル君が好きらしい。

このまま盗み聞きするのもデリカシーに欠けるし、オレは空気を読んで出直す事に——。

そんなオレの背後から、少年が飛び出した。

「——オーナ様！」

「ユーケル⁈　どうしてここに？」

しまった。ユーケル君が一緒だったのを忘れていた。

「もしかして、聞いていたのですか？」

「申し訳ありません、オーナ様」

ユーケル君がバカ正直に白状する。

「ど、どこから聞いていたのです？」

「叶わぬ恋に、からです」

「ほとんど全部ではありませんか！」

巫女オーナが冷静沈着ないつもの姿からは想像も付かないほどテンパっている。

野次馬になるのもなんなので、オレは潜伏系のスキルを全力でオンにして、彼女達の視界から身を隠す。

さあ、存分にイチャついてください。

「知りませんでした……」

ユーケル君が深刻な声で呟《つぶや》き、巫女《みこ》オーナから目を逸らす。

「オーナ様に、そんな風に恋い焦がれる相手がいたなんて」

「ユーケル？」

「僕の知っている人でしょうか？　もしかして、ペンドラゴン子爵?!」

「――違います！」

朴念仁すぎるユーケル君の勘違いに、巫女オーナから渾身《こんしん》のツッコミが入った。

「では、誰に恋焦がれているのですか？」

自分だとは欠片《かけら》も思っていない顔でユーケル君が巫女オーナに問う。

あの流れで分からないのは、相当な朴念仁だ。まあ、本心では分かっていても、自分に自信がなくて信じられない感じなんだろう。

「それは――」

巫女オーナが真っ赤な顔で口籠《くちご》もる。

「それは私だ！」

生け垣を突き破って現れた小太りの貴族青年が宣言した。

彼が隣の通路にいたのは気付いていたが、まさかそれなりに分厚い生け垣を突き破ってくるとは思わなかったよ。

巫女オーナは驚いて声も出ないし、ユーケル君は反射的に巫女オーナを庇《かば》うポジションに着いたきり、言葉を失っている。

「私こそが、巫女オーナが恋い焦がれるに相応《ふさわ》しい！」

小太りの貴族青年が自信満々に言う。

どうやら、かなり飲酒したらしく、酒臭い息がここまで届いている。

「もしかして、この方が？」

「違います！」

愕然《がくぜん》とするユーケル君に、巫女オーナが光の速さで否定した。

「違わないぞ、オーナ殿！　あなたの夫にはキマーン男爵家の嫡男である、このザミルエこそが相応しい！」

小太り青年が両手を広げて巫女オーナの方へ歩み出した。

怯《おび》える巫女オーナの前に、ユーケル君が立ち塞《ふさ》がる。まあ、酔っ払いが自分の想《おも》い人に近寄ってきたら、守るよね。

「オーナ様への無礼はご遠慮願おう」

「邪魔だ、下郎。恋人同士の逢瀬《おうせ》を邪魔するな」

激昂《げきこう》した小太り青年が、ユーケル君に拳《こぶし》を振るうが、なんの鍛錬も積んでいないような大ぶりの一撃を、騎士たるユーケル君が喰《く》らうはずもなく、彼は軽々と受け流す。

「オーナ殿に纏《まと》わり付く犬が！　高貴なる私の拳を避けるとは無礼だぞ！」

小太り青年が真っ赤な顔で謎《なぞ》理論を口にする。

「ザミルエ殿、お止《や》めなさい。それ以上続けるなら、キマーン男爵の進退問題になりますよ」

「ふん、下郎を一人打擲《ちょうちゃく》した程度で揺らぐほど、我が家の権勢は小さくありませんぞ」

巫女オーナの脅しを、小太り青年が鼻で笑った。

本当に彼の家に権勢があるのか、彼の認識の齟齬《そご》なのか判断に迷う。

マップ検索した限りだと、セーリュー伯爵領の第二都市である鉱山都市カジェの太守がキマーン男爵だから、彼の家に権勢がある事は事実のようだ。

「さあ、どけ、下郎」

小太り青年がユーケル君を押し退《の》けようとするが、ユーケル君は不退転の覚悟でその手を押しとどめる。

ここでオレが割って入るのは簡単なんだけど、ユーケル君が巫女オーナに良い所を見せるチャンスを奪うのは避けたい。

どうしたものか——そうだ。

オレはメニューの魔法欄を開き、光魔法の「幻影《イリュージョン》」を実行する。

「う、うわぁあああ、化け物?!　ゴーストだ！　アンデッドが出たぞ！」

ユーケル君達の背後に出した幻影を見て、小太り青年が七転八倒しながら生け垣の向こうに逃げ出した。

ある意味、見事な逃げっぷりだ。

「アンデッドはどこだ？」

「おかしいですわね、そのような邪悪な気配は感じないのですが？」

警戒するユーケル君とは裏腹に、巫女オーナは不思議そうに周囲を見回すばかりだ。

「幽霊の正体見たり枯れ尾花と言いますし、何かを見間違えたんじゃないですか？」

オレが声を掛けると、二人に驚かれた。

そういえば、さっきまで潜伏系のスキルを全開にして、二人を見守っていたっけ。

「もしかしてペンドラゴン子爵が何か？」

巫女オーナはなんとなく察したようだが、そこは言わぬが花なので肩を竦《すく》めて誤魔化しておいた。

◆

「——サトゥーさん？」

小太り青年が消えたのと反対方向から現れたのは、ドレス姿のゼナさんだった。

彼女の後ろには、長い裾《すそ》に躓《つまず》いて転《こ》けそうになっているカリナ嬢もいる。

「こんばんは、ゼナさん。今宵《こよい》は月が綺麗《きれい》ですね」

「ええ、月明かりに照らされた庭園がとっても神秘的です」

「サトゥー、こんな場所でどうなさったの？」

ゼナさんと良い雰囲気になりかけていたせいか、カリナ嬢の声に少しトゲがある。

「ユーケル殿と庭園を散策していたんです」

「ユーケル？　オーナ様も！」

オレが立ち位置をずらすと、噴水の前に佇《たたず》む巫女オーナと彼女の守護騎士のように控えるユーケル君が彼女の視界に入った。

「良かった。ここにおられたのですね」

「ゼナ、私を捜しに来てくれたのですね」

巫女オーナがいつもの静謐《せいひつ》な顔でゼナさんに応《こた》える。

その横顔には、独白していた時のような、恋に揺れる心は微塵《みじん》も感じられない。

「いつの間にかいなくなっていたから心配しました」

「ありがとう、ゼナ。カリナ様もお手数をおかけいたしました」

「いえ、あの。大事なくて、良かったですわ」

巫女オーナに礼を言われたカリナ嬢が、人見知りを発揮して反応に困っている。

カリナ嬢まで一緒なのは、巫女オーナを心配したのも事実だろうけど、知り合いのいないサロンに一人残されるのが嫌だったのも理由の一つに違いない。

「そういえば、こちらの方から男性の叫び声が聞こえましたけど……」

「幽霊がどうとか叫んでいましたね。きっと暗い場所が怖かったのでしょう」

ゼナさんの問いに答える。

庭園にはサロン側にしか照明がないし、ここにもゼナさんや巫女オーナが持つランタンくらいしか明かりがない。

「オーナ様、そろそろ戻りましょう。先ほどの方が戻ってこないともかぎりません」

「そうですね」

ユーケル君が巫女オーナに耳打ちする。

「ゼナ、戻ります」

巫女オーナがゼナさんに声を掛けて歩き出す。

「では一緒に戻りましょう。夜中に女性だけでは、良からぬ輩《やから》に絡まれるかもしれませんからね」

オレはそう言って、皆を促してサロンへ向かう。

乱入してきた小太り青年のせいで、巫女オーナとユーケル君が両想いだと確かめ合うチャンスが流れてしまったけど、それは時間の問題だろう。どちらかというと、ベルトン子爵が言っていたように、身分違いの方が障害になりそうだ。

ゼナさんの弟の恋路の為《ため》にも、ちょっと骨を折ってみようかな?

◆

サロンに戻ったオレは、ベルトン子爵に知恵を借りる事にした。

「ベルトン子爵、質問なのですが――」

「マリエンテール卿《きょう》とオーナ嬢が結ばれるにはどのくらいの功績が必要かという話か?」

「ご明察の通りです」

ちなみにユーケル君はここにいない。

彼はキゴーリ卿のグループに捕まって、飲み比べの真っ最中だ。

「伯爵の他《ほか》の娘なら男爵位もあれば可能だが、オーナ嬢は『神託の巫女』。最低でも子爵以上の地位は欲しい。普通は他領の領主か小国の王、あるいは王都で権勢を振るう上級貴族あたりの地位が必要になるだろう」

なかなかハードルが高い。

「もしくは分かりやすい大きな功績だ。セーリュー伯爵領の貴族は武勲を貴ぶからな」

「武勲というと、強大な魔物を打ち倒すとか、ですか？」

「ワイバーン程度では話にもならん。成竜を一人で退けるくらいの破格の功績があれば誰《だれ》も文句を言わん」

「さすがに成竜は無理でしょう」

黒竜ヘイロンを始め、成竜達の常軌を逸した戦闘力はよく知っている。

あれを退けるのは勇者でもなかなか為《な》し得ないと思う。

「そうだな。私は何度か下級竜を見た事があるが、あれらでさえ騎士が一〇〇人束になっても敵《かな》うような相手ではなかった。成竜なら、それこそ国中の騎士を集めても足りんだろう」

ベルトン子爵の言葉に同意しかないので、横でうんうん頷《うなず》く。

「何を他人事《ひとごと》のように」

「――はい？」

「卿はオーユゴック公爵領で退竜勲章を得ているだろう？」

「あれは勇者ハヤト様の功績ですよ」

「それだけならば、公爵の狸爺《たぬきじじい》が退竜勲章などを与えるものか」

ベルトン子爵が断言する。

「私の事はともかく、竜を退けるくらいの功績と言うと、セリビーラの迷宮の『階層の主』討伐あたりでしょうか？」

「それは少し弱いな」

「弱いでしょうか？」

あれでも十分すぎるくらい強いと思うけど。

「そういう意味ではない。迷宮都市は遠い。セーリュー伯爵領で『階層の主』がどの程度の存在か知っている者は少ない」

なるほど、馴染《なじ》みが薄いと比較しにくいか。

「他に挙げるなら、中級魔族を討伐するか、上級魔族を退けるくらいの功績があれば文句は言われまい――」

上級はシャレにならないけど、中級魔族の討伐ならなんとかなりそうだ。

もっとも、それでさえシガ八剣級の強さは必要になるけどさ。

「――『魔王殺し』なら文句の付け所もない」

ベルトン子爵が思わせぶりにそう付け足した。

「戦う以外の功績なら――」

「難しいな。先ほども言ったが、セーリュー伯爵領は武を貴ぶ」

話の流れがオレの方に来そうだったので、別の方向に話を振ったのだが、ベルトン子爵は難しい顔で首を横に振った。

「それこそ、王祖様の武勇伝にあるように、竜に乗って飛ぶような偉業なら話は別だが」

「それは無謀でしょう。竜は好戦的だし、誇り高い。そんな偉業を成せるのは王祖様くらいのものです」

ベルトン子爵の発言を、隣の席で聞いていた騎士が無理だと断言した。

そうなのかな？　オレや仲間達も黒竜に運んでもらった事があるんだけど……。

「譜代とはいえ、新米士爵が領主の娘、それも『神託の巫女《みこ》』を娶《めと》るのは、それほど難しい事なのだよ」

だから諦《あきら》めろと、ベルトン子爵は言外に主張しているようだ。

まあ、中級魔族討伐くらいならなんとかなりそうだし、ユーケル君にはゼナさんのように迷宮都市セリビーラへ派遣される選抜隊に参加するように促して、向こうでレベリングを手伝ってあげるのが、恋愛成就への一番の近道だろう。

ここにも迷宮があるけど、セリビーラの迷宮に比べて規模が小さいから高レベルへの育成には不向きだ。

その後、他の貴族達からも魔王討伐の話を乞《こ》われたので、勇者ハヤトの勇猛さや従者達の献身ぶりを中心に語った。

「ペンドラゴン卿の活躍はどうした？」

「私は支援が中心でしたから、語るほどの事は――」

ベルトン子爵が話を振ってきたけど、自分の活躍を自慢する趣味はないので、適当に誤魔化した。

桜花一閃《いっせん》で砂塵《さじん》王に突撃したのも、倒す為じゃなくて時間稼ぎと勇者ハヤトの支援の為だったし、嘘《うそ》は言っていないはずだ。

「今度は皆さんの武勇伝を聞かせてください」

喋《しゃべ》りすぎて精神的に疲れたので、ビスタールワインの入ったグラスを傾けつつ、語り手を他に譲った。

◆

「――オーナ様と婚約、ですか？」

翌朝、オレはセーリュー伯爵に呼び出されて、巫女オーナとの婚約話を持ちかけられていた。

昨日の感じからして、ベルトン子爵はこの件を知っていたに違いない。

「どうだ？　貴公となら歳《とし》も離れておらん。カリナ殿が第一夫人なのは仕方ないにしても、オーナの第二夫人の座は譲れぬぞ」

「カリナ様と私はそのような関係ではありません」

「なら余計に問題はないな。オーナは聡《さと》い上に男を立てる事を知っておる。娘が第一夫人となれば、世継ぎを産む以外にも色々と役立つぞ」

「いえ、ですから婚約は望んでおりません」

オレが即答すると、セーリュー伯爵が意外そうな顔になった。

さすがに昨晩の巫女オーナの独白を聞いてしまっては、保留する事すら罪悪感を覚えてしまうからね。

「なぜだ？　ムーノ伯爵領には『神託の巫女』がいないはず。オーナの存在はムーノ伯爵領に必須《ひっす》のはずだ。寄親たるムーノ伯爵にも歓迎されよう」

セーリュー伯爵が古い情報でアピールしてきたので、公都のヘラルオン神殿から巫女が派遣される事になっている旨を伝えた。

「遅かったか……さすがはオーユゴックの狸爺。よく先を読む」

いいえ、今回の派遣は「神像」のお礼なので、オーユゴック公爵の思惑は影響していないと思います。

「……今日はここまでだな。あまり無理強いしても貴公は首を縦には振るまい」

セーリュー伯爵がそう言ってベルを鳴らすと、巫女服を着た巫女オーナが入ってきた。

「オーナ、めかし込んでおけと命じたはずだが？」

「これが盛装です。私はパリオン神殿の巫女ですから」

巫女オーナがツンとした顔でそう断言した。

ちょっと機嫌が悪そうだ。まあ、気持ちは分かる。貴族の責務があるとはいえ、恋しい男が別にいるのに、別の男との縁談を薦められるのだから。

巫女服で来たのは、せめてもの抵抗だろう。

「まあ、いい。オーナ、城内を見学させてやれ」

「承知いたしました」

巫女オーナは慇懃《いんぎん》にお辞儀すると、オレを促して応接間から出た。

「ペンドラゴン卿は恋愛よりも栄達をお望みですか？」

歩き出してすぐに、巫女オーナからそんな事を聞かれた。

「私は自分から栄達を求めた事はありません」

むしろ、ボルエナンの森のハイエルフ、愛《いと》しのアーゼさん一筋です。

「そうですか……。ならば、ペンドラゴン卿と縁を持ちたいお父様の企《たくら》みというわけですね」

なるほど、巫女オーナはまだ政略結婚の話を聞かされていなかったようだ。

「ご安心ください。政略結婚の話なら、お断りしましたから」

「――そう、ですか」

巫女オーナが安堵《あんど》の吐息を漏らし、すぐに表情を取り繕った。

「カリナ様は幸せですね。恋する相手と添い遂げられるのですから」

彼女の勘違いを訂正するべきか迷う。カリナ嬢にとっては不名誉な話だし、セーリュー伯爵の時のように誤解を解く必要がある状況でもないからね。

「ですが、ペンドラゴン卿。カリナ様との第一子をもうけたら、必ずゼナも側室として迎えてあげてください。それが貴族の誠意です」

巫女オーナがキリリとした顔で言う。

「誤解されていますよ」

「ゼナは一夜限りの恋人と言いたいのですか？　それは不誠実ではありませんか！」

柳眉《りゅうび》を逆立てた巫女オーナがオレに詰め寄る。

「ゼナさんとは友人です。恋人ではありません」

「恋人ではない？　失望しました。その場限りの嘘を吐《つ》くなど――」

「嘘ではありません。オーナ様が想像するような行為に及んだ事はありません」

ゼナさんとは友人関係だからね。

内心で呟《つぶや》いた瞬間に、カリナ嬢に対抗したゼナさんから頬《ほお》にキスされた事を思い出したが、あれはノーカンという事でいこう。

「――本当に？」

そんな考えが仕草に現れたのか、巫女オーナが疑惑の目を向けてきた。

「本当です」

オレは内心の動揺を押し隠し、そう断言する。

「分かりました。信じましょう」

無表情スキルと詐術スキルの黄金ペアがフル稼働してくれたお陰で、巫女オーナもなんとか納得してくれたようだ。

「ですが、貴族の義務をお忘れなく」

最後にそう忠告されたが、家の存続にはそれほど興味がないので、家を継いでくれそうな養子を貰《もら》おうと思っている。

「では、参りましょう」

巫女オーナの案内で、当初の予定通り城内の見学をする。

「城内にも領軍の訓練場があるのですね」

「ご興味があるなら見学して参りましょう」

巫女オーナが少し嬉《うれ》しそうに言って訓練場へと足を向けた。

訓練場では領軍の兵士達が熱心に訓練をしている。前に見た時よりも、全体的に領軍のレベルが底上げされているようだ。たぶん、迷宮で定期的に訓練させているのだろう。

「次！　ユーケル！」

「はい！」

丁度、ユーケル君とキゴーリ卿《きょう》が手合わせするところのようだ。

巫女オーナがユーケル君の勇姿を誇らしげに見つめ、キゴーリ卿に吹き飛ばされたり、危うい所で寸止めされたりするのを見ては短く悲鳴を上げたり、ユーケル君を気遣う視線を向けたりしていた。

「オーナ様はユーケル殿のどんな所がお好きなのですか？」

一つ気になる事があったので、思い切って聞いてみた。

「──ペンドラゴン卿？」

巫女オーナは口をパクパクさせた後、憮然《ぶぜん》とした顔をオレに向けた。

「もしかして、あなたもユーケルと一緒に、私の独白を聞いていたのですか？」

「盗み聞きをするつもりはなかったのですが……」

「口止め料代わりに聞かせろと？」

「ええ、絶対に口外しないと神と王祖様に誓います」

オレを睨《にら》み付けた後、巫女オーナは溜《た》め息《いき》を一つ吐いてから、オレの質問に答えてくれた。

「最初は義務感からでした。ユーケルの利き腕の件は知っていますか？」

巫女オーナに尋ねられて首肯する。

「そう、最初は責任感と義務感で彼を支えるつもりでした」

ユーケル君の試合を眺めながら巫女オーナが続ける。

「でも、彼は途中で変わったのです。騎士になる夢を絶たれながら、それでも夢を諦めず、今の自分にできる事を探し、全力で前に進もうとする直向《ひたむ》きな彼の姿に私は惹《ひ》き付けられました」

良かった。オレの懸念は杞憂《きゆう》だったらしい。

彼女が義務感や負い目の延長線で、ユーケル君を好きだと思っているんじゃないかと、少し心配していたのだ。

オレは心の中で、巫女オーナに失礼な誤解を詫《わ》びる。

巫女オーナはそんなオレの内心を知る事なく、ユーケル君を目で追う。

「よし、次――」

「まだまだぁあああ！」

「その意気や良し。だが、まだ未熟すぎる」

ユーケル君がふらふらで突撃して、キゴーリ卿に軽くいなされて打ち倒された。

「そこで達人同士の戦いを見て、己の未熟さを見つめ直せ」

キゴーリ卿がそう言って息を整えた後、別の方を向いて声を掛けた。

「キシュレシガルザ卿、一手ご指南いただきたい」

「承知」

訓練場の反対側から出てきたのはリザだ。

今日は迷宮都市で最初の頃《ころ》に使っていた紅革の鎧《よろい》を着ている。

さすがに訓練で魔槍《まそう》ドウマはまずいと思ったのか、持っていた魔槍をルルに預けて訓練用の木槍を手に取った。

ちなみに、ポチ、タマ、ナナの三人は朝から門前宿のユニちゃんに会いに行っている。

「――強い」

リザが一方的にキゴーリ卿を倒したのを見て、巫女オーナがリザの強さに驚いていた。

「ペンドラゴン卿の家臣はお強いですね」

「ええ、リザにはいつも助けられています」

「彼女の姿を見て、亜人への謂《いわ》れのない偏見が少しは薄まるといいのですが……」

巫女《みこ》オーナが憂いを帯びた顔で呟いた。

彼女も、セーリュー伯爵領の亜人差別に思うところがあるようだ。

「次はわたくしも戦ってみたいですわ」

「ダメですよ。今日のカリナ様はドレス姿じゃないですか」

「だったら、鎧に着替えて――」

「ダメだってば、そんなのを許したら、わたし達がニナさんに叱《しか》られちゃうわ」

戦いに興奮したカリナ嬢が訓練に参加しようとしてルルとアリサに止められていた。

ムーノ伯爵領ならともかく、令嬢が他領に賓客として訪問中にそれはダメだろう。

「ゼナさんはいらっしゃいませんね」

「ゼナなら市外演習場で老師の指導を受けているはずです」

マップ検索してみたら、確かに都市外にゼナさんのマーカーがある。

「これで城内の見学は終了です。よろしければ迷宮関連の施設をご覧になりますか？」

「ゼナさんのいる市外演習場は遠いのですか？」

「それほど遠いわけではありませんが、秘伝を授ける為《ため》の極秘訓練との事ですので」

「それは邪魔できませんね」

仕方ないので、巫女オーナの最初の提案通り、迷宮関連施設を見学させてもらう事になった。

「ずいぶん立派な壁ができてますね」

まだ一年ほどなのに、分厚い壁と頑丈そうな鉄の扉で迷宮前広場が隔離されている。

巫女オーナが伯爵の許可証を見せてようやく扉が開かれた。

「――ほう」

様変わりした広場を見て、思わず感嘆の声が漏れた。

前に見た時と違って、迷宮の入り口を覆うようにドーム型のトーチカっぽい建物があり、それを取り囲むように、塹壕《ざんごう》が何重にも敷設されている。その塹壕と塹壕の間には鉄製の馬防柵《ばぼうさく》が配置されていた。

射手や魔力砲の陣地が何箇所も設置されて、迷宮から魔物が溢《あふ》れた時に阻止する為の準備がしてある。

「厳重な守りですね」

「ええ、万が一にもセーリュー市に魔物を入れるわけにはいきませんから」

目に見える防備だけでなく、神殿や魔法使い達によって霊的な結界が幾重にも構築されているそうだ。

残念ながら、現在は領軍の人間しか迷宮に入れないそうで、外側の防備を見学して退出した。

帰りにエチゴヤ商会の支店を見かけたので顔を出す。サトゥーとして知っている人間はいなかったものの、名前は伝わっていたようで、お茶菓子を出してもらって色々と売れ筋の商品やセーリュー市での仕入れの話を聞かせてもらえた。

城に戻った後、巫女オーナと迎賓館の前で別れ、出かけていなかった仲間達と合流する。

「ご主人様、昼からは一緒に行動できそう？」

「今日は無理そうだ。悪いけど、皆《みんな》は自由に行動してくれていいよ」

昼からは昨日こなせずに翌日に持ち越した面会予約で一杯だ。

「うーん、わたしは残るわ。一人くらいハニトラ撃退要員がいるでしょ？」

「ポチはタマ達と一緒に、ユニの養護院に遊びに行くのです！」

「リザさんは？」

「私はご主人様の護衛として残ります」

真面目《まじめ》なリザらしい回答だ。

アリサとリザ以外はポチと一緒に行くらしい。

「せっかくだから、昔の知り合いに会っておいで」

「ですが……」

遠慮しようとしたリザだったが、オレの提案に心惹《こころひ》かれているようだったので、もう一度勧めて遊びに行かせた。リザは働きすぎだと思う。

そこからは怒濤《どとう》の面会ラッシュだった。

「ご主人様、少し休憩を入れる？」

「いや、あまりムーノ領に戻るのが遅くなってもいけないし、今日中に終わらすよ」

「そういえば太守就任直後に、コボルト達の恭順で廃坑都市に行って、そこで手に入れたカリナサマの獣王葬具を解呪《かいじゅ》しに公都へ行ったら、今度はリーンたんに魔王退治に駆り出されたんだっけ」

お飾りの太守だとしても、最初くらいはちゃんとやらないと太守代理を務めるリナ嬢がパンクしてしまう。

そこからさらに気合いを入れた。夜は夜でセーリュー伯爵の私的な晩餐《ばんさん》に招かれているしね。

ちなみにカリナ嬢は伯爵夫人の晩餐会に呼ばれているらしく、最後まで断る言い訳を考えながら泣きそうになっていた。

迎賓館で盛装してから、お城のエントランスへと向かう。


「サトゥーさん！」

そこにはドレス姿のゼナさんがいた。

「こんばんは、ゼナさん。なかなか都合が合わなくてすみません」

「いえ、お仕事ですから」

ほとんどゼナさんと交流する時間が取れなかったんだよね。

「サトゥーさんはどのくらい滞在できそうなんですか？」

「今はあまりムーノ伯爵領を空けられない時期なので、明日には一度ムーノ領に戻ろうかと思っています」

「そうですか……」

ゼナさんが淋《さび》しそうに顔を伏せる。

「領地の仕事は半月ほどで片付くはずなので、その後にでもゆっくりと訪問させていただきますよ」

「本当ですか?! だったら、その時は我が家に泊まっていってください。それほど広い家ではありませんが、サトゥーさん達が泊まれるくらいの広さはありますから」

ゼナさんが笑顔で提案してくれた。

八人もの客を泊めるスペースがあるとは、ゼナさん宅もけっこうな広さがあるようだ。

「子爵閣下、食堂にご案内いたします」

メイドさんが呼びに来たので、ゼナさんと一緒に向かう。

この前の晩餐会があった大部屋とは別の場所のようだ。

「――姉様」

食堂にはゼナさんの弟のユーケル君と盛装をしたキゴーリ卿、対面にはローブ姿の老人とイケメン青年が座っている。

「――ユーケル?」

彼女は同席者の中にユーケル君がいるのに、少し驚いたようだ。

オレはメイドさんに案内されて、上座に四つ席が空いている内の一つに案内された。

イケメン青年は王都で会った雷系の魔法使いで、老人はイケメン青年の祖父で、セーリュー伯爵領の筆頭魔法使いだ。

ゼナさんはユーケル君の横らしい。

「待たせたかな?」

そう言ってセーリュー伯爵が入ってきた。

その後ろには嫡男である大学生くらいの長子と次女の巫女オーナが続く。巫女オーナはオレの横らしい。

列席者のメンバーに何かの思惑を感じる。伯爵夫人がカリナ嬢を隔離するように、別の晩餐会に招いたのも関係ありそうだ。

穏やかに晩餐が始まったのだが――。

「雷爺《じい》、ゼナの腕前はどうだ？」

セーリュー伯爵が老人――雷爺に尋ねた。

「申し分ありませんぞ。セリビーラの迷宮であれほど成長できるなら、不肖の孫にも迷宮都市まで遠征に行かせるべきかもしれん。まあ、ゼナほどの才能があるかは分かりませんが」

「ほう、それほどか？」

「ゼナの雷魔法は我が一族の秘伝を伝授しても構わぬほど素晴らしい」

褒められたゼナさんが、頬《ほお》を赤くして恐縮している。

「ならば、孫の嫁にと考えているのか？」

セーリュー伯爵が思わせぶりに、こちらをチラリと見てから雷爺に聞いた。

「確かに。不肖の孫には過ぎた娘ですが、我が一門に加えるに足る素晴らしい術者ですな」

「どうだ、ゼナ。雷爺の家に嫁ぐか？」

「いえ！　私は——」

「雷爺の家では不満か？」

ゼナさんが強い口調で断ろうとしたのを、セーリュー伯爵が被《かぶ》せるように遮った。

「それは……」

セーリュー伯爵の意地悪な言葉に、ゼナさんが口籠《くちご》もる。

昼間の巫女オーナの話では、雷爺はゼナさんの師匠的なポジションみたいだから否定しにくいのだろう。

「伯爵閣下、そのように強い口調で言われたら萎縮《いしゅく》してしまいますよ」

「——ペンドラゴン卿《きょう》」

本人の意思をねじ伏せるような縁談は、ちょっと看過できないので口を出してみた。

「そうですな。閣下、あまり追い詰めては有能な部下を失う事になりますぞ」

キゴーリ卿も援護射撃に参加してくれた。

「それはいかんな。ゼナにはまだまだ教えねばならん事が山ほどある。婚姻の話は修行が一段落してからでも遅くはあるまい」

「雷爺にまで言われては、無理強いはできぬな」

セーリュー伯爵が嘆息して矛を収めてくれた。

「ゼナ、しばらくは雷爺に教えを乞《こ》いつつ考えろ」

「承知いたしました！」

ゼナさんが立ち上がって敬礼してしまい、キゴーリ卿からツッコミを受けていた。

「ゼナには断られたが、ペンドラゴン卿はどうだ？　今からでもオーナの婚約者になる気はないか？」

「ペンドラゴン卿とオーナ様が婚約?!」

寝耳に水なユーケル君が素っ頓狂《すとんきょう》な声を上げた。

ゼナさんも予想外だったのか、不安そうな顔をこちらに向けている。

巫女オーナは事前にセーリュー伯爵から打診があったのか、能面のような無表情で我関せずという態度だ。

――いや、ユーケル君が驚きの声を上げた時に、ほんの少しだけ口角が上がった。

たぶん、ユーケル君が動揺した事が嬉《うれ》しかったのだろう。

あそこで祝福されたりしたら、幻滅ものだしね。

ユーケル君がキゴーリ卿に叱られて、セーリュー伯爵に無作法を詫《わ》びたところで、さっきの質問に答えることにした。

「私も当分結婚する気はありません」

オレの答えを聞いたゼナさんが、安堵《あんど》の吐息を漏らすのが見えた。

「貴族の義務はどうする？　永代貴族には家を存続させる義務があるのだぞ」

養子を貰《もら》うという方法もあります、と公言しちゃうと非常識貴族の烙印《らくいん》を押されて、主家であるムーノ伯爵に迷惑が掛かるので、「その点については考えがあります」と言葉を濁した。

「そうか、老婆心とはいえ、他家の事情に口を出した事、謝罪する」

「いえ、至らぬ若輩の身ですので、閣下のお気遣いには感謝しております」

セーリュー伯爵が話を終わらせてくれたので、オレも社交辞令で返した。

もっとも、こっそりと「ならば、外堀から埋めるか」なんて不穏な事を呟《つぶや》いているのを、聞き耳スキルが拾ってきたので、彼はまだ諦《あきら》めていないようだ。

余計なお世話はノーサンキューです。

外堀とやらを埋められる前に、速やかにセーリュー市を発《た》つ事にしよう。

ゼナさんには悪いけど、また来訪するので許してほしい。

「サトゥーさん！」

晩餐会から迎賓館への帰り道で、そんな事を考えるオレをゼナさんが呼び止めた。

「ゼナさん、何か御用が――」

「私、私はお師匠様の家に嫁ぐ気はありません！　さっきは言えませんでしたけど、それが私の気持ちです！」

オレの言葉を遮って、ゼナさんが赤い顔で宣言する。

「ええ、分かっています。私も巫女《みこ》オーナとの縁談を受ける気はありませんから」

「はい！」

微妙に意味合いが違うので、ゼナさんの笑顔が心に痛い。

ちょっと話題を変えよう。

「そういえば、ユーケル殿には縁談は来ておられないのですか？」

「同格の家から見合いの話は何度も来ているのですが、『今は修行中の身だから』と言って断っているようです」

ゼナさんがそう言った後、少し迷ってから付け加えた。

「ユーケルはオーナ様への想《おも》いが断ち切れないんだと思います」

「ゼナさんは二人の恋に反対ですか？」

「そう、ですね。昔の私なら反対していたかもしれません」

ゼナさんが言葉を選ぶように言う。

「貴族の婚姻は家同士の繋《つな》がりです。ですから、何よりも家に益する事が重要視されます。好き嫌いで、結婚相手を決めるのは愚かな事だと教えられて育ちました」

つまり、今はそう考えていないと。

「でも、サトゥーさんやアリサちゃんに会って、それ以外の道を知る事ができました」

ゼナさんがオレを見る。

「恋する相手と出会える事の幸せを」

真剣な目でオレの瞳《ひとみ》を見つめる。

「ですから、もしユーケルとオーナ様が恋の成就を目指すなら、力になってあげたいと思うんです」

話がユーケル君達の事に戻った。

告白されるのかと身構えてしまったよ。

「ゼナさんがそう仰《おつしや》るのであれば、微力ながら私も手助けいたしましょう」

「ありがとうございます、サトゥーさん！」

すぐには無理だけど、ブライトン市での用事が終わったら、ユーケル君を鍛える時間くらいは作れそうだからね。

◆

「――ペンドラゴン卿、お忙しいところにお時間をいただき感謝いたします」

翌日、迎賓館を引き払う直前に、巫女オーナが訪ねてきた。

「キシュレシガルザ卿、あなたを鍛えたのはペンドラゴン卿だとゼナから聞きました。間違いありませんね？」

「オーナ様――」

「はい、その通りです」

オレが誤魔化す前にリザが即答してしまった。

「ペンドラゴン卿、キシュレシガルザ卿を鍛えたあなたなら、ユーケルをシガ八剣に並ぶほどの強さに鍛える事ができますか？」

「答えづらい質問ですね。リザがシガ八剣筆頭のジュレバーグ卿を倒したのは、あくまで彼女の絶え間ない努力と才能のお陰ですから」

「つまり、不可能ではない、という事ですね」

巫女オーナがぐいぐい来る。

「お願いします。ユーケルを鍛えてください」

巫女オーナが平身低頭で懇願する。

ゼナさんにも頼まれているし、最終的に断る気はないのだが、さすがに無条件で受けるわけにはいかない。

「申し訳ありませんが、簡単にお受けする事はできません」

「無理を言っているのは分かっています。私にできる事なら、どんな事でもします」

「ちょーっと待ったぁああ！　エロいのは禁止よ！」

「ん、禁止」

アリサとミーアの鉄壁ペアが、巫女オーナとオレの間に割り込んだ。

「落ち着け、二人とも。ユーケル殿がいるのに、彼女がそんな事をするわけがないだろ」

「もちろんです。私の巫女としての力が必要な時は、万難を排してご協力いたしますし、ゼナが望まぬ縁談を強要されそうになったら、城の女達を総動員して阻止してみせます」

おっと、なかなか魅力的な提案だ。

「城の女達を総動員って、そんな事ができるの？」

「ええ、治癒魔法は手荒れや肌荒れにも効きますから」

広範囲タイプの治癒魔法を定期的に施すだけで、城の女達から女神のように崇《あが》められているそうだ。

まあ、ポーションでできるんだし、回復魔法でもできるよね。

「首を縦に振る前に、一つだけ条件があります」

居住まいを正す巫女オーナに、ユーケル君がセリビーラの迷宮への選抜隊に選出されるようにしてほしいと条件を付けた。

「セーリュー市の迷宮ではいけないのですか？」

「セリビーラの迷宮の方が規模が大きい分、育成がしやすいのですよ」

セーリュー市の迷宮は魔物のレベルが高めでいいんだけど、レベル五〇台まで鍛えるとなると、ちょっと魔物の数と強さが心許《こころもと》ない。

「分かりました。迷宮選抜隊の第二陣が近々派遣されるという話ですし、ユーケルが選抜されるよう働きかけます」

ユーケル君が迷宮都市に向けて出発したら、ムーノ伯爵領に手紙を出すように言って巫女オーナと別れた。

オレは門前宿の前で、マーサちゃんやユニちゃん、なんでも屋の店長やナディさん、そして公務を抜け出してきてくれたゼナさんに見送られてセーリュー市を後にした。

雷獣の噂《うわさ》

〝サトゥーです。未確認生物《UMA》といわれるもののほとんどは、見間違いか話題作りのデマだとは思いますが、中には本当にいるんじゃないかと思えるのもあって、年甲斐《としがい》もなくロマンを感じてしまいます。〟

「雷獣？」

以前、ここで看取った行商人達の墓参りに寄ったクハノウ伯爵領の峠の山小屋前で、先に来て休憩していた商隊の商人から、一つの噂を聞かされた。

曰《いわ》く、稲妻の化身みたいな獣——雷獣を見た。

曰く、雷獣は山奥の集落を壊滅させ、家屋や畑を丸焼けにした。

曰く、雷獣は番《つがい》で空を飛んで「魔物の領域」に消えた。

「そんなの聞いた事ないわ。雷の精霊っぽいけど、ミーアは知ってる？」

「知らない」

精霊と親和性の高いエルフのミーアすら知らないという事は、レア中のレアか何かの見間違いのどちらかだろう。

「あんた達も街のヤツらと同じように、この話を信じてくれないんだな。だが、俺達は見たんだ」

商人がそう言うと、商人の部下らしい男達も神妙な顔で頷《うなず》いた。

いきなりウソツキ呼ばわりも酷《ひど》いので、商人達には「見かけたら街の衛兵やお偉いさんに伝えておく」と約束して別れた。

「オレ達もそろそろ行こうか」

お墓にお花やお酒も供えたし、昼食も取ったので、峠の山小屋を出発し、ノウキーの街に寄って雷獣の噂がどの程度広がっているのか尋ねてみる事にした。

「雷獣？　聞いた事ないぞ？　新手の魔物か？」

「山奥の集落が壊滅？　ニルス村の一角が落雷からの火災で燃えたって話じゃなく？」

「この前の雷雨は凄《すご》かったからな。風で飛ばされた布か毛皮が魔物に見えたんじゃないか？」

手分けして情報を集めれば集めるほど、雷獣が眉唾《まゆつば》に思えてくる。

ちなみにマップ検索では見つからなかった。雷獣っていうのも、商人が言っていた通称みたいなものだし、他《ほか》に正式名称があったら検索にはヒットしないんだよね。

「サトゥーさん！」

名前を呼ばれて振り返ると、少年と少女の二人連れがいた。

「あの時はありがとうございました」

誰《だれ》だっけ？　と内心で首を傾《かし》げていると、リザが「峠の山小屋で助けた二人です」と耳打ちしてくれた。イマイチ顔が思い出せないけど、彼らの様子からして間違いなさそうだ。

「やあ、元気だったかい？」

「はい！　サトゥーさんがあの時に木工品を買い取ってくれたお陰で、路頭に迷わず暮らしていけています」

「それは良かった」

助けた甲斐《かい》があるというものだ。

地元民に再会できたついでに雷獣の噂を聞いてみた。

「知ってます！」

「ニルス村の？」

「そうそう！」

少年と少女が知っているようだ。

「詳しく聞いてもいいかな？」

「村はずれの家が焼かれた時に、俺は木材の買い付けでその村にいたんです」

おっと、一次目撃者じゃないか。

「駆けつけた時に、誰かが空を指さして『雷獣だ！』って叫んだんです。そしたら、暗雲の間にビカビカ光る何かがいて」

「どんな姿だったか分かる？」

「いえ、遠かったし、すぐに見えなくなったんで」

すみませんと謝る少年に、有益な情報の礼を言う。

一緒に情報料を手渡そうとしたのだが、恩人から金は受け取れないと拒否されてしまった。

そして、別れ際に——。

「そうだ！　忘れてた！　雷獣は一体じゃなかったんです」

二つの光が雲間に消えたと補足してくれた。

そういえば峠で会った商人の話でも「番」だと言っていたっけ。

オレはもう一度、少年に礼を言い、彼らと別れた。

「ご主人様、今回は寄られないのですか？」

リザが指さす先には、魔法屋があった。

そういえば、前回はここで巻物や魔法薬用の安定剤を買ったっけ。

「いらっしゃい。魔法薬から惚《ほ》れ薬まで何でも揃《そろ》う魔法屋レンマーリスへようこそ」

魔法屋に入ると、メガネがトレードマークの魔法使いの女性が迎えてくれた。

「おや？　お客さんの顔には見覚えがあるね……そうだ！　一年くらい前に不良在庫の安定剤を買ってくれたお客さんだ」

「正解です」

途中から安定剤も自作するようになったけど、ここで買った安定剤には長らくお世話になった。

水増し魔法薬とか、品質を上げすぎたくない時に重宝したんだよね。

「今日も安定剤かい？　それとも秘薬を？」

「いえ、今日は巻物を」

「巻物？　あるにはあるが、許可証のない人間には当たり障りのないのしか売れないよ」

そう言って出してくれた巻物はオレの持っている魔法ばかりだった。

「何か変わった巻物はありませんか？」

「変わった巻物ねぇ？　使い物にならない巻物ならあるけど、あれはなぁ」

「許可証が必要ならクハノウ伯爵に発行してもらいますから、どんなのがあるかだけでも教えてもらえませんか？」

「伯爵様に発行してもらうって――もしかして、お客さん、いいとこのお坊ちゃんなのかい？」

「庶民の生まれですが、ちょっと伯爵様に伝手《つて》がありまして」

そんなに親しい関係ではないけど、領内の巻物購入許可くらいは出してくれると思う。

「ならいいけど、期待しないでおくれよ」

店主はそう前置きして、年季の入った巻物を二本出してくれた。

「確かに変わった巻物ですね」

彼女が出したのは土魔法の「絶縁体《インスレーター》」と生活魔法の「静電気除去《エレキ・リムーバー》」の二つだった。

まるで、「これから雷獣と出会うぞ」と言わんばかりのラインナップだ。

「この『絶縁体』は小さな黒い塊を作り出すだけ、もう一つの『静電気除去』は冬場に服を着る時のパチパチするのを除去するだけのやつだ。冬には売れる事もあるらしいけど、この季節には誰も欲しがらない」

店主は肩を竦《すく》めて「先代の店主が物好きだったのさ」と言って、仕入れの才能がなくて自分に店主の座を譲ったのだと聞いていないのに教えてくれた。

「さすがにいらないだろ？」

「いえ、是非とも購入したいです」

「なんだ、マニアか」

呆《あき》れ顔《がお》になったが、店主は不良在庫だから売ってやると言ってくれたので、割高だったけど値切らず購入した。

会計の時に世間話をしたんだけど、前回不足していた魔核《コア》もセーリュー市の迷宮が稼働した事で解消したらしく、「今回は魔核じゃ売れないよ」と冗談混じりに釘《くぎ》を刺された。

やっぱり、彼女はオレが以前、フードで顔を隠して闇《やみ》取引した男だと気付いていたようだ。

◆

情報収集を終え、ノウキーの街を出たオレ達はクハノウ伯爵領に隣接する「幻想の森」を訪れていた。

「やっぱり、サトゥーさん達だ！」

森を入って少しした頃《ころ》に、「幻想の森」の老魔女の弟子であるイネちゃんが出迎えに来てくれた。

ここで最初に会った時のように、鋼鉄製の豹《ひょう》の上に乗っている。前回と違うのは出会い頭の土魔法攻撃がない事と、四体の「生ける甲冑《リビング・アーマー》」が追従していない事だ。

「元気そうだね。魔女殿は息災かな？」

「うん！　お師匠様も元気だよ！」

イネちゃんが元気良く答えると、頭の上に帽子のように乗っていた毛玉鳥《パフ・バード》が「クルゥポウ」と鳴いた。

彼女達の先導で老魔女の塔へと辿《たど》り着き、老魔女の部屋へと案内される。

「ようこそおいでくださいました。ミサナリーア様、サトゥー様、そして皆様」

老魔女がゆったりとした仕草で挨拶《あいさつ》し、オレ達も挨拶を返す。

イネちゃんの頭から飛び立った毛玉鳥が老魔女の杖《つえ》の先にちょこんと止まった。

「急にお邪魔してすみません」

一応、ノウキーの街に到着する前に、使う機会のなかった「伝書鳩召喚《サモン・ピジョン》」の魔法で召喚した伝書《でんしょ》鳩《ばと》に来訪する旨を書いた手紙を認《したた》めたけど、急な事には違いはないしね。

「いえいえ、エルフ様や恩人であるサトゥー様達を前に閉ざす門はありません」

そんな感じで挨拶を済ませ、ボルエナンの森や西方諸国でのお土産を老魔女とイネちゃんに手渡す。イネちゃんには「人形の国」ロドルォークの工房で買ったお人形もプレゼントした。

屋上からピーチクパーチクと雀《すずめ》っぽい鳴き声が聞こえてきた。

「あ！　今日は毛繕いの日だった！」

イネちゃんがそう言って部屋を飛び出していった。

老魔女によると、古老雀《エルダー・スパロー》の毛繕いを手伝いに行ったらしい。

ちょっと興味があるので、老魔女の許可を貰《もら》ってオレも見学させてもらうことにした。

屋上に上がると、プールみたいに大きな巣があり、その中心に軽トラサイズの雀が鎮座していた。

「まあ、とっても大きな鳥さんですわ！」

初めて間近に古老雀を見たカリナ嬢が驚きの声を上げた。

レーダー情報によると、イネちゃんは古老雀の羽の陰にいるようだ。

「うんしょ。パロ、ちょっと羽上げて」

――ピッ。

イネちゃんのリクエスト通り、古老雀が片方の羽を上げ、そこに潜り込んだイネちゃんが竹箒《たけぼうき》のようなブラシで羽の間に挟まったゴミや虫を落としている。この古老雀はパロという名前らしい。

「ううっ、届かないぃ～」

「これでいいかい？」

「え？　ありがとう、サトゥーさん」

台に乗って背伸びしても届かない場所は、オレが代わりにやってあげる。

「ここが痒《かゆ》い～？」

――ピピッ。

「ここがいいのです？」

――ピッ。

いつの間にかタマとポチが古老雀の背に乗ってブラッシングをしていた。

「大丈夫」

「ちゃんと魔女さんに許可は取ってたわよ」

オレの視線に気付いたミーアとアリサがそう教えてくれる。

ブラッシングの後は、イネちゃんに案内された年少組とナナとカリナ嬢が塔周辺の冒険に出かけたので、オレは老魔女と錬金術談義をする。幾つかの錬金術のレシピを交換しつつ、近況や雑談を交わす。

「雷獣ですか?」

「ええ、そんな噂《うわさ》を耳にしたものですから」

「残念ながら、この『幻想の森』では見た事がございません」

不思議な生き物の多い「幻想の森」になら棲《す》んでいるかもしれないと思ったけど、その予想は外れた。

「そういえばこの間の雷雨の時に、パロがずいぶん空を警戒していました」

いつもはそんな事はないのだと老魔女は言う。

あの大きな古老雀が警戒するなら、それなりに強い魔物だと思うけど、単に雷雨が嫌だった可能性も高い。

そろそろ日が落ちてきたので、ルルやリザが老魔女と一緒に夕飯の支度をする。

「変わった食材ですね」

「どれも『幻想の森』の特産品でございます」

綿雲みたいな茸《きのこ》に、しゃりしゃりと楽しげな感触の野菜、肉は鳥っぽいけど色が雪のように真っ白だ。

特徴の分からない食材なので、老魔女に指示出ししてもらって調理を進める。

「お師匠様、ごめんなさい。すぐに手伝う！」

「イネニマアナ、まず手を洗ってらっしゃい」

「はい、お師匠様」

イネちゃんが手早く手を洗って参戦してくれた。

ポチ達も手伝おうとしたが、既に厨房《ちゆうぼう》は人で一杯なので食卓の準備をしてもらう。

「良い匂《にお》い〜？」

「とってもとってもファンタスティックな匂いなのです！」

「確かに甘い感じの良い匂いだわ」

「ん、同意」

「完成が待ち遠しいと告げます」

食卓準備組が厨房の入り口から、待ち遠しげにこちらを窺《うかが》っている。

オレは「もうすぐだよ」と声を掛け、最後の仕上げを行った。


「いただきます！」

「「いただきます」」」「なのです！」

アリサの掛け声と老魔女師弟の森の恵みへの感謝の言葉で夕飯が始まった。

夕飯の中心は深皿に盛られた「幻想の森の恵み鍋《なべ》～初冬の朝風～」という色彩豊かな煮物で、甘辛く味付けされた野菜がシャリシャリと独特の食感を楽しませてくれる。底の方に沈んだオレンジ色のお芋が、口の中でほくほくと崩れて、柔らかい滋味を伝えてくれた。

パンにはレーズンっぽい感じにブルーベリーみたいなドライフルーツが練り込まれ、甘く柔らかな味わいになっている。

「お肉さんが行方不明なのです」

「難事件～？」

ポチとタマがお鍋や副菜のサラダを不思議そうに突《つつ》いている。

ちなみに副菜のサラダには、綿雲みたいな茸が粉雪のようにトッピングされており、独特の食感と味で手が止まらない美味《おい》しさだ。

「うふふ、もうすぐ焼き上がりますよ」

ルルの言葉が終わる前に、リリンと鈴の音が聞こえた。

「焼けたようですね」

「私が取って参ります」

「オーブンの使い方は分かりますか？」

「はい、お任せください」

リザが厨房から大皿に載った鳥肉料理を運んできた。

蜂蜜《はちみつ》ベースのタレが塗られた鳥肉が艶《つや》々と光を反射して美味しそうだ。

「美味美味～？」

「やっぱりお肉さんが一番なのです」

他《ほか》の料理に比べると普通だが、食卓に肉が不足していたタマとポチは非常に嬉《うれ》しそうに鳥肉料理を口に運んでいた。

この鳥肉料理は付け合わせの野菜も美味しい。

鳥肉をオーブンに入れる時に、抜いた鳥の内臓の代わりに野菜を詰めて蒸し焼きにしてあるので、鳥の旨味がたっぷりと閉じ込められている。

「リザも美味しいのです？」

「ええ、美味しいです」

軟らかい肉は好みじゃなかったのか、リザの反応が悪い。

体調が悪いようなら、後で薬を出してあげよう。


「「「ごちそうさまでした」」」

幻想の森らしい食事を終えたオレ達は、老魔女やイネちゃんと一緒に腹ごなしの散歩に行く事にした。

「歩く先に明かりが点《とも》っていきますわ！」

「明かりに照らされたファンタジーな植物が綺麗《きれい》ね～」

「ん、素敵」

カリナ嬢が老魔女の魔法に感動している。

「綺麗な夜景ね。なんとかの里のライトアップみたいだわ」

アリサが前世の光景を思い出しながら言う。

大量のＬＥＤを使った綺麗なテーマパークを連想したようだ。

「マスター、光の波紋だと告げます」

「うりぃ～？」

「ちゃぷちゃぷじゃないのに、ちゃぷちゃぷみたいなのです」

ナナが呼ぶそこは、蛍火を草の先端に宿した草原で、一歩踏み込むごとに光が波紋状に伝わっていく性質があるようだ。

タマとポチもぴょんぴょん飛び跳ねて遊んでいる。

その楽しげな様子に誘われたのか、森の奥から半人半山羊《やぎ》の妖精《ようせい》族パーン達が現れて、二人と一緒に飛び跳ねだした。

「おう、あめーじんぐぅ～？」

「とってもとっても楽しいのです！」

「イエス・ポチ。この遊戯はとても興味深いと絶賛します」

「愉快」

子供達とナナとパーン達が輪になって踊り出す。

「あはは、ご主人様も一緒に踊りましょう」

「カリナも一緒に踊るのですよ！」

「お師匠様も！」

アリサ、ポチ、イネちゃんに誘われて、オレとカリナ嬢と老魔女がファンタジックな舞踏会に参加する。

いつの間にか他のレア妖精族達や森の動物達も現れて、舞踏会はさらに賑《にぎ》やかになる。

「光る蝶《ちょう》や夜光色の小鳥までいるわ！」

アリサが戯れてくる蝶や小鳥を見て感嘆の声を上げた。

「うふふ、綺麗ね」

「イエス・ルル。素敵な光景だと評価します」

「ん、歓喜」

ナナがルルに同意し、ミーアがエルフの民謡を口ずさみながらステップを踏む。

ここのところ殺伐とした戦いや貴族達との仕事ばかりだったから、こういうファンタジーな雰囲気に心が癒《いや》される。今度はゼナさんやセーラも連れてきてあげたいね。

オレはそんな事を考えながら、仲間達やイネちゃん達と夜更けまで幻想的な舞踏会を楽しんだ。

◆

「ここって、狼《おおかみ》を解体した川の辺り？」

「いや、それはもう少し向こうだよ」

「幻想の森」を訪れた翌日、オレ達はイネちゃんのお使いに付き合って、クハノウ市を目指していた。「生ける甲冑」や鋼鉄の豹《ひょう》に護衛されているとはいえ、小さな女の子が一人で危険な森を旅するのが心配になったのだ。

「そういえばご主人様。雷獣の事はアーゼたんには尋ねないの？」

「さすがにアーゼさんの迷惑じゃないかな？」

アーゼさんの手を煩わせるほどの重要事項とは思えなかったので、雷獣の件は問い合わせていなかった。

のんびりしているように見えて、アーゼさんはボルエナンの森で唯一のハイエルフ。エルフの長老達と森の運営をしていて、それなりに多忙なはずだからだ。

「そうかしら？　アーゼたんなら頼られて嬉しがるんじゃないかしら？」

「ん、同意」

ミーアも同じ意見のようだし、アリサの意見も一理あるかも。

「そうだね。一度、問い合わせてみるよ」

これを口実に定時連絡以外にアーゼさんとおしゃべりする機会だと考えを改めた。

カリナ嬢とイネちゃんはポチやタマとの「しりとり」に夢中だから、少しくらい遠話《テレフォン》をしても問題ないだろう。

『こんにちは、アーゼさん』

『サトゥー！』

遠話が繋《つな》がると、アーゼさんの弾んだ声が返ってきた。

相変わらず、いつまでも聞いていたくなる聞き心地のよい声だ。

『急に遠話をしてすみません。お仕事中じゃなかったでしょうか？』

『ええ、大丈夫よ』

特に問題なかったようなので、互いに近況を伝え合う。

三日前にも長々とお喋《しゃべ》りしたのだが、アーゼさんとだと幾らでも話せてしまうから不思議だ。

「サトゥー？」

「ご主人様、ずいぶん長々と喋ってるみたいだけど、ちゃんと雷獣の話はしてるの？」

——あっ。

喋るのが楽しくて忘れてた。

「ぎるてぃ」

「その顔は忘れてたパターンね！」

ミーアとアリサの二人に叱《しか》られたので、後ろ髪を引かれる思いで本題に入った。

『——雷獣？』

『ええ、ミーアも知らないという事なので、アーゼさんなら何かご存じないかと』

『う〜ん、記憶にないわ。雷精が群体みたいに集まったものかしら？』

『その可能性はありますね。私も自分で見たわけではないので』

『記憶庫に繋がったら、もっと詳しく分かるかも。今の私は千数百歳の若者と同じくらいの知識しかないから――ちょっと、ルーア。サトゥーに聞こえたらどうするのよ！』

オレには聞こえなかったけど、アーゼさんの後ろで巫女《みこ》ルーアさんが何かツッコミを入れたようだ。

『必要なら記憶庫に繋いで確認するけど？』

『いえ、そこまでしていただくほどの案件ではありませんから』

名残惜しいけど、用件が終わったので遠話を切る。

もちろん、今回の遠話は定時連絡にカウントされないので、また明日にでもゆっくりと話そう。

「アーゼたんは何て？」

アリサとミーアに小声でアーゼさんから聞いた事を伝える。

「確かに、雷精の群体かもって推論はありえるわね」

「そう？」

「ミーア的にはなささそう？」

「難しい」

ミーアにヒアリングしたところ、雷精霊が群れる事はあっても、すぐに落雷を呼んでばらけてしまうので、群体を維持する可能性は低いとの事だった。

「振り出しか～」

「いいじゃないか、それほど大きな被害があったわけでもないんだし」

「それもそうね」

確かに気になる存在だけどさ。

◆

「そろそろクハノウ市だよ」

街道沿いに延々と続く森が唐突に終わり、広大な麦畑が連なる空間に出た。

遠くに見える城塞《じょうさい》都市がクハノウ市だろう。規模はセーリュー市とほぼ同等。同じクハノウ伯爵領のセダム市と同規模ながら、人口はこちらの方が五割ほど多い。

森に囲まれた土地だけど、都市の向こうに聳《そび》える山々に石切り場があるらしく、建物は木造と石造の半々といったところだ。人族が大多数を占め、セダム市と同様に獣人奴隷もいるようだ。獣人は猫人が特に多い。

時間が中途半端なせいか、クハノウ市の門は空《す》いていた。

「身分証を見せろ」

「うん、これ」

横柄な門番に言われて、イネちゃんが身分証を懐から出す。

「げっ、魔女の弟子か」

「魔女様のお弟子さん？　今日はお使いか？　気を付けて行くんだよ」

門番の相棒の方は老魔女に敬意を持っているのか、言葉遣いやイネちゃんへの対応が丁寧だ。

「おい、そっちは？」

「こちらはペンドラゴン子爵様の馬車になります」

御者台のルルがオレの身分証を見せる。

「し、子爵様⁈　そんな名前の子爵様なんていたっけ？」

「他領の子爵様だろ？　どこかで聞いた事がある」

驚いた横柄門番が相棒とこそこそ話をする。

「通っても宜《よろ》しいですか？」

「ああ、構わん」

ルルが声を掛けると、精一杯に威厳を取り繕って門番が許可を出した。

門の向こうでイネちゃんと合流して、クハノウ城へ向かう。

お城の門番には話が通っていたらしく、イネちゃんはすぐにお城の応接間に案内された。オレ達も一緒だ。

「魔女の弟子に同行者がいると聞いていたが貴公だったのか、ペンドラゴン卿《きょう》」

「ご無沙汰《ぶさた》しております、クハノウ伯爵」

入るなりそう言ったクハノウ伯爵の求めに応じて握手を交わす。

「伯爵様、お師匠様からのお薬です」

「うむ、確かに」

魔法薬の保管箱に入った高級そうな瓶を確認したクハノウ伯爵は、すぐにそれを侍従に渡した。

「代金と魔女殿への贈り物は帰る時に渡そう」

「うん――じゃない。はい、伯爵様」

イネちゃんはお使いが終わった事にほっとした様子で、メイドさんが出してくれた甘いお菓子に手を付けた。

「それで、ペンドラゴン卿の用向きは？」

「丁度居合わせたので、イネニマアナの付き添いで来ました」

ついでにクハノウ市を観光していこうと思っています。

「そうであったか。そういえば卿は観光が仕事だったな、案内を付けるゆえ好きなだけ見物していくといい。今宵は城に泊まっていけ」

せっかくの申し出なので、甘えさせてもらう事にした。

「その前に家族に紹介したい」

クハノウ伯爵は子だくさんで奥さんも三人いた。

詳しい人数は聞いていないが、魔物との戦いや病気や事故で死別した子供達も多いそうだ。

「そうでしたか、お悔やみ申し上げます」

「うむ。それでもこの領地には魔女殿の薬がある分、他《ほか》よりはマシだ。他領で流行病《はやりやまい》が広がったら、悲惨な事になるからな」

流通が発達していないから、他の領地から必要なだけ輸入するなんて事は難しそうだもんね。

「『魔王殺し』殿！　私に剣の手ほどきをしてくださいませ」

一〇歳くらいの女の子がキラキラした目でオレに懇願する。

「ずるいぞ、ツェツェリーナ！　ペンドラゴン閣下、僕にも一手ご指南ください！」

同い年くらいの男の子がそう言うと、他の子達も皆、一斉にオレに剣の手解きを乞《こ》うてきた。

困り顔でクハノウ伯爵の顔を見たら、「すまぬが、半刻ほど面倒見てやってくれぬか」とお願いされてしまったので、断るのも無作法だし仕方なく請け合った。

高校生くらいの子達は基本ができていたので、変な癖や剣筋のブレなんかを矯正し、スタミナ不足を解消する為《ため》の訓練方法やストレッチをレクチャーした。

小さい子達は基礎の基礎くらいしかしていないみたいなので、彼ら彼女らが飽きるまで剣の相手をしてあげる。カリナ嬢達も参加したがったが、万が一にも子供達に怪我《けが》をさせられないので、遠慮してもらった。

「まだまだぁあああ」

最初に剣の相手をしてほしいと言ったツェツェリーナが最後まで食らいついてきたが、まだまだ基礎ができていないので、最後はスタミナ切れでダウンしてしまった。

「閣下、よろしければ私どもとも」

手合わせしてほしいと騎士達が集まってきたが、予定の時間を大幅にオーバーしていたので、又の機会にと言ってお断りした。男泣きに嘆きながら、こちらをチラ見するのは止《や》めてください。

その後は、クハノウ伯爵が付けてくれた案内人に導かれて、クハノウ市の市内観光をさせてもらった。もちろん、イネちゃんも一緒だ。

ここは木工や石工が盛んで、特に家具関係が秀でているらしい。

「この背もたれが好き〜？」

「へー、いいね。この椅子《いす》とテーブルのセットを買おうか？」

一軒の家具屋で見つけた応接セットがいい感じだったので、購入する事にした。

注文待ちが半年先まであるという事だったが、案内人が口添えしてくれて見本品で良ければという話になったので購入させてもらった。

「これは王都邸に置くの？」

「とりあえず、太守邸でいいんじゃないか？」

王都邸や迷宮都市邸の分は、一年後でもいいからと言って製作を依頼してある。

都市観光を終え、その日の夜は山の幸というか森の幸いっぱいの晩餐《ばんさん》に招待された。肉料理多めだったので、タマとポチのテンションが高めで満足いくものだった。

翌日は早くにクハノウ市を発《た》ち、イネちゃんを「幻想の森」の入り口まで送る。

「サトゥーさん、また遊びに来てね」

「ああ、必ず寄らせてもらうよ」

「これ、貰《もら》って。イネが作ったの」

そう言ってイネちゃんが魔法薬のセットをくれた。

「ありがとう、これはお礼だよ」

オレは西方諸国で手に入れた錬金術の書物と、錬成時に便利なアイテムをお礼に渡す。

「ええっ、こんなにいっぱい、いいの？」

「もちろんさ」

「ありがとう、サトゥーさん。イネはいっぱい勉強して、たくさんの人を助けてみせるよ！」

「うん、頑張れ」

頑張り屋さんのイネちゃんなら、きっと老魔女の薫陶を受けて、素晴らしい錬金術師や魔女の後継者になる事だろう。

気合いを入れるイネちゃんを激励し、森の入り口で別れた。

◆

「若旦那《わかだんな》！　久しぶりじゃないか！」

セダム市の前を通ったので、ちょっと知り合いの陶芸工房に寄ってみた。

「猫人のお姉さんなのです！」

「はろ～？」

ポチとタマが猫人奴隷のお姉さん達とハイタッチを交わす。

カリナ嬢はムーノ領であまり見ない猫人に目を輝かせていたが、どう接していいか分からずに挙動不審だ。

「今日はどうしたんだ？」

「ご機嫌伺いと、焼き物の注文をしようと思って」

「若旦那には『幻の青』の件で世話になったからな。他の注文を後回しにしてでも、対応するぜ！」

工房主はそう言ってくれたが、さすがに他の発注者に悪いので、ちゃんと順番は守りたい。

ちなみに「幻の青」とは、セダム市の太守が凱旋《がいせん》した時のお祝いで作った、失われた製法の陶器の事である。

「その『幻の青』を使った食器セットを作ってほしいんです」

「おう！　任せてくれ！」

「一〇〇セットほど欲しいのですが、大丈夫でしょうか？」

「ええっ、そんなにたくさん？　商売の買い付けか？」

工房主が発注数に驚いた。

貴族家の注文なら普通じゃないだろうか？

「いいえ。今度、太守になったので、館《やかた》で使ってもらおうかと思いまして」

「太守になった？　若旦那はどこかの貴族に仕えているのか？」

「いいえ、私がムーノ伯爵領のブライトン市の太守に任命されたんです」

そう正直に答えたら、工房主は顎《あご》が外れそうなほど驚いた。

しばらく、あたふたした後、猫人のお姉さんに渡された水を呷《あお》って、ようやく落ち着きを取り戻した。

そして――。

「ご無礼の段、平にご容赦をぉおおおお」

その場に土下座して謝罪しだした。

「どうされたんですか？」

「貴族様に無礼な口を利いてしまいました。ましてや、『幻の青』の為にお使いまで……」

工房主の声が震えている。

冗談でやっているのかと思ったら、本気で謝罪しているようだ。

そういえば、彼と会った時は平民だったっけ。

「顔を上げてください」

「ですが、貴族様を小間使いのように……」

「心配なさらずとも、当時は平民でしたから」

「――え？」

「あの後、ムーノ領で功績を立てて、名誉士爵に任ぜられたんですよ」

「そ、そうだったんですね――って、名誉士爵様が太守様になれるんでしょうか？」

「なれないわよ。ご主人様は子爵だもん」

工房主の疑問にアリサが答えた。

「ああ、そうだったのか――いや、今は貴族様って事じゃないか！　何も変わらないぞ?!」

安堵《あんど》したのも束の間、工房主がその事実に気付いて再び悲鳴を上げる。

「私は気にしていないので、お立ちください」

そんなに畏《かしこ》まられたら、ここに遊びに来にくくなる。

なんとか宥《なだ》め賺《すか》してようやく落ち着いてくれたので、発注を完了し、完成した商品は商業ギルドで依頼してブライトン市の太守館まで輸送してもらう事でまとまった。その頃《ころ》にはカリナ嬢も、猫人奴隷のお姉さん達と普通に談笑していた。

諸々《もろもろ》の手続きを終えたオレ達は、セダム市の市場で銀製品を色々と物色する。

コボルトとの争いが終わって銀山が再稼働したから、安価な銀製品が色々と出回っているんだよね。

「これ、素敵ですわね」

カリナ嬢が猫目石が嵌《は》まったネックレスを見て目を輝かせた。

「さっきの子達の目みたいじゃありませんこと？」

「おう、いえすぅ～」

「ホントなのです」

なるほど、それで目を惹《ひ》いたのか。

「お姉さん、美人だから負けておくよ。銀貨三枚でどうだい？」

露店主がカリナ嬢にセールストークをする。

ちなみに相場は銀貨二枚だ。

「……銀貨三枚」

　カリナ嬢が悲しそうな顔で、手に取ったネックレスを台に戻した。

「もしかして、手持ちがないの？」

「エリーナ達を公都に置いてきたから、代金を払ってくれる人がいないのですわ」

　なるほど、そういう事か。

　以前のムーノ領ならともかく、今のムーノ領で領主の娘が銀貨数枚の品に手が出ないって事はないはずだしね。

「さすがはセレブ。自分では現金を持ち歩かないのね」

「せれぶ？」

「そういう事なら、私が立て替えておきますよ」

　ムーノ伯爵に請求する気はないけど、カリナ嬢が後ろめたく感じないようにそう言っておいた。

「ありがとう、サトゥー」

　この露店は手頃な上に、センスの良い品が多いので、ブライトン市の太守館で働くメイド達への下賜用に少し多めに購入した。ブライトン市の太守代理をしてくれているリナ嬢への贈り物は、さっきちゃんとしたお店で買ったので問題ない。

　買い物を済ませたオレ達は、早々にセダム市を出立した。

　あまり長々と寄り道をしていたら、仕事がどんどん溜《た》まってしまうからね。

　以前、親切にしてもらった国境の砦《とりで》で、お礼がてら樽酒《たるざけ》と塊肉を贈り、谷に掛かる細い吊り橋《つばし》を渡ってムーノ領へと帰還した。

ヒュドラによって壊滅したムーノ領の砦も、簡易なモノながら新しく再建されており、領軍の責任者であるゾトル卿《きょう》によって再編された兵士達は、真面目《まじめ》に砦勤務に勤《いそ》しんでいた。

「子爵様、実は先日の雷雨の時に、見た事のない魔物を発見いたしまして」

砦の守備隊長から相談された内容を纏《まと》めると、どうも守備隊が目撃したのは件《くだん》の「雷獣」のようだ。

雷獣は東に広がる魔物の領域から現れ、領境を掠《かす》めてクハノウ伯爵領方面に消えたらしい。

時系列的にも、ここの目撃情報が一番古いようだ。

オレは守備隊長にクハノウ伯爵領で集めた情報を伝え、また見かけたら教えてほしいと頼んでおいた。

砦を離れ、幾つもの村々を遠目に見ながら街道を進む。

もう街道沿いで春や娘を売る人達の姿もなく、楽しげに畑仕事をしている光景に、為政者サイドとして安堵の吐息を漏らした。

「このままブライトン市に向かうの？」

「いや、まずはムーノ市に行く」

オレは少し思案してからアリサに答えた。

遠回りになるけど、ブライトン市に戻る前にムーノ市に寄ってカリナ嬢を送り届けないとね。

ムーノ伯爵領の発展

〝サトゥーです。都市作りゲームをしていると、中盤を超えた辺りからできる事としなければならない事が怒濤《どとう》のように増えて、慣れるまで大変だった記憶があります。そこを過ぎると、後はルーチンワークで行けるから楽なんですけどね。〟


「まったく、公都に解呪《かいじゅ》に行ったはずが、どうして他国で魔王退治なんて事になるんだろうね」

「カリナやサトゥー君達が無事で良かった」

ムーノ城では執政官のニナさんに叱《しか》られ、ムーノ伯爵に無事を喜ばれた。

オレは心配を掛けた事を詫《わ》び、事の顛末《てんまつ》を二人に語る。

「魔王が三体合体して、超魔王になったのです！」

「すごく凄《すご》く強かった～」

ポチとタマが途中で口を挟んでは、リザに「お口チャック」のポーズで叱られていて、ちょっと可愛《かわい》かった。

「ポチの言い方だと冗談みたいだけど、偽王っていう魔王もどき三体が合体して、本物の魔王になったのは本当の話よ」

「最初は分裂してたのかい？」

――分裂？　そう言われてみれば、ミュデ、ギギラ、オヤジの三人の偽王達は同じユニークスキルを持っていた。

なんらかの方法で、一つのユニークスキル――「臨機応変《フレキシブル・スキル》」を三つに分けて、三人に宿していたのだとしたら、合体して本物の魔王になったのも頷《うなず》ける。

まあ、今さら検証しようがないんだけどさ。

「それで最後はサガ帝国の新勇者達が倒したってわけだね？」

「うん、そんなトコロ」

実際は討伐直前に現れた「まつろわぬもの」が魔王を呑《の》み込んでしまったのだが、オレが勇者ナナシとして「まつろわぬもの」を討伐した後に確認したら、新勇者達にも「魔王殺し」の称号が増えていたから、あながち間違っていないと思う。

「勇者ハヤト様には会う機会がなかったけれど、新しい勇者様達には一度お目に掛かってみたいね」

ムーノ伯爵が羨《うらや》ましそうにカリナ嬢やオレ達を見る。

勲章授与とかでサガ帝国に行く時には、ムーノ伯爵も一緒に誘おう。

きっと彼ならば、勇者召喚の聖地巡礼を楽しんでくれるはずだ。

なお、公都に置き去りにしたエリーナと新人ちゃんのペアとはムーノ城の厨房《ちゅうぼう》で再会した。

「子爵様もカリナ様も酷《ひど》いっすよ！」

出会うなり抗議された。

あの時の状況的にオレは悪くない気がするが、丁度試作品ができたところなので、話を振ってみた。

「ごめんごめん、試作したアメリカンドッグは食べるかい？」

「もちろんっす！　子爵様の料理の試食に否やはないっす！」

「……エリーナさん」

「新人ちゃんはいらないっすか？」

「も、もちろんいただきます」

エリーナの意地悪な言葉に、新人ちゃんが慌てる。

「あ！　それは一番大きいやつじゃないっすか！」

「そんな子供のような事を言わないでくださいよ」

エリーナと新人ちゃんの漫談を見守っていると、欠食児童ならぬ欠食メイド達が大挙して押し寄せてきた。

「あー！　エリーナ達が抜け駆けしてる！」

「子爵様、愛してます！　だから、私にも味見を！」

「私なんか生まれる前から愛してるもん。だから、味見する権利があるはず」

「あたしもあたしも！　出会う前から味見を愛しているから一口！」

最後の方は愛する対象が料理に変わっている。

現金なメイド達に、一人一口ずつだよと言って試食の皿を渡した。

川に落ちた水牛に群がるピラニアのような勢いで、メイド達が料理を取り合う。

「厨房で騒ぐんじゃないよ！　埃《ほこり》を立てるヤツは、今後出入り禁止にするよ！」

「「「ごめんなさい、ゲルトさん！」」」

ゲルト料理長の一喝で、メイド達が背筋を伸ばして謝罪した。

やっぱり、厨房の主《あるじ》は彼女だね。

◆

数日ほどムーノ市に滞在し、それからブライトン市へと移動した。

「子爵様、おかえりなさいませ！」

太守館で太守代理のリナ・エムリン子爵令嬢が出迎えてくれた。

忙しい日々を送っていたらしく、目の下に隈《くま》ができている。ポップアップされたＡＲ表示による と軽度の過労らしい。

後で、栄養剤とよく眠れるように睡眠導入剤を処方してあげよう。

応接間でリナ嬢に公都からヨウォーク王国へ行き魔王退治に協力した話を簡潔に伝える間にも、次々に問題点を相談する部下達が訪れる。

都市の運営を始めたばかりだから、日々あちこちで問題が発生しているようだ。

「子爵様、すみません。ちょっと指示を出してきます」

リナ嬢がそう言って立ち上がり――。

「――危ない」

立ちくらみを起こしてオレの方に倒れてきたのを受け止める。

「す、すみません！」

「慌てないで、ゆっくり体調を整えてから動いてください」

リナ嬢が真っ赤な顔で呼吸を整える。

ＡＲ表示される状態の「過労」から、軽度の文字が消えていた。

これはドクターストップかな？

「もう、大丈夫です」

「大丈夫じゃありません。三日ほど仕事をせずに休養を取ってください」

自分が太守を務める行政府がブラック企業化するのは見過ごせない。

「で、でも、仕事が――」

「これは太守命令です。アリサ、会計処理と事務処理を任せる」

「オッケー！」

「ミーア、悪いけど手伝ってくれる？」

「ん、任せて」

アリサとミーアが文官を連れて部屋を出て行く。

「リザとナナは武官の話を聞いてあげて」

「イエス・マスター」

ナナはすぐに返事をしたがリザの反応がない。

「リザ～？」

「おねむなのです？」

「すみません、少しぼうっとしていました。すぐに取りかかります」

リザにしては珍しい。何か気になることがあったのかな？

「ルルはメイド達と仲良くなって、使用人達の不満や困り事などをヒアリングしてきて」

「はい、分かりました！」

ルルがメイドと一緒に部屋を出て行く。

視線を巡らせると、タマとポチが自分達への指示をワクワク顔で待っていた。

「タマ隊員、ポチ隊員。二人には街に出て困っている人を助けてくる任務を与える」

「あいあいさ～」

「はいなのです！　ポチはお助けのプロなのですよ！」

二人がシュタッのポーズをしてから部屋を飛び出していく。

「子爵様」

「これから三日間、リナさんは部屋で休養を取るのが仕事です」

「ですが……」

リナ嬢はなかなか休養を取る事を承諾してくれない。

ちょっとワーカホリック気味のようだ。

「ダメです」

オレは冗談っぽく言って、リナ嬢をお姫様抱っこして彼女の私室に運び込む。

彼女は軽いパニックを起こして、何かよく分からない事を捲《まく》し立てていたけどスルーした。

「後は頼むよ」

リナ嬢の侍女にちゃんと休ませるように命じておく。

幾らしっかりしているとはいえ、ローティーンの子を過労で倒れさせるわけにはいかないからね。

「お待たせ、アリサ。オレにも書類を回してくれ」

「ちゃんと分類してあるわ。こっちの書類ケースのが太守決裁待ちのよ」

執務室に行くと、アリサが文官達を采配《さいはい》しながら、自分も書類と格闘している。

ミーアは少し飽きてきている感じだが、処理済みの書類の数は本職の文官も顔負けだ。

「空いている机はあるかい？」

「太守様、どうぞこちらに」

事務机は埋まっていたらしく、ローテーブル前のソファーに案内された。

以前なら腰を痛めそうな環境だけど、今は色々と頑丈になったから大丈夫だろう。

「どれどれ――」

大抵の書類は水利権と治安と資材不足と陳情の四種に分けられる感じだ。

曰《いわ》く、「井戸が足りない」「川の上流下流での取水のもめ事」「盗賊が出る」「街道や村に魔物が出る」「月夜に正体不明の獣が暴れる」「石材が足りない」「鉄が足りない」「木材が足りない」「特産品が欲しい」「人手が欲しい」「落雷で食料庫が焼けた」などなど。

オレは優先度の高い項目から順番に人や予算を割り振っていく。

「太守様、それは太守代理が優先したいと――」

「大丈夫です。気にせず進めてください」

後回しにした案件に文官から物言いが入ったが、オレは強権を振るって指示通りにさせた。

リナ嬢が優先したい理由も分かっているので、オレが仲間達と個別に回る予定だ。本当に緊急の案件は、今晩にでもこっそりやるけど、それ以外は明日以降に回しても問題ない。

「ご主人様、こっち終わったわ。そっちの手伝いはいる？」

「いや、オレの方は大丈夫だ。他《ほか》の文官の手伝いをしてやってくれ」

「おっけー！」

アリサが手の遅い新人の仕事を中心に、少しずつ奪って怒濤《どとう》の勢いで処理を行う。

「これが執政官の言っていた帳簿鬼のアリサ……」

「『アリサがいれば倍は仕事が進むのに』と執政官がぼやくのも分かる」

「なんて速さだ」

文官達がチート主人公を讃《たた》えるモブみたいな事を言いだして手が止まっていたので、自分の仕事を進めるように窘《たしな》めておく。

このまま夜半まで進めれば、溜《た》まっていた決済が全《すべ》て終わりそうだったけど、定時には文官達に仕事を上がるように指示した。

「ですが、まだ仕事が……」

文官達が渋ったが、強権を発動して帰らせた。

リナ嬢ほどじゃないけど、どの文官も疲労が溜まって効率が低下している感じだったんだよね。

◆

「すみません、長々と休んでしまって」

「結局二日で出仕してきてしまったんですね」

リナ嬢が予定より早く職場に復帰した。

まあ、顔色が良くなっているし、AR表示される状態も通常に戻っているから大丈夫だろう。若いっていうのはいいね。

「お陰様ですっかり元気になりましたから——あれ？　おかしいです、確かこのあたりに……」

自分の執務机に座ったリナ嬢が、書類を確認して慌てている。

「何かなくなっていますか？」

昨日まではアリサが使ってたし、書類や備品の場所が変わってたりするのかな？

「いえ、保留にしていたはずの書類が一枚も残ってなくて」

「それなら全て処理しちゃったわよ」

「ええっ？　本当ですか？　鉄なんてムーノ市でも足りていなかったのに、どうやって？」

「それならボルエハルト市長のドリアル氏に融通していただけるように交渉済みです」

アキンドーに変装して、サトゥーの名代としてドリアル氏と直接交渉してきたのだ。

最終決定権を持つドハル老の心証が良くなるように、サトゥーとして鍛えた最高傑作のミスリル剣やムーノ領で採掘できた箱入りのミスリル鉱石を渡した。前者はオレが鍛冶《かじ》の研鑽《けんさん》を続けている事の証明、後者はドハル老への贈り物だ。

到着までは時間が掛かるので、喫緊で必要な資材はオレのストレージに大量保存されているのを放出した。もちろん、「魔法の鞄《マジック・バッグ》」経由でだ。

木材の不足はクハノウ伯爵領に発注したし、すぐ必要な分は夜中に間伐した木々をミーアの魔法で乾燥させて用意した。石材は廃坑都市に発注してあるので、近日中に届くだろう。

「え？　でも、手紙も届かない時間で？」

「妖精族《ようせい》にしか使えない秘密の方法があるのですよ」

今回は使っていないけど、ドライアドに頼めば往復できるからね。

「盗賊や魔物も退治済み？　調査隊も派遣していないのに？」

「そちらはリザ達に行ってもらいました」

「タマは調査のプロなのですよ！」

隣室で待っていたはずのポチがいつの間にかオレの足下に来ていた。

盗賊の隠れ家や魔物の行動範囲はマップ検索で絞り込んで、現地への案内は遠話《テレフォン》でタマを誘導したのだ。

「もしかして、難航していた井戸の増設も？」

「いえ、それはまだです」

「そうですよね」

驚き顔で言うリナ嬢にそう告げると、ちょっと落胆しつつも納得顔になる。

「それはこれからミーアと二人で解決してきます」

「ミサナリーア様と？」

「ええ、ミーアは精霊使いですから」

ウンディーネを介して水脈を探せるのだ。

「子爵様、取水のもめ事が幾つか保留になっていますが――」

「保留にしている場所にも井戸を作ります。陳情を見る限り、川の水量的に飲料水が別にあれば問題ない感じだったので」

「ああ、確かにそう、ですね」

リナ嬢が陳情書類を確認して納得顔になった。

幾つかの質問に答え、後のサポートはアリサに任せて執務室を出る。

「太守様、護衛をお連れください」

ミーアの精霊で飛んで行こうかと思ったんだけど、向こうで太守である事を説明するのも面倒そうなので、騎馬の兵士だけを連れて村々に向かった。

開拓村には十分な井戸を用意してあるので、向かう村々は全て既存の村ばかりだ。

「ミーア、ウンディーネを」

「ん、■■■……」

最初の村に着いたので、村人が村長を呼びに行っている間に詠唱を済ませてもらう。

「隊長様、今日はどのような御用でございますか？」

「今日は太守閣下の護衛だ」

「太守様、ですか？」

「そうだ。こちらがブライトン市の太守ペンドラゴン子爵様だ」

護衛の隊長がそう言ってオレを村長に紹介する。

近隣の有力者を招いて太守就任の記念祝典とかをしていないから、こういった顔繋《かおつな》ぎがいるようだ。面倒くさがらずに、就任パーティーを開いて顔繋ぎしておいた方がいいかもしれない。

そんな事を考えている間にも、村長と村人達が平伏してオレに挨拶《あいさつ》する。

「太守様にお会いできて恐悦至極にぞんぜますです」

村長は難しい敬語が苦手なのか微妙に言葉遣いがおかしい。

村長の名乗りを聞き、彼らを立たせる。

「……■　水精霊創造《クリエート・ウンディーネ》」

詠唱を続けていたミーアが水の疑似精霊ウンディーネを召喚する。

透明な水でできた美女の出現に、村長や村人達が驚きの声を上げて後退《あとずさ》る。中には腰を抜かしてしまう人までいた。よく見たら護衛の兵士達まで及び腰だ。

「これはミーアの召喚した精霊です。皆さんに危害を加える事はありません」

オレは驚く人達にそう言ってから、ミーアに向き直る。

「ミーア、水脈を探させてくれ」

「ん、ウンディーネ」

ミーアに指示されたウンディーネがゆっくりと周囲を見回し、山の方に指し示した手を森の方へと動かした。どうやら、あのラインに水脈があるらしい。

「村の結界柱の範囲内だと、あのへんかな？」

「そう」

ミーアがこくりと頷《うなず》く。

一応、その場所まで移動し、ウンディーネに再確認してから送還してもらう。

「この真下に水脈があるようです」

「ありがたいこってございますです。では、ここを村人に掘らせますです」

村長達は半信半疑のようだ。

マップで確認したら、水脈の位置はわりと深い。

「ミーア、ゲノーモスを呼んでくれるかい？」

「ん、■■■……■　地精霊創造《クリエート・ゲノーモス》」

村人達と井戸について議論する村長達を尻目《しりめ》に、今度は大地の精霊であるゲノーモスを召喚してもらった。

「ミーア、ここに水脈まで通じる深い穴を掘らせてくれ」

「ゲノーモス、やって」

ミーアが命じると、幅一メートル半くらいの穴ができる。

オレの土魔法「落とし穴《ピット》」で掘った方が早いのだが、人前で派手な魔法を使うわけにはいかないので、ミーアのゲノーモスに頼ったのだ。

「た、太守様、これは？」

「完成までは手伝えませんが、水脈まで穴を掘る工程はやっておきました」

周囲の壁を固めさせてあるので、後は壁や底に石材を使って補強するだけだ。

「ありがとうございますです。お嬢様は凄腕《すごうで》の魔法使い様なのでございますですね」

村長に褒められたミーアが薄い胸を張ってドヤ顔をする。

お礼がしたいという村長の申し出を断り、次々に村々を回って同じ作業をする。中には年寄り達から「ありがたやありがたや」と拝まれたり、村の作物をお礼に押しつけられたりした。

その中の一つで――。

「これは夕顔の実かい？」

元怨霊 砦《おんりようとりで》でも育てて、干 瓢《かんぴよう》みたいな冬用の保存食に加工していたっけ。

「はい、この辺りの森でたくさん取れるんです」

そう言うので確認したら、この周辺の村でも冬前に干瓢のように加工しているそうだ。

陳情で出ていた特産品に、この干瓢を加えられないだろうか？

個人的には干瓢を使った巻き寿司が、手軽に買えるようになると嬉《うれ》しい。自分で作るのはそれなりに手間だしね。

海苔《のり》はオーユゴック公爵領から輸入しないといけないけど、他の材料は領内で手に入ると思うんだよね。

ムーノ市の傍《そば》なら、河川の水量が十分あるから水田も作れると思うしさ。

移動中にルルに遠話でその件を相談した後に、太守館に戻ってからリナ嬢に話してみた。

「ええっ？　そんなに幾つもの井戸を?!」

本題と別の事で驚かれてしまった。

出かける時に、村々に井戸を掘りに行くと伝えておいたはずだけど？

「ミーアが優秀ですから」

オレがそう言うと、ミーアがピースサインをリナ嬢に見せている。

そんなミーアの頭を撫《な》で、本題をもう一度話す。

「――つまり、カンピョウという干し野菜が特産品になると？」

「はい、ムーノ領の外では見かけた事がありませんから」

せっかくなので、リナ嬢に試食してもらう事にした。

ルルを呼んで干瓢を使った巻き寿司や甘辛煮などを依頼する。

「これがカンピョウ？」

サンプルの未調理品に、リナ嬢が懐疑的な視線を向けた。

まあ、その気持ちは分かる。

「お待たせしました」

「ありがとう、ルル」

一通り報告を終えた頃《ころ》に、ルルが干瓢を使った料理を運んできた。

時間が掛かりそうなものまであるのは、移動中に遠話でルルと相談した時に、すぐ準備を始めてくれていたからだろう。

「美味《おい》しい。ダシの味がカンピョウに良く染みているんですね。それに食感も変わっていて面白いです」

なかなか高評価だ。

「太守様、私にも味見させてください」

「私も味見を希望です」

「ぜひ、私も」

執務室にいた他《ほか》の文官達も興味津々だったので、皆に味見をしてもらう。

「美味しい！　これは特産品になりますよ」

「美味しいのはルル様の腕がいいからじゃないのか？」

「それを差し引いても、これは売れると思うぞ」

「同感だ。乾燥させたカンピョウは軽いし、輸送の邪魔にはならんだろう」

「ああ、商人達も手頃な商材になると喜ぶと思う」

好評のようなので、後の仕事は文官達に任せよう。

「やっぱり、子爵様は凄《すご》いです。私の家を救ってくれたように、ブライトン市の問題も子爵様達が全部解決してくれました。私なんてまだまだですね……」

リナ嬢が少し陰のある顔で自嘲《じちょう》する。

おっと、お節介を焼きすぎた。自信喪失しないように、フォローしておかねば。

「リナさん、それは違いますよ」

「……違う？」

「はい、そうです。リナさんが太守代理として組織をしっかり整えてくれたからこそ、私達が『リナさんの代わり』を務める事ができたんです」

「でも、それは当たり前の事で――」

「その当たり前が大変なのよ。地味だけど、それができる人は滅多にいないの。リナたんは自分を誇りなさい」

リナ嬢が目元に涙を浮かべてこちらを見た。

「ええ、アリサの言う通りです。あなたは最高の太守代理ですよ」

むしろ、彼女を太守にしたいくらいだ。

「ありがとうございます、子爵様」

リナ嬢の涙腺《るいせん》が崩壊し、涙が滂沱《ぼうだ》と流れ出した。

彼女の目元をハンカチで押さえ、優しく肩を抱き寄せて背中をさすってやる。

途中で「セクハラ」という文字が脳裏に浮かんだが、子供相手だし彼女が嫌悪感を抱いている様子もないし、問題ないだろう。アリサのギルティ判定もないしね。

ふと見回すと、補佐官達までもらい泣きして抱き締め合っている。


そんな場が収まった頃、ナナ達が帰還した。

「マスター、帰還したと報告します」

「おかえり、ナナ、リザ。街道の巡回はどうだった？」

「イエス・マスター。盗賊の最後の拠点を処理したと報告します」

ナナが報告し、リザが報告書を担当の文官に渡している。

「お疲れ様、怪我《けが》はないかい？」

「ノー・マスター。リザが負傷したと報告します」

「——リザが？」

「ちょっとした掠《かす》り傷です。既に魔法薬で完治しています」

それでも盗賊ごときにリザが負傷するのは意外だ。

どこか調子が悪いんじゃないだろうか？

ＡＲ表示される状態は異常なしなんだけど、ちょっと心配だ。

「「「マスター！」」」

扉をバーンと開けて、ナナと同じ顔の少女達が飛び込んできた。

入ってきたのは、王都にいるはずのナナの姉妹達だ。

「あなた達！　扉を開ける前にノックしなさいと言ったでしょう！」

「「「イエス・アディーン。反省していると告げます」」」

ナナ姉妹が長女のアディーンに叱《しか》られている。

「まあまあ、アディーン。そのくらいにしてあげて。やっほー、イチ――サトゥー」

そして最後に入ってきたのは、並行世界の幼馴染《おさななじ》みのヒカルだ。彼女は何百年も前にシガ王国を建国した王祖ヤマトその人でもある。

「久しぶり。姉妹を送ってきてくれたのか？」

「うん、私も用事があったしね。はい、これ」

ヒカルが分厚い紙束を渡してくれた。

「――これは？」

筆跡に見覚えがある。

「ジョン君から。スマホのお礼だってさ」

ジョン――ジョンスミスはルモォーク王国で召喚された日本人と思《おぼ》しき人物で、ヒカルやナナ姉妹の知り合いだ。

「あのスマホはやっぱり彼のだったのか？」

「うん、秒で解除してたよ。その後に、スマホの情報を見ながら紙に技術を書きだしてた」

書類のページをめくっていくと、地球の技術――ハーバー・ボッシュ法や内燃機関の仕組みなどが詳しく書かれている。

「ああ、『禁忌』に関してはちゃんと注意するって言ってたから安心して」

ジョンスミスはちゃんと禁忌について警告するメモ書きに目を通してくれていたようだ。

「そうか。なら、安心だね。――おっ、ピアノの設計図もあるぞ」

「本当？」

ミーアが凄い速さで食い付いてきた。

最優先で作るとミーアに約束して解放してもらい、他のページも確認していく。

その中には既に闇《やみ》オークションで落札した半分のメモ帳に載っていた技術もけっこうあったが、見知らぬ情報も少なくない。時間を作って読み込もう。

「あー、あと公都でセ――」

「あ、あの、子爵様！」

ヒカルが何か言おうとしたタイミングで、後ろから目元を赤くしたリナ嬢が声を掛けてきた。

ちょっと緊張している感じだ。

「その女性は子爵様のお知り合いですか？」

「ごめんね、自己紹介がまだだったね。私はヒカル。王都で下宿の管理人さんをしてるの」

「下宿の管理人さん？　子爵様とどんな関係が？」

「私はサトゥーの――」

ヒカルが余計な事を言う前に、リナ嬢に「彼女はミツクニ女公爵閣下です」と身分を話す。

「私の仲間が彼女のお世話になっていたんですよ」

オレはそう言ってナナ姉妹達を見る。

「マスター、ユィットはヒカルをお世話していたと告げます」

「トリアも！　トリアもそう思います」

「正確ではない」

末っ子のユィットと三女のトリアの発言を、次女のイスナーニが言葉少なに批評する。

「そうですね。ヒカルさんの手伝いはしていましたが、私達も修行や滞在先のお世話になっていますから」

長女のアディーンがそう言うと、他の姉妹達も頷《うなず》いた。

「まあ、そういう関係です」

「そうなん、ですね？」

適当に話を締めたせいで、リナ嬢がよく分からないといった感じだ。

「太守代理、公爵様を立たせたままです」

「そうでした！　すみません、公爵様！　すぐに応接室を用意させます！」

補佐官に指摘されたリナ嬢が飛び上がって慌て、すぐに指示出しを始めた。

「気にしなくていいのに」

「そういうわけにもいかないよ」

すぐに応接室の準備が終わり、オレはヒカル達と一緒にそちらで話す事にした。

リナ嬢も一緒に来ようとしたが、仕事の邪魔をしたら悪いので、オレと仲間達だけで対応する。

「それで、ジョンスミスのお礼を渡しに来てくれただけじゃないんだろ？　さっき何か言いかけてなかったか？」

「うん？　そっちはいいんだ。言わないでって言われてたのを忘れてたよ」

「そうなのか？」

「うん、乙女の秘密なんだよ」

公都がどうとか言ってたし、たぶんセーラ関係の事だと思うけど、言葉の感じからして無理に聞き出さないといけないような話ではなさそうだ。

「なら、そっちはいいや」

「そう？　えっと、どこまで言ったっけ？　――そうだ」

ヒカルが少し考えてから話を戻した。

「こっちにユィットちゃん達が来たがってたっていうのもあるけど、セテからイチロー兄ぃに直接聞いてきてほしいってお願いされたんだよ」

「ヨウォーク王国の魔王討伐の件か？」

オレの問いにヒカルが頷く。

ちなみにセテというのは、シガ王国国王の愛称だ。

ムーノ伯爵経由で報告書は上げてあるのだが、わざわざヒカルを派遣したという事は、オレの口から詳細を聞きたいのだろう。

オレはヒカルに魔王討伐の一連の流れを語る。

「ミュデって『幻桃園』の？　あいつらは本当にいつの時代も碌《ろく》な事をしないね」

ヒカルが忌々しげに言う。

そういえば彼女が現役の勇者をしていた時代でも、「幻桃園」に迷惑を掛けられたような事を言っていたっけ。

「それにしても『人造の魔王』か……幻桃園が方法を確立したのかな？」

「それはないと思うよ」

幻桃園のアジトをしらみつぶしに調べたけど、それを匂わせる資料はなかった。

「今回は人造魔王というか、偽王に変わったギギラとミュデという現地人に加えて、日本人らしき男性が同じユニークスキルを持っていたんだ」

「え？　それは過去の記録にないと思うよ。前に何かのタイミングでサガ帝国の勇者神殿の生き字引みたいな人が否定してたのを聞いた事があるもん」

ヒカルがそう言った後、何かに気付いたような顔になった。

「待って、それでその三人が合体して、本物の魔王に変わったんだっけ？」

「うん、その認識で合ってる」

「だったら、元々一つだったユニークスキルを何らかの方法で三つに分割して、さっきの三人に宿したんじゃないかな？」

ヒカルもオレと同じ事を思いついたらしい。

「問題はそれを誰《だれ》がやったか、だな」

「うん、魔族ならやっちゃいそうだし、それかシズカみたいなユニークスキルを持つ転生者がいたのかも」

「否定はできないけど、少なくともヨウォーク王国にはいなかったよ」

でも、その可能性は頭に入れておいた方が良さそうだ。

「さっきの話を――」

「うん、セテに言って、サガ帝国にも共有してもらうよ」

「頼む」

ヒカルが以心伝心で頼みを理解してくれていた。

「それで、合体した人造魔王をイチロー兄ぃが倒したの？」

「人造魔王を追い込んだのはサガ帝国の新勇者二人だ。ただ、倒す直前に予想外の事があってね」

ヒカルに「まつろわぬもの」が出た流れを語る。

「また出たの？　神々の助力もなしによく倒せたね」

「切り札があって良かったよ」

二回あった以上、三回目の「まつろわぬもの」との遭遇もある、と考えて神剣以外の対処方法も探した方がいいかもしれない。前に碧領《へきりょう》の異界の遺跡で見つけた対神魔法的なモノの研究を進めていこう。

「そうだ！　ムーノ伯爵から手紙を預かってるよ」

ヒカルが持ってきてくれた手紙には、オーユゴック公爵領や東方小国群から仕官希望者や労働者がたくさん来たから、問題なさそうなのを半分ほど送ると書かれてあった。

「ありがとう、ヒカル。これでブライトン市の人手不足も一息吐《つ》けるよ」

「あはは、私は手紙を運んだだけだよ」

オレは扉の外に待っていた部屋付きのメイドに言って、この手紙を太守代理のリナ嬢に届けさせる。

「しばらくゆっくりしていけるのか？」

「二、三日くらいならね」

なんでも、ここまで足に使った王家の小型飛空艇を返却しないといけないらしい。

「もう何台か王国に寄附しようか？」

「あはは、いいよいいよ。今回はたまたま予約が詰まってただけみたいだし」

空力機関に使う怪魚《エア・フィッシュ》のヒレは大怪魚《トヴケゼエーラ》のものも含めて、ストレージにかなり死蔵しているんだよね。

「それに、あんまり寮を空けたら、子供達が寂しがるしね」

そういえば王都で寮の管理人をしているんだったっけ。

「マスター！　ナナから面白そうな事件の話を聞いたと報告します！」

飛び込んできたのは、好奇心旺盛《おうせい》な末っ子ユィットや自己主張の強い三女トリアではなく、両サイドをシニョンにした六女のシスだった。

「事件？」

「月夜に正体不明の獣が暴れる事件だと報告します！」

「へー、面白そうな事件だね」

「そういえば諸国を旅していた時に、月夜の晩に狼男《おおかみ》に変身して暴れるっていう似たような事件があったよ」

ヒカルが建国期の事件を教えてくれた。

「狼男って狼人とは違うのか？」

「うん、人間がライカンスロープっていう病気だか呪《のろ》いだかに罹《かか》って、狼男になっちゃうやつ」

「ヒカル、事件を推理する前にネタバレするのはダメダメだと批判します」

シスが無表情に憮然《ぶぜん》とした雰囲気を漂わせて、ヒカルに抗議する。

「ごめんごめん。でも、今回の事件がそれだとは限らないでしょ？」

「まずは事件の目撃者の聞き込みからかな？」

「イエス・マスター！　シス捜査官にお任せくださいと主張します！」

「分かった、この事件をシス捜査官に一任する」

凄《すご》く気合いの入った雰囲気なので、彼女のノリに合わせる事にした。

獣の正体がライカンスロープなら、病や呪いを解く必要がある。とりあえず、万能薬あたりでいいだろう。それでもダメだったら戻ってくるようにシスに言いつけておく。

「そうだ、シス。助手として他《ほか》の姉妹を使っていいから、一緒に行っておいで」

「イエス――」

「「「イエス・マスター！」」」

同意しようとしたシスの声を、扉から覗《のぞ》き込んでいた他の姉妹が声を揃《そろ》えて上書きした。

「盗み聞きはいけないと告げます」

「ノー・シス。抜け駆けはもっといけないとトリアは思います！」

抗議するシスだったが、トリアのもっともな主張に負けて、彼女達を助手に任命して事件現場の聞き込みに向かった。

結果として、ヒカルの予想通りだったのだが、シス達の冒険はミステリーでもコメディでも通用するほど愉快なエピソードとなったので、大冒険をしたシス達も話を聞いたオレ達も大満足だ。

なお、男を狼男に変えたライカンスローピィという呪病《じゆびよう》は、狂犬病みたいな症状をした呪いと病の複合したものだったが、オレがシスに預けていた万能薬で問題なく解除できたようだ。

呪病の原因は魔族や怪しげな呪術師の仕業ではなく、男が残酷に虐殺していたペットの小動物の怨霊《おんりよう》達による復讐《ふくしゆう》だったらしい。もちろん、動物達の霊はブライトン市の司祭達によって手厚く弔われたとのことだ。

当然だが、男は世間を騒がせ傷害や器物破損した罪で牢屋《ろうや》送り、さらに高価な万能薬の請求と高額な罰金が重なり、支払いきれなくて奴隷落ちしたそうだ。

その事件が決着した翌日、ヒカルは王家専用の飛空艇に乗って王都へと帰った。

◆

「ご主人様、ブライトン市に従属している村々から巡幸希望が出てるけど、どうする？」

サロンでポチやタマと談笑していたら、アリサがそんな話を持ってきた。

「じゅんこ～？」

「ジュンコって何なのです？」

「確か偉い人があちこちを訪問する事、で良かったよな？」

簡単に言えば視察だ。

「そうよ。今回の場合、偉い人っていうのはご主人様の事だけどね」

アリサが差し出す手紙の束を確認する。大抵の手紙は村への支援に対する礼から始まり、長々と本文が続いた後、太守の巡幸をお願いする内容となっていた。

これが定型文なのかもしれないけど、何か陳情したいから現状を見てほしいというよりは、「こんなに素晴らしい村になりました。是非ご覧ください」的なニュアンスを感じる。

「アリサ、リナ嬢は巡幸に出られそうか？」

「うん、緊急の仕事もなくなったし、たぶん行けると思うわよ」

「それじゃ、ピクニックがてら皆《みんな》で行こう」

「わ～い～」

「やったーなのです！」

タマとポチが小躍りして喜ぶ。

ここしばらくは書類仕事がほとんどで、あまり構ってやれていなかったからね。


巡幸を決めてからは早かった。

リナ嬢が書類仕事と天秤《てんびん》に掛けていたが、補佐官達からも勧められて同行に同意し、翌日には馬車や護衛が用意され、巡幸ルートまで確定していたのだ。文官達も仕事が速い。

「ようこそおいでくださいました！」

最初に回ったのは最寄りにあった既存の村だ。

村長や村人達が勢揃いで出迎えてくれた。まだまだ痩《や》せている人が多いが、以前のように餓死寸前のような危険な姿の者はいない。子供達は血色の良い顔で走り回っている。

「太守様とエルフ様！　お陰様で井戸の工事は順調でございます」

井戸の掘削をミーアの精霊魔法で行った村に行くと、オレとミーアに気付いた村長が喜び勇んで経過を報告してくれる。

そして、井戸の掘削とは無縁の初訪問の村では――。

「伯爵様が派遣してくださった魔法使い様が畑を広げてくださったので、これからは以前よりも多くの食物をお納めできます」

こんな感じで、平伏せんばかりにムーノ伯爵へのお礼を伝えられる。

開拓村との格差が生じないように、クロとして既存の村々も耕作地を拡張しておいたんだよね。

ついでに「家作製《クリエート・ハウス》」の魔法で、共同倉庫や村の集会所などの公共施設も作ってある。ボロ屋と呼ばれそうな老朽化している家も多かったので、建て直してやりたかったのだが、そこまですると今度は都市生活者から文句が出そうなので自重した。

アリサからはやりすぎはダメだと窘《たしな》められたけど、冬を越せそうにない家がある時は長屋を幾つか作って、後の差配は村長に任せてある。

「何か困っている事や不足はありませんか？」

「いえいえ、とんでもない！　農地も増やしていただきましたし、水車付きの水路まで整備していただきました。見てくださいよ、村を守護するゴーレムまで配置してくださったんです。これで文句を言ったらバチが当たります」

以前、この村では粉挽《こなひ》きが人力だったんだよね。

なんでも、大昔は水車があったらしいんだけど、場所が村の外にある上に老朽化と魔物被害のダブルパンチで使われなくなったとか聞いた。

「まったくだ！　特別な肥料まで配給していただいたお陰で、今年は今までに見た事もないくらい作物が豊かに実ってるぜ！」

この肥料はオレが西方諸国にある都市国家カリスォークの「叡智《えいち》の塔」でゲットした理論で作っ

たものだ。魔法薬を併用するので、そちらのレシピも一緒にムーノ伯爵に伝えてある。

「こら！　貴族様になんだその口の利き方は！」

「すまん、貴族様。俺は敬語とか良く分からねぇんだ。それでもどうしても自分の口で礼が言いたくて……」

大柄な村人が、村長に叱《しか》られて肩をすぼめて小さくなる。

「いえ、お礼の言葉は確かに承りました。必ず、ムーノ伯爵にお伝えします」

そんな彼の肩をポンと叩《たた》き、彼の目を見ながらそう約束した。

「ありがとうございやす、ありがとうございやす」

男が平伏せんばかりに礼を繰り返すと、他の村人達まで頭を下げる。

来年以降の肥料は指導員を派遣して自作させる予定だ。もちろん、配合する魔法薬はムーノ伯爵から各村々に下賜するけどさ。


続いて少し奥地にある開拓村にも視察に行った。

「太守様！　ようこそおいでくださいました！」

移民の飛空艇やムーノ城で見た時は、戦地に向かうような覚悟を決めた顔をした人達が多かったのだが、オレを出迎えた人達は既存の村々の人達もかくやという弾んだ声と笑顔で出迎えてくれた。

「こちらの生活には慣れましたか？」

「まだ慣れません！」

その答えは予想していなかった。

「このバカ！　それじゃ伝わらないだろうが！」

「だってよー、ここのふかふかで豊かな畑を耕せる上に、立派な井戸や用水路！　おまけに貴族様が暮らすような家で暮らしてるんだぞ？　こんな贅沢《ぜいたく》な環境にそうそう慣れるかよ！」

「まったくだ！　守護像様達のお陰で、魔物や狼に怯《おび》える事もなく暮らせるのも、村の生活じゃありえないくらいありがたい」

「農具や家具まで用意していただいて、本当に助かっています」

「倉庫には収穫までに十分な食糧まで！　これで文句を言ったらバチが当たりますよ！」

開拓民達に熱い口調で、開拓村の素晴らしさを熱弁される。

「そういえば落雷で食料庫が焼けたとか？」

「落雷じゃねぇです！　あれは魔物だって！　稲妻の魔物が食料庫を焼いたんだ！」

「まだそんな事を言っているのか？　あれは落雷だ。稲妻の魔物なんて、お前以外誰《だれ》も見ていないだろうが！」

目撃者の主張を村長がバッサリと斬《き》り捨てた。

「待ってください。その『稲妻の魔物』というのは？」

目撃者に話を聞くと、どうもクハノウ伯爵領で聞いた「雷獣」の噂《うわさ》に酷似している。

時期的にも領境の砦《とりで》やクハノウ伯爵領の目撃時期よりも前なので、時系列的にも矛盾しない。

残念ながら雷獣の姿は遠くてよく分からなかったそうだ。

「それじゃ、やっぱり見間違いじゃないんだな？」

「ええ、他の領でも目撃情報がありました」

目を輝かせる目撃者やバツの悪い顔をした村長に、また目撃したらブライトン市に一報を入れるように頼んでおく。

「野菜ができたら真っ先にお届けします！」

「そうだ！　豆がもう収穫時期だから持って帰ってください！　初めての収穫物を太守様にも味わってほしいんです！」

「そうだ！　それがいい！　タゴーサ」

「おう！　すぐに摘んでくる！　ついてこいゴフェー」

男達が二人で畑に駆けていった。

「すみません、せっかちなヤツらで」

「いえいえ、お気持ちはとても嬉《うれ》しく思います」

リナ嬢と一緒に、村長の案内で開拓村の各所を視察する。

大人達は農作業に精を出し、子供達が元気に駆け回っている。

「川魚を捕るにはこういう罠《わな》がいいのよ」

村を一周して戻ってくると、アリサが子供達に川魚を捕る罠や草細工を教えている姿があった。

相変わらず、子供達にはモテモテだ。横にいるナナや姉妹達が少し羨《うらや》ましそうにしている。

「ご主人様、周辺の調査をして参りました」

「異常なし～？」

「魔物は一匹もいなかったのです」

巡回に行っていた獣達が戻ってきたので、この村での視察を終わらせ、次の村に向かう。

そんな感じで、視察を行ったオレ達がブライトン市に戻ると、来客が待っていた。

◆

来客は廃坑都市の支配者であるコボルトの長――兄コボルトだった。

「我らはムーノの家臣である『果実斬り』殿とムーノの娘、カリナ様の武勇を認め、正式にムーノの旗の下に降《くだ》る事を宣言しに来たのだ」

兄コボルトはその仲介をオレに頼みたいそうだ。

オレはムーノ伯爵に先触れを出し、コボルト達を連れてムーノ市に向かった。

仲間達はもちろん、ナナ姉妹も一緒だ。ナナ姉妹をソルナ嬢達にも紹介したいからね。

「――なんだか前にも増して人が増えてない？」

アリサが言うように、到着したムーノ市は以前よりさらに活気が増していた。

あちこちで建築ラッシュが起こり、メインストリートを何台もの馬車や荷車が行き来している。

その理由は――。

「オーユゴック公爵領やボルエハルト自治領から商人や職人がひっきりなしに来るんだよ」

アリサの疑問に、ニナが答えてくれた。

「へー、嬉しい悲鳴ってやつね」

「まあね。お陰で住居や店舗の建築に使う資材が足りなくて、手配が大変だよ」

ムーノ市でもブライトン市と同じような問題が起きているようだ。

もっとも、こちらはニナさんが既に手配済みらしい。さすがは敏腕執政官だけはある。

「皆様、もう間もなくムーノ伯爵様がいらっしゃいます」

先触れの侍従の報告で、コボルト達が椅子《いす》から立ち上がり、床の上に跪《ひざまず》く。

ムーノ伯爵はコボルト達の態度に驚いて、おろおろと声を掛けようとしたが、ニナさんが無言でそれを制止して、そのまま席に着くように指示した。

応接室に入ってきた彼の後ろには、次期ムーノ伯爵である嫡男のオリオン君を始めとした一族の者達が続く。

「カリナなのです！」

「はろはろ〜？」

ポチとタマが久々に顔を見たカリナ嬢に手を振る。

「静かになさい」

「あい」

「はいなのです」

リザに窘められ、二人はすぐにお口チャックのポーズを取る。

二人がソファーの真ん中を開け、ポンポンと座面を叩く。カリナ嬢がいそいそとそこに座り、二人と旧交を温めた。

「二人とも元気にしていたかしら？」

「はいなのです！　ポチはいつだって元気なのですよ！」

「タマもいつでも元気溌剌《はつらつ》～？」

カリナ嬢に声を掛けられたポチとタマが反射的に答えると、リザから無言でお口チャックのジェスチャーで叱られていた。

二人が良い子座りで誤魔化している間に、ムーノ伯爵達がコボルト達の対面に座る。

「面を上げてくだ——面を上げなさい」

いつものように丁寧な口調で言おうとするムーノ伯爵だったが、途中でニナさんの目配《めくば》せに気付いて口調を部下に対するそれに変えて言い直した。

「ボルエフロス氏族の長、ケィージ。ムーノ伯爵にお目通りいたす」

兄コボルトが武人のような口調と声で名乗りを上げる。

「丁寧な挨拶《あいさつ》いたみいる。ケィージ殿、お供の方々、ソファーに腰掛けられよ」

ムーノ伯爵の口調が兄コボルトに引っ張られて、ちょっと変だけど、状況には合っているので、ニナさんも口を挟まずに見守っている。

「我らは正式にムーノの旗の下に降る事を宣言しに参った」

「条件を聞こうか——」

ニナさんが条件を確認すると、兄コボルトの付き添いで来ていた賢そうな文官コボルトが文書を出して提示する。

「……なるほどね。廃坑都市の権利を放棄する代わりに、領内に新しい街を築く権利が欲しいってのは？」

「我らには生活に必要な特殊な鉱石が必要となる。それが採取できる鉱山を新たに見つけた。その鉱山を中心に、新たな街を築きたいのだ」

「コボルトに必要な鉱石――青晶《せいしょう》かい？　それならミスリルも採掘できるはずだ。違うかい？」

兄コボルトは言葉を濁したが、ニナさんはあっさりとそれを口にした。

「さ、さすがは執政官殿、よくご存じだ」

「あたし達は青晶に口を出さない。その代わり、ミスリルや他《ほか》の鉱石には王国法通りに税を要求するよ？　ミスリル鉱石はドワーフ達――ボルエハルト自治領に輸出したいから、あんたらが自己消費する以外の分はあたし達に融通してほしいね。もちろん、相場通りの対価は払う」

「それならば――」

「お待ちください。その条件に、新しい街の建築に関する援助をいただきたい」

兄コボルトが即答しようとしたのを文官コボルトが制止した。

「ほう？　そう来るかい――」

「ニナ、詳細を詰めるのは後にしよう」

ニナさんが楽しそうに舌なめずりするのをムーノ伯爵が止め、全体の話を先に進める。

文官コボルトとニナさんの条件詰めが終わり次第、ムーノ伯爵が廃坑都市に向かって都市核《シティ・コア》を手中に収め、その場で兄コボルトを叙爵して、当面の太守代理として任命する事になった。

オレ達はムーノ伯爵の護衛として一緒に廃坑都市へと向かう予定だ。

それはいいのだが――。

「縁談？」

「うむ、俺の妹をムーノ伯爵に娶《めと》ってほしい」

兄コボルトが姫コボルトの輿入《こしい》れを打診してきた。

「血縁外交は融和の基本だけど、コボルトと人族じゃ子供はできないだろう？」

「分かっている。だが、他の氏族に降る時に、族長同士の血族を娶らせ合うのが仕来りなのだ」

「私はダメだ。私はアイシャを、妻を愛しているんだ」

愛妻家のムーノ伯爵がぶんぶんと首を横に振る。

「ムーノ伯爵がダメなら、継嗣でも構わぬ」

「――私か？」

話を振られたオリオン君が戸惑った声を上げる。

「そうだ。妹を娶ってくれ」

「娶れと言われても、顔すら見た事のない相手を娶る事などできぬ」

「我らは家族にしか顔を見せぬのだが……」

「兄者、拙は継嗣殿にならも構わぬ」

姫コボルトはそう言ってオリオン君にだけ見えるように、犬頭の被《かぶ》り物を上げて顔を見せた。

コボルトにとって恥ずかしい行為なのか、後ろから見える姫コボルトの耳が真っ赤になっている。

「ご主人様、男は目を逸《そ》らす」

アリサに注意されたので、ムーノ伯爵や文官コボルト達に倣って顔を背けた。

「これで宜《よろ》しいか」

「あ、ああ。分かった」

オリオン君がぼやっとした顔をして、ミューズ嬢に「オリオン様、しっかりしてください」と小声で注意されている。

「これで娶ってくれるな?」

「あ——いや、待て」

首肯しようとしてオリオン君が、横に座るミューズ嬢の様子に気付いて待ったを掛けた。

ミューズ嬢は不安そうな顔をして、オリオン君の袖《そで》を握っている。

「私はミューズと結婚したばかりだ。今すぐ次の夫人を娶るのは不誠実に過ぎる」

それは顔を見る前に言わないと。

「ならば、俺がムーノの娘を娶るという方法もある。普通は強い側が娶るのだが、弱い側に適齢期の娘がいない場合は、そういう選択肢もあるのだ」

「私はハウトとの結婚が決まっていますし——」

「わたくしは嫌ですわ!」

断りの言葉を述べるソルナ嬢の言葉を遮って、カリナ嬢が立ち上がって叫ぶ。

そのまま助けを求めるように、オレの方を必死な目で見た。

「仕来りを守るのに、族長家同士の婚姻以外に方法はないのですか?」

「あるぞ」

オレの問いに兄コボルトがあっさりと答える。

「一の戦士が娶るという方法もある」

兄コボルトの言葉に、周りの視線がオレに集まった。

「『果実斬《ぎ》り』殿ならば、俺も妹も異論はない」

「一の戦士なら、私ではありませんよ」

オレは文官だからね。

「他にいるのか?」

「それなら武官筆頭のゾトル卿《きょう》ですよ」

オレの発言にムーノ一家は納得顔になる。

ゾトル卿には奥さんもいないし、恋愛関係になっている者もいなかったはずだ。

「そのゾトルという男の実力を確認したい」

「拙も確認を希望する」

兄妹《きょうだい》コボルトがそう言うので、ゾトル卿がいる領軍駐屯地へと移動した。

「あの男がゾトルだな」

白虎騎士と戦っていたゾトル卿を見て、兄コボルトがずかずかと近寄っていく。

「決闘だ。俺と戦え、一の戦士」

「一の戦士？」

兄コボルトの発言に、ゾトル卿が何か言いたげな顔を向けた。

誰《だれ》も説明しようとしないので、オレがゾトル卿に経緯を説明する。

「コボルトのお姫様を嫁に？　俺――私は貴族にしてもらったばかりのしがない士爵ですよ？」

「ゾトル君は誰か心に決めた人がいるのかな？」

「いえ、そんな子はいませんが……」

ゾトル卿は気乗りしない感じだ。

その時、訓練所で戦っている兵士達の武器が折れ、姫コボルトの方へと飛んできた。

「危ない！」

ゾトル卿が割り込んで、飛んできた武器を弾《はじ》き飛ばし、身を挺《てい》して破片から姫コボルトを守る。

「――あっ」

「大丈夫――え？」

勢い余って、姫コボルトの被り物がズレて、ゾトル卿からその顔が見えてしまった。

「あわわっ――だ、大丈夫です」

姫コボルトが慌てて被り物を目深に被り直す。

ゾトル卿は魂が抜けたような顔で、茫然《ぼうぜん》と姫コボルトを見下ろしている。

「……か、可憐《かれん》だ」

ゾトル卿が譫言《うわごと》のように呟《つぶや》いた。

どうやら、ゾトル卿の好みだったらしい。

「妹を守ってくれたようだが、手加減はせんぞ」

「手加減は不要だ。胸を貸してもらうぞ、義兄上《あにうえ》」

――ゾトル卿、気が早い。

「義兄上、だと？　もう勝ったつもりか！」

気が短い兄コボルトが開始の合図も待たずに試合を始めた。

戦いはレベルが高い兄コボルトが終始優勢に進めていたが、ゾトル卿の方が剣術の技量に優れていた為《ため》、なんとかギリギリのラインで食い付いていっている。

「あの兄者と互角の戦士……」

姫コボルトが食い入るように試合を見つめる。

一進一退の手に汗握る戦いも終わりに近づいているようだ。

両者ともに疲労が激しい。

「はぁはぁ、次で決める」

最後の賭《か》けに出た兄コボルトが猛攻を掛ける。

連続技でゾトル卿の体勢が大きく崩れた。

「――霊峰青鋼斬《フジサン・バスター》り！」

その隙《すき》を逃さず、兄コボルトが上段からの必殺技を放つ。

「刃巻裂陣《クロウリー・バイト》」

それをゾトル卿のカウンター系の必殺技が迎え撃つ。

兄コボルトの必殺技を受け流しつつ、青鋼の剣を巻き込んで折ろうとした。

バキッと破断の音がして鋼が飛び散る。

「勝負あり！　勝者、ケィージ殿！」

審判の声と同時に、ゾトル卿が絶望の顔で膝《ひざ》を突く。

ゾトル卿のカウンターは完璧《かんぺき》なタイミングで決まったが、持っている武器の頑丈さの差で負けてしまったようだ。

彼はさっきまで訓練中だったから、訓練用の刃を潰《つぶ》した数打ちの剣を使ってたんだよね。

「立て、一の戦士」

兄コボルトがゾトル卿に歩み寄って手を差し伸べた。

「試合は俺の勝ちかもしれんが、勝負はお前の勝ちだ」

「――ケィージ殿？」

「佩剣《はいけん》の差で勝ちを拾うなど、コボルトの戦士の名折れ――シャルサール」

兄コボルトは立ち上がらせたゾトル卿の下に妹を呼ぶ。

「はい、兄者」

「お前は一の戦士ゾトルに嫁げ」

「承知した。拙は一の戦士ゾトルに嫁ぐ」

兄コボルトに命じられた姫コボルトが即答した。彼女の尻尾《しっぽ》が楽しげに揺れている。

どうやら、姫コボルトは試合を通じてゾトル卿の事が気に入ったらしい。

「戦士ゾトル、ふつつかな無骨者だがよろしく頼む」

「お、おう」

姫コボルトの言葉に、ゾトル卿がうわずった声で答えた。

「もう少し、気の利いた事が言えないのかね」

「そんな事を言ってはいけないよ。ゾトル卿らしいじゃないか」

ニナさんとムーノ伯爵がそんな事を言っている。

少し離れた場所では、オリオン君がゾトル卿を少し羨《うらや》ましそうな顔で見て、新妻のミューズ嬢から抓《つね》られていた。

「それじゃ、婚姻問題もまとまった事だし、正式な条件を詰めるとするかね」

ニナさんがそう言って、文官コボルトを連れていった。

後日、オレ達はムーノ伯爵の護衛として廃坑都市に赴き、都市核の間での権利譲渡の様子を証人として見守った。

こうして、廃坑都市も正式にムーノ伯爵の配下に収まり、ムーノ伯爵は正式に侯爵としての最低限の条件を整えたのだった。

そして、数日後。

ブライトン市での政務もほぼ片付き、後はリナ嬢に任せても大丈夫な状況にする事ができた。

ここまでやっておけば、リナ嬢やスタッフが目の下に隈《くま》を作ってゾンビ状態になる事もないだろう。

肩の荷を降ろして、研究や物作りの日々に戻ろうとした矢先に、タマとポチが駆け込んできた。

「ごしゅ～」

「ご主人様、助けてなのです！」

リザの悩み

〝サトゥーです。組織の慣習や常識を変えるのは、小さなグループや家庭でさえ、少なくない努力を必要とします。それが大きな組織や社会そのものであったなら、必要な労力は途方もないに違いありません。〟


「どうしたんだい、二人とも」

オレに助けを求めてきたタマとポチに話を聞く。

「リザが変なのです！」

「変？　どんな風に変なんだい」

「ちょっと、あんにゅい～？」

──アンニュイ？

マップでリザのマーカー位置を確認し、そちらに向かう。

「うるせぇ！　俺様に命令するな！」

リザがいる駐屯地の方からそんな罵声《ばせい》が聞こえてきた。

「俺様はヨルスカで最強の魔狩人《まかりゅうど》だ！　こんな雑魚どもとは違うんだよ！」

人垣を割って進むと、大柄な人族の男がリザを睨《にら》み付けている。男の足下には、ボコボコにされた獣人達が転がっていた。

「亜人なんざ、人と動物のでき損ないだ！」

男がレイシスト全開の発言をしながら、足下に転がる獣人の頭を踏みつける。

「その踏みつけた足をどけなさい」

リザが怒りを押し殺した声で男に命じる。

「踏んだがどうした？　こんな半端者なんざ、肉の壁にも使えねぇ――」

嘲《あざけ》りの言葉を吐いていた男が、その場から掻《か》き消えた。

次の瞬間、轟音《ごうおん》とともに、近くにある建物の壁が崩れる。

そこには襟首を掴《つか》んだリザが憤《ふん》怒《ぬ》の瞳《ひとみ》で、男を見下ろしている姿があった。

「そこまでだよ」

男を殴りつけようとしたリザの手を掴んで止める。

反射的にリザが殺意の篭《こ》もった目を向けてきたが、相手がオレと気付いた途端、その怒りが霧散した。

「これ以上やると、殺してしまうからね」

オレは男の襟首を掴んだままのリザの指をゆっくりと剥《は》がしてあげる。

いつも沈着冷静なリザが、こんなにも我を忘れて怒るなんてめったにある事じゃない。

「申し訳ございません、ご主人様」

「謝らなくていいよ。彼は昔からの知り合いなのか？」

「いいえ、先ほど会ったばかりです」

何か因縁がある相手かと思ったら違った。

とりあえず、近くの兵士に男を医務室に運ぶように指示しておく。

「さあさあ、試験を続けますよ！　仕官候補者は並んでください」

女性兵士がパンパンと手を打ち、テキパキと野次馬化した兵士や仕官候補者の注意を集めてくれた。

「リザ～」

「ポチ達は一緒なのです」

泣きそうな顔のタマとポチがリザの足に抱き着く。

「ごめんなさい、心配を掛けましたね」

リザはそんな二人の頭を優しく撫《な》でる。

まだアンニュイな感じだけど、さっきよりは落ち着いたようだ。

「向こうの部屋を借りよう」

オレはリザを促し、駐屯地の会議室を一つ借りて話を聞く事にした。

◆

「何があったんだい」

「大した事ではありません」

会議室に腰を落ち着かせ、お茶を一服してから話を切り出す。

「本当に？」

「ちょっとした口喧嘩《くちげんか》でした」

途中から聞いていたけど、口喧嘩くらいでリザが格下相手にあそこまで我を忘れて激昂《げきこう》するとは思えない。

リザは話したくないようだが、ここは流してしまうべきではないだろう。

前に盗賊相手に負傷した事もあったからね。

「どうしても話したくないなら聞かないけど、そうじゃないなら聞かせてくれないか？」

なるべく命令に聞こえないように優しく声を掛ける。

「りざぁ～」

「話してなのです」

タマとポチがリザに縋《すが》り付く。

リザは躊躇《ためら》った後、オレにだけという条件で話してくれる事になった。

「口喧嘩が理由というのは本当です」

二人っきりになると、リザはどう話すか迷った後、重い口を開いた。

「あの男が足蹴《あしげ》にした獣人を人ではないと吐き捨て、肉の壁にも使えないと放言した事が許せなかったのです」

うん、確かにあの男はそんな事を言っていた。

「酷《ひど》い差別だね。オレもあの男の考え方は軽蔑《けいべつ》するけど、それだけが理由じゃないんだろ？」

オレの問いにリザがハッとした顔になった。

「ご主人様には何もかもお見通しなのですね」

リザは少し達観した顔になって、その理由を話してくれた。

それはこの間、オレ達がセーリュー市にいた頃《ころ》に遡《さかのぼ》る。

◇◇◆◇◆◆

その日、リザは昔なじみの奴隷達と旧交を温める為《ため》に、その主人であるヨナ婆の家を訪問していた。

「誰《だれ》も、いませんね……」

皆《みんな》で修繕したヨナ婆の家は、長く人が住んでいなかったかのように朽ち果てており、人影は見当たらない。

何があったのかと訝《いぶか》しむリザの耳に、小さな物音が届いた。

「そこに隠れている者、出てきなさい！」

リザの気迫に満ちた声に、物陰の何者かが身を竦《すく》ませるのが気配で伝わってくる。

「危害は加えないと約束します。出てきなさい」

リザは軽く深呼吸して心を落ち着けてから、そう優しく声を掛けた。

「本当《ほんと》、れす？」

物陰から出てきたのは、犬人奴隷や猫人奴隷の子供達だった。

「あなた達はヨナ殿に保護されていた子供達ですね？」

「ご主人様《しゅいんさぁ》の、知り合《い》い、れす？」

ヨナ婆の知り合いだと告げると、子供達は安心したように近寄ってきた。

「何があったのですか？」

「ご主人様《しゅいんさぁ》が《ぁ》、死《い》んじゃった《ら》、れす」

子供達が言うには、ヨナ婆は流行病《はやりやまい》が原因で衰弱し、奴隷達の献身的な世話にも回復する事なく天に召されたそうだ。

後を頼まれていた甥《おい》はヨナ婆の死後に態度が豹変《ひょうへん》し、獣人奴隷達を酷使し始める。

最後には、こっちの方が儲《もう》かると、大人の獣人奴隷達を領軍に売り払ったらしい。

「領軍に、ですか？」

リザの記憶が確かなら、領軍に獣人奴隷の部隊はない。

「城や駐屯地では姿を見ませんでしたが……」

「皆《いんな》は《ぁ》迷宮《ええきゅ》、れす」

「――迷宮？」

ついてくると言う子供達を廃屋に残し、リザは一人で迷宮前の領軍駐屯地へ向かった。

だが、そこには高い壁が聳《そび》え、重厚な門は閉ざされて重武装した兵士達に守られていて、中を窺《うかが》い知《し》る事はできない。

「何者だ！」

「尻尾《しっぽ》？　貴様、亜人種か？　奴隷が何用でここに来た！」

門番の兵士達が居丈高に誰何《すいか》する。

「私は奴隷ではありません」

本来なら「私は貴族だ」と言うべき場面だが、身分を主張する事に慣れていないリザにはそう言うのが精一杯だった。

「奴隷ではない、亜人？」

「怪しい奴め！　他国の間諜《かんちょう》か？　それとも、盗賊どもの仲間か？」

「怪しい者ではありません」

リザがそう言って身分証を見せる。

「亜人が貴族証だと？」

「どこの国だ？」

門番達は貴族証を手に取る事なく、声を荒らげる。

身の証《あかし》を立てるはずが、門番達はさらに猜疑《さいぎ》の目を深くするだけだった。

「シガ王国です」

「語るに落ちたな！　シガ王国に亜人の貴族はいない！」

門番が言うように、昨年リザ達が叙爵するまで、シガ王国に人族以外の貴族はいなかった。

「貴族様の身分証を偽造するなど、許される事ではないぞ」

「偽造などではありません。私はリザ・キシュレシガルザ名誉女准男爵。ムーノ伯爵領、ペンドラゴン子爵に仕える者です」

激昂する門番達に、リザが正しく名乗りを上げる。

「亜人が大仰な名乗りを――」

槍《やり》を構える門番の一人が言葉を詰まらせた。

「どうした？　亜人のハッタリに怯《おび》えたのか？」

「――違う。今、お城にペンなんちゃらって貴族が来てたはずだ。確か、『魔王殺し』とかって嘘《うそ》くさい評判の」

「なんか聞いた事があるな」

門番達の顔に「やばい」という焦りが浮かんだ。

その二人の背後で、通用門が開いて立派な軍装の中年将校が出てきた。

「無手の女を相手に何を騒いでおる」

中年将校が門番達を叱責《しっせき》する。

「副官殿！　なんでもありません！」

「その亜人は？」

「他領の貴族を名乗っております」

「他領の貴族？」

中年将校がリザを見据える。

「ペンドラゴン卿《きょう》の家臣か？」

「はい、リザと申します」

「何用か？」

「知り合いがここで働いていると聞いて会いに参りました」

「知り合い？」

中年将校の眉根《まゆね》が寄り、訝しげな表情になる。

「人族か？」

「いいえ、獣人奴隷です」

「残念ながら門の向こうは、関係者以外立ち入り禁止だ。通すわけにはいかん」

「であれば、ここに呼び出していただけないでしょうか？」

「そのような便宜を図るわけにはいかん。ここは我が領の重要な施設だ。中で働く者から機密情報が漏れては一大事ゆえ、お引き取り願おう」

「一目で構いません。それがダメなら、伝言をお願いできないでしょうか？」

「ならん！　どのような符丁が取り決めてあるか分からぬからな！」

リザはなおも食い下がったが、中年将校はけんもほろろに彼女を追い返した。

追い払われたリザだったが、どこかから中の様子が窺えないかと、迷宮門を囲む城壁沿いを歩く。

すると――。

「おい、そこの女」

物陰からリザを呼ぶ声がした。

手招きする方に向かうと、そこには両足が根元からないボロを頭から被《かぶ》った男がいた。

「あんた、中に獣人の知り合いがいるのか？」

「ええ、そうです」

「おれもだ」

男はボロ布を指の欠けた手で押し上げ、鼠《ねずみ》のような顔を見せる。

流暢《りゅうちょう》な言葉で気付かなかったが、男は人族ではなく鼠人だったらしい。

「鼠人の方でしたか」

「ああ、俺もこんな足じゃなかったら、中のヤツらみたいに領軍から強制徴発されて連れて行かれていたぜ」

鼠人が言うには、迷宮が発見されてからしばらくして、迷宮任務に就く領軍兵士の損耗率が高い事を憂えたセーリュー伯爵が、獣人達の頑健な身体《からだ》に目を付け、彼らを肉壁として利用する事を思いついたそうだ。

「初めは大柄な男の獣人奴隷だけだったんだが、次にその他の男の獣人奴隷や大柄な女の獣人奴隷、最後には歩けるなら、子供や華奢《きゃしゃ》な女の獣人奴隷でも容赦なく狩り集められた」

「どうして、そんな……」

「どうしてって、足りなくなったからさ」

鼠人が投げやりな声で言う。

「分かるだろ？　いくら頑丈でも、まともな鎧《よろい》も着せずに魔物の相手なんかしたら、どうなるかなんて」

鼠人の言葉に、リザは神妙な顔で頷《うなず》く。

集められた獣人奴隷は、迷宮で肉壁として使い潰《つぶ》されているのだ。

「なんとか助け出す手はありませんか？」

「止《や》めとけ、止めとけ。あんたが他領の御《お》貴族様だって言うなら、なおのこと止めておけ」

「どうしてですか？」

「ここはセーリュー伯爵の金鉱山みたいな場所だ。そこの内情を知っている奴隷を寄越《よこ》せなんて言ったら、中で死んだ事にされるのが関の山さ」

「ですが！」

「そうやって食い下がってみな？　あんたが再会するのは知り合いの死体だ」

情報を漏洩《ろうえい》させない為に、迷宮調査中の事故に見せかけて、あんたの知り合いは殺されると鼠人が言う。

「あんたの主人や偉いさんを頼りにしても、おんなじだぜ？　迷宮にいる仲間が大切なら、何もせずに無事を祈ってやるのが最大の手助けだ」

「そんな……」

リザは苦悩の末、獣人奴隷達の迷惑を考えて引いた。
せめて、犬人や猫人の子供達だけでも保護しようと、ヨナ婆の家に向かったが、到着した時には
どこかに行ってしまって会えなかった。

◆◆◇◆◇◇

「……そうだったんだね」

リザの苦悩はいかばかりだったか、その心中を思うと自分の鈍感さが恨めしい。

「よく話してくれたね」

「お耳汚しでした。奴隷仲間が次に会おうと思った時に死んでいるなど、よくある事ですから
……」

達観した顔で、リザが悲しい事を言う。

「まだ死んだと決まったわけじゃないよ」

リザの前に移動し、彼女の手をとって、俯《うつむ》く彼女の顔を覗《のぞ》き込む。

「――ご主人様？」

「行こう、リザ」

オレはリザの手を取って立ち上がらせる。

「どちらに？」

「決まっているさ」

戸惑うリザに、オレは励ますような笑顔を向ける。

「セーリュー市に行くんだ」

彼女の昔なじみを助ける為《ため》に、ね。

◆

「まずは作戦会議よ！」

アリサが石鳥居の上で宣言した。

ここはセーリュー市からほど近い、三つの石鳥居が倒れている丘だ。

前に訪れた時は、幼い頃《ころ》の夢を見たけど、今回は特にそんな不思議な出来事はない。

「マスター、最優先目的を設定するべきだと具申します」

「イエス・ナナ。トリアも！　トリアもそれがいいと思います！」

ここにいるのはいつものメンバーに加えて、ナナの姉妹達の総勢一五名だ。

ブライトン市にいなかったカリナ嬢をムーノ市に置いてけぼりにしてしまったが、今回のセーリュー市再訪問は、彼女と関わりのない人間の救出が目的だから、特に問題はないだろう。

「最優先目的はリザさんの知り合いの救出、でいいんですよね？」

「ん、重要」

ルルがリザに確認し、ミーアが重々しい仕草で首肯する。

「ポチが熊《くま》のお姉さん達を、しゅびびって助け出してくるのです！」

「タマが影から侵入する～？」

「待ちなさい、二人とも。そのような手段に出て、ご主人様のご尊名に傷が付いてはなりません」

強引な手段を取ろうと主張する二人をリザが窘《たしな》める。

「ご主人様、他《ほか》の獣人奴隷達は助けないの？」

アリサが期待に満ちた目をオレに向ける。

その言葉を聞いた獣娘達も、口にこそ出さないが助けてほしそうな顔だ。

「サトゥー」

ミーアがオレの名を呼んで決断を促す。

獣人奴隷を数人救出するのと、丸ごと救出するのでは難易度が段違いだ。

だけど――。

「そうだね。迷宮で使い捨てにされている全員を助ける方法を考えようか」

子供達の期待を裏切るようでは、保護者を自称できない。

それに、リザ達と出会ったばかりの頃ならともかく、今は助け出した奴隷達を受け入れる先がある。人手不足のムーノ伯爵領なら、幾らでも働き口があるからね。

「マスター、第二目標の設定を確認しました。具体的にどのような手段が有効か検討する必要があると具申します」

ナナ姉妹の長女アディーンが議論を促す。

「情に訴えるのはどうですかと問います」

ナナ姉妹の六女シスが提案した。

「無理じゃない？　セーリュー伯爵の人となりをそんなに知ってるわけじゃないけど、どっちかっていうと理詰めで動くタイプよね？」

アリサが視線で同意を求めてきたので首肯する。

「マスター、ナナがマスターはセーリュー伯爵から婚姻外交を迫られたと聞き及んでいると告げます」

ナナ姉妹の四女フィーアが、変なタイミングで脳裏から排除していた出来事を指摘してきた。

「それはダメ」

「はい、絶対にダメです」

「ん、同意」

アリサが硬い声で即答し、ルルとミーアがそれに続いた。

「他に対価として何が良いか問います」

「お金」

ナナ姉妹の五女フュンフの問いにミーアが答える。

「イエス・ミーア。金銭で売買するのは有効だと評価します」

「でも、セーリュー市では獣人にしかできない仕事をさせられているんですよね？　伯爵様が金銭で手放すでしょうか？」

ミーアの提案にナナが同意し、ルルが疑問を投げかけた。

「ユィットは対価に釣り合えば売るのが商売だと主張します」

「あはは。じゃあさ、例えばユィットはお腹《なか》がペコペコで次に食糧がいつ手に入るか分からない状況で、手に持っているご飯を売ってくれって言って、相場の三倍くらいのお金を出されたら売る？」

「……売らないと推測します」

アリサの分かりやすい喩《たと》えを、姉妹の末っ子ユィットが悔しそうに肯定した。

「こういう時は相手の立場に立って考えるのがいいのよ。――ね？ご主人様？」

「そうだね。セーリュー伯爵が真に求めているのは損耗率の低い盾役だろう」

下手なウィンクと一緒に話を振ってきたアリサに、オレが思うところを語る。

「損耗率の低い、ですか？　ですが、獣人奴隷達は使い捨ての肉壁にされていると……」

「うん、だから現状じゃなくて、『セーリュー伯爵が真に求めている』事、の話だよ」

現状とは違うと疑問を投げかけるリザに答える。

「元々は領軍兵士を使っていたけど、その損耗率の高さに困って、最前線の兵士の損耗率を抑える代わりとして、獣人奴隷達に白羽の矢が立ったんだろう」

皆の手前、口には出さなかったが、セーリュー伯爵にとって、使い捨てにしても惜しくないコストパフォーマンスが良い存在が獣人奴隷だったんじゃないかと思う。

「それじゃ、わたし達が領軍兵士を優秀な盾兵になれるように教育するって事でいい？」

「うん、それを対価に、セーリュー伯爵と交渉してみるよ」

「マスター、まずはリザの知り合いを金銭で買い取れないか打診してみてはいかがでしょう？」

おおよその作戦が決まった所で、ナナ姉妹の長女アディーンが提案してくれた。

「第一目標確保が最優先」

ナナ姉妹の次女イスナーニが言葉少なに、アディーンの意図を補足する。

「そうだね。そっちで交渉を始めて、妥協案という形で兵士達の育成を提案してみるよ」

オレはそう言って、さらに細かな作戦内容を詰めた。

「これで万全かな？」

「うん、ばっちりよ！」

作戦内容を確認し、皆で頷き合う。

「それじゃ、セーリュー市に向かおう」

「向こうに着いたら、さっそくセーリュー伯爵に直談判《じかだんぱん》よ！」

馬車に乗り込むアリサが武者震いする。

そうだ――。

オレはリザを振り返る。

「リザ、小さい頃に神殿裏で、貴族子弟に絡まれたところを女の子と男の子に助けられた事はある？」

「……はい、確かにありますが、どうしてご主人様がそれを？」

リザが不思議そうに首肯した。

どうやら、オレが思うより世間は狭いらしい。

「実はね――」

オレはユーケル君から聞いた巫女《みこ》オーナとの出会いのエピソードをリザに話す。

「そうだったのですか……。私はゼナ様だけでなく、ゼナ様の弟君《ぎみ》や巫女様にも救われていたのですね」

リザが感慨深そうに呟《つぶや》いた。

恩返しをする機会は、すぐに訪れそうだね。

◆

「――獣人奴隷を買い取りたい？」

セーリュー市に到着したオレ達は、さっそくセーリュー伯爵に面会を求め、アリサとリザの二人を連れて直接交渉に臨んでいる。

他のメンバーはヨナ婆の家に隠れている犬人や猫人の子供達を保護しに行った。

「はい、家臣のキシュレシガルザ女准男爵の知り合いが迷宮で働いているそうなので、セーリュー伯爵のご慈悲を乞《こ》いに参りました」

「ほう？　慈悲とな？」

伯爵が韜晦《とうかい》してオレに具体的な話を促す。

「彼女の知り合いが獣人奴隷として、閣下の迷宮で明日をも知れぬ危地にあると聞き、その身柄を買い取らせていただきたいとお願いに上がりました」

「先日、私の『お願い』を無下に断ったペンドラゴン卿《きょう》とも思えぬ言葉だ」

向こうから先制のジャブが飛んできた。

まあ、伯爵令嬢の巫女オーナとの縁談を断ったわけだから、その点を突っ込まれるのは予想済みだ。

「先日は失礼いたしました。それでいかがでしょう？　言い値で構わないので、お譲りいただけませんか？」

「ふむ、ペンドラゴン卿は性急だな」

伯爵がゆっくりとした所作で、ティーカップを口に運ぶ。

確かに、少し急ぎすぎたかもしれない。

「悪いが金銭では譲れない。彼らには迷宮での重要な役割がある」

この展開も予想の一つにあった。

「その『重要な役割』とは、迷宮で魔物の肉壁とする事でしょうか？」

ここはあえて直球で尋ねる。

伯爵が興味深げに片方の眉《まゆ》をピクリと動かした。

「その通りだ。人情厚いペンドラゴン卿には非道に思えるかもしれんが、大切に育てあげた兵士が損耗する事に比べれば、些末《さまつ》な問題にすぎん」

オレの横でリザの殺気がわずかに篭《こ》もる。

それに反応して、伯爵の護衛として同席していたキゴーリ卿を始めとした騎士達が、剣の柄《つか》に手を掛けた。

それを伯爵は片手を軽く上げて制止する。

「そうは思わんかね？」

伯爵がこちらを挑発するような表情を作る。

どうやら、彼はこちらを怒らせて、冷静な判断ができないように誘導しようとしているらしい。

予想通りすぎる展開に、アリサがニヤけそうになる顔を伏せて必死で取り繕っている。

お願いだから吹き出したりしないでくれよ。

「正直に言わせてもらえば――」

オレはそこで言葉を句切って、伯爵の瞳《ひとみ》を見つめる。

ここからが勝負どころだ。

「――あまりにもったいない」

「獣人の命に重きを置くか？」

伯爵の顔に失望が浮かぶ。

「いいえ、経験値資源を浪費していると申し上げているのです」

「――経験値資源？」

伯爵が予想外の言葉に興味を示した。

オレは思わず「フィッシュ・オン！」と歓声を上げたくなるのを我慢して、顧客にプレゼンする気分で語り始める。

「魔物を倒し、経験を積めばレベルが上がるのは、閣下もご存じの事とは思いますが――」

その貴重な経験値を、肉壁にした奴隷達も獲得している事は自明であり、使い捨てにして死なせる事で、その貴重な経験値を無駄に失っているのだと主張した。

「それは必要経費のようなものだ。弓の訓練で矢玉を消耗させるのとなんら変わらん」

そう口で言いながらも、伯爵の意図はオレに反論させる事で、より詳しい事を吐かせる事にあるのだろう。

それは望む所なので、オレは素直にそれに答える。

「そうでしょうか？　もし、肉壁など用いずとも、領軍兵士が損耗する事なく、魔物との最前線を戦う事ができたら？」

「できれば最良なのは子供でも分かる。だが、それは現実的ではない」

伯爵は失望したと言いたげな顔を作って、オレの真意を探ってきた。

あまり焦《じ》らして不興を買っても本末転倒なので、一拍おいてから話を続けた。

「いいえ、可能です。過剰なほどの装備を与え、高レベル護衛を付けて万が一を排除し、潤沢な魔法薬と回復役を用意して連戦させる――」

オレがセリビーラの迷宮で仲間達を鍛えた時の手法だ。

だけど、これだけじゃ説得力が今一つ足りない。

伯爵は仲間達の強さを、間近で実感した事はないはずだからね。

だから、ヒカルのネームバリューと詐術スキルの助けを借りて、もう一言付け加えた。

「それが、ミツクニ女公爵閣下から教えていただいた手法です」

オレはそこで言葉を切って、伯爵が内容を咀嚼《そしゃく》するのを待つ。

やがて、彼が一人の人物に思い当たった。

「――ゼナか？」

「はい、ご明察の通りです。マリエンテール嬢はミツクニ女公爵閣下による訓練方法によって鍛え上げられました」

それこそが、ゼナさんが短期間で高レベルになった秘密だと言外に告げる。

「マリエンテール嬢からは聞いておられませんか？」

ヒカルから口止めされていなかったはずだから、真面目《まじめ》な軍人であるゼナさんなら伯爵に報告しているはずだ。

「ゼナからどのように戦っていたかは聞いている」

「それは話が早い。私達はミツクニ女公爵閣下から、その訓練方法を伝授されております」

「あのミツクニ女公爵から？　ペンドラゴン卿はあの方とどのような関係なのだ？」

並行世界出身の幼馴染《おさなな じ》みっぽい感じの子です。

もちろん、そんな事を正直に言うわけにはいかない。

「私の家臣達が、とある遺跡で女公爵閣下とご縁ができまして」

ナナ姉妹達がジョンスミスと一緒に、夢晶霊廟《むしょうれいびょう》に眠っていたヒカルを目覚めさせたというエピソードを利用させてもらう。

「とある遺跡……なるほど、王——あの方の目覚めに居合わせたのだな」

伯爵が「王祖」と言いかけて誤魔化した。

彼もヒカルの正体が「王祖ヤマト」だと知っているらしい。

「それで、貴公は獣人奴隷ごときを解放する為《ため》に、あの方から教えていただいた訓練方法を差し出すと言うのか？」

わざわざ「ごとき」の部分を強調したのは、オレを挑発する為だろうか？

「残念ながら、訓練方法そのものを差し出す気はありません」

「——なんだと？」

伯爵が訝《いぶか》しげな顔でオレを睨《にら》み付ける。

「それはミツクニ女公爵閣下から許可されていません。私が伝授された訓練方法を他人に施す事は許可されていますが、訓練方法そのものを誰《だれ》かに伝授する事は禁じられているのです」

「そうか……」

伯爵が顎《あご》に手を当てて黙考する。

「……ならば強要はできんな」

ヒカルのネームバリューが凄《すご》いからか、彼女が禁じているとハッタリをかましただけで、伯爵はごねる事なく納得してくれた。

「何人まで訓練できる？」

伯爵が話を進める。

「それは譲渡いただける獣人奴隷の数によります」

「一人ではないのだな」

「はい、たった一人の獣人奴隷を手に入れる為に、これほどの札は切りません」

詐術スキルの助けを借りて大げさに言うと、伯爵が納得顔で頷《うなず》いてくれた。

「回りくどいのは性に合わん。貴公の希望条件を言え」

「その前に、訓練方法は二種類あります。一つは私の仲間達やマリエンテール嬢に施した特別な訓練。もう一つは万人に用いる事ができる下位互換の訓練です」

前者は領軍の見込みある若手騎士に、後者は獣人奴隷の代わりに最前線で戦う盾兵や重装歩兵に施す事を考えている。

「前者なら訓練一人に付き獣人奴隷一〇〇人、後者なら訓練一人に付き獣人奴隷一〇人を対価にいただきたい」

「なかなか強気に出たな」

伯爵が獰猛《どうもう》な笑みを浮かべる。

彼の表情のせいか、わずかに覗《のぞ》いた歯が猛獣の牙《きば》のように見えた。

「そうでしょうか？　マリエンテール嬢ほどの成長が望めるなら、獣人奴隷一〇〇人くらい安いものだと思われませんか？」

オレがそう言うと、伯爵が押し黙った。

たぶん、妥当だと思ったのだろう。

「良かろ――待て」

良かろうと言いかけて、途中で何かに気付いて伯爵が待ったを掛けた。

「キシュレシガルザ女准男爵の知り合いとはそんなに多いのか？」

気付かれてしまった。

このままの流れで領内の獣人奴隷をごっそりと確保したかったんだけど、そこまで甘くはなかったようだ。

「いいえ、大人が三人、子供が七人です」

ここは正直に言っておく。

ヨナ婆の家に隠れていた子供達も含んだ数だ。

「一〇人だけか……それだけでは先ほどの話も絵に描いた晩餐《ばんさん》だな」

伯爵が不服そうにそう言った。

一般兵を有用な盾兵に鍛え上げるにしても、一人だけじゃほとんど意味はないからね。

「もちろん、その一〇人以外の獣人奴隷も同じレートで引き受けさせていただきます。伯爵閣下のご希望訓練人数を仰《おつしや》ってください」

「上限は？」

「領内に存在する獣人奴隷と交換できる人数なら何人でも」

領内の鉱山都市にはセーリュー市より多くの獣人奴隷がいるけど、合計しても三千数百人くらいだ。全部一般的な訓練を付けるとしても、三百数十人だ。五回か六回に分ければ、鍛え上げられるだろう。

「そんな人数の獣人奴隷をどうするのだ？」

「ムーノ伯爵領の開発に使います。魔族の陰謀で領内の人材が流出して、極度の人手不足なのです」

「なるほどな。それなら獣人奴隷は重宝しよう」

伯爵は納得顔だけど、酷使するつもりはありません。人族の労働者と同じ扱いです。

内心でそんな考えをしている間にも話は進む。

「人数と割り振りは考えさせてくれ」という事だったので、先にリザの知り合いだけは最前線から引き上げさせて、安全な場所で養生させる条件を付けさせてもらった。

「良かろう。後で獣人奴隷の名前を実務担当に伝えるがいい」

概《おおむ》ね合意ができたので、後はアリサと向こうの実務担当との交渉となる。

「それにしても、その娘の知り合いを助けたいというだけなら分かるが、何がそこまでペンドラゴン卿を獣人保護に走らせるのだ？」

伯爵が単なる興味本位という感じで聞いてきた。

「獣人達が不当に差別されているのを見過ごせないからです」

「不当か……民達や家臣達の意見は違うとは考えぬのか？」

「前の世代まで獣人達と争いをしていたという話は聞いています」

「それでなお、不当と言うか。ペンドラゴン卿は戦争というものを知らんのだな」

ニュースや歴史書やフィクションでしか知りません。

「綺麗事《きれいごと》だと？」

「歯に衣着《きぬき》せぬのならな」

「私はそうは思いません」

「悪いが議論する気はない。それは博愛主義者を相手に語ってくれ」

伯爵がバッサリと議論を打ち切った。

「私は『情』から言っているのではありません」

「『理』からだとでも言うのか？」

「いいえ、『利』からです」

オレがきっぱりと言うと、伯爵が沈黙した。

少しは興味を引けたようだ。このまま一気に行こう。

「為政者が被差別階級を放置するのは、為政者や特権階級に対する民衆の不平不満を逸《そ》らすのに一定の効果があるからです」

伯爵が顎をしゃくって先を促す。

「それは今のセーリュー伯爵領には必要ありません。迷宮によって経済が活発化し、好景気が到来しようとしているからです」

この言説は必ずしも真ではないのだが、伯爵が気付く前に話を進める。

「ですが、未《いま》だにセーリュー市の一般市民は獣人達を惰性で差別します。それは百害あって一利なしです。それは獣人という人的資源を浪費する行為に他《ほか》なりません」

「人的資源とは大きく出たな。確かに肉体的な素質は人族より優れているが、それだけだ。単純労働力ならば、差別されていようと関係あるまい」

伯爵がいい感じに話を持っていってくれた。

「それが浪費なのです」

オレはきっぱり言って、伯爵に笑顔を向ける。

伯爵は挑発に乗った振りをして「私を愚弄《ぐろう》するか？」と言って凄んでみせた。殺気が篭《こ》もってないから、話を円滑にする為のポーズに違いない。

「私の家臣であるキシュレシガルザ三姉妹が、その好例です」

「三姉妹？　長姉のリザ、殿の武勇は耳にしているが、それは個人の資質と努力の結果であろう？」

伯爵がリザを呼び捨てにしかけたのか、「殿」を付けるのが少し遅れた。

他領の貴族であり、名誉女准男爵のリザを呼び捨てにするのは、外聞が悪かったのだろう。

「そうかもしれません。ですが、迷宮事件に遭遇し、幸運に恵まれなければ彼女は無意味に死んでいたでしょう」

オレの横でリザが何度も頷く。

「シガ八剣筆頭のジュレバーグ殿さえ一目置く彼女が？」

「はい、マリエンテール様に助けていただかなければ、私も妹達も魔族に扇動された人々に石打たれ、無力に死んでいたのは間違いありません」

伯爵がリザに視線を向けたので、彼女自身に答えさせた。

「リザが一〇〇人に一人の才能の持ち主だったとして、その才を見いだされる事なくば、他の使い捨てにされる獣人奴隷達と同じ道を歩んだでしょう」

精神的な自由と教育は大事なのだと、オレは伯爵に訴える。

「領内の獣人に対する扱いを改善するとお約束いただけるなら、その対価として特別な訓練を施す人員を三名まで受けましょう」

今回のトレードで、底辺仕事を一手に引き受ける獣人奴隷を全《すべ》て放出してくれるはずがないので、セーリュー伯爵領に残る者達の待遇改善を持ちかけてみた。

獣人奴隷三〇〇人分をサービスだ。

「良かろう。待遇改善については人数決めの時に提示するがいい。奴隷から解放して人族と同じように扱え、などという夢想家のような事を言わぬ限り考えてやる」

伯爵が譲れないポイントを主張してくれた。

さすがに初手でそこまで踏み込むつもりはない。

「こちらの書類に」

予《あらかじ》め、アリサ達と考えていた待遇改善案を伯爵に提出する。

「ふん、目論見《もくろみ》通りというわけか？」

面白くなさそうな顔の伯爵を、日本人らしい曖昧《あいまい》な笑みで受け流す。

待遇改善案の内容は——。

一つ、亜人に不当な暴力を振るわない。

一つ、亜人に差別的な発言を公然と行わない。

一つ、亜人奴隷を人族奴隷と同列に扱う。

一つ、裁判において、亜人と人族を平等に扱う。

この四つだけだ。

「四つ目は却下だ。それ以外も、私から強制したとしても、貴族や平民どもが守るとは限らんぞ？」

「分かっています。伯爵閣下や治安を守る者達がそれを遵守して、公然と違反する者達を罰していただけるなら十分です」

「厳罰にはできぬぞ」

そこまでは期待していない。

「罪に応じた罰で結構です」

それによって、「差別は悪い事だ」と人々に知らしめ、世代を重ねる事で差別が緩和されていくのを期待したいと思う。

「良かろう。卿の目論見通り、契約に盛り込んでやる」

伯爵が恩着せがましく言った。

これは、期待に応《こた》えろという圧力だろう。

アリサによるニナさん仕込みのえげつない交渉力によって、最終的に一二〇〇人の獣人奴隷が譲渡される事となった。

ただし、これは第一陣の特別訓練三名、一般訓練三〇名の成果が期待値を超えた場合という条件がついている。

丁度良い機会なので、特別訓練枠にユーケル君を推したが、セーリュー伯爵からは「考慮しよう」としか回答を得られなかった。まあ、選考から漏れても、枠外で鍛えようと思う。

「大丈夫でしょうか？」

「大丈夫よ、リザさん。結果が出なくても、お試しの対価にリザさんの知り合いは解放されるようにしてあるわ」

さすがはアリサ。激しい攻防を繰り広げていても、第一条件の死守だけは忘れていない。

「それに、ね」

アリサがオレを見る。

セーリュー伯爵の希望の条件は確認したけど、迷宮都市の探索者学校の教育プログラムを転用するだけで十分にクリアできる。

「オレ達なら余裕だ。むしろ、向こうの期待より上回らせて、訓練参加人数を増やしたい気にさせてやろう」

リザを見て微笑《ほほえ》む。

「……はい、ご主人様」

リザの目元から一雫《ひとしずく》の涙が流れる。
だけど、それは悲しみの涙じゃない。獣人達の未来を確信した歓喜の涙だ。

訓練

〝サトゥーです。男性として生きていると、ジェンダー平等と言われてもピンと来ない事が多かったのですが、昔の男尊女卑が色濃い時代の物語を読んでいると、その尊さを実感できる気がします。〟


「これは想定外だった……」

セーリュー伯爵との契約成立後、すぐに迷宮での獣人奴隷による肉壁を停止してもらえたのだが、騎士達や兵士達のパワーレベリングが難航している。

セーリュー伯爵が選んだ騎士達は二〇代後半から三〇代前半のアラサー世代で――。

「女子供、ましてや亜人などに教わる気はない」

――という感じで、オレ以外のメンバーを完全拒否したのだ。

前にリザとキゴーリ卿《きょう》の練習試合を見ているはずなのに、あるいは見ていたからこそ人族のプライドが邪魔をしてか、頑《かたく》なに指導を拒否している。

兵士の方は一〇代後半から四〇歳まで幅広いが、古参メンバーが騎士達と同じような事を言い出して、オレ達からの指導を拒絶した。

残念ながら、オレが推したユーケル君は選抜されなかったらしい。

「セーリュー伯爵から訓練を受けるように命じられていないのですか？」

「命令を受けたからここにいる。だからこそ、若い貴殿の指導を受けようとしているのだ」

伯爵の名前を出して圧力を掛けたのだが、オレからの直接指導ならともかく、女性や年少組からの指導は受けないと断言された。

「借りは作りたくないが――」

このままだと時間が無駄になりそうだ。

そう考えて、伯爵からリザ達の指導を受けるように命じてもらおうと城に向かったのだが、間の悪い事に、伯爵は小型飛空艇で隣のカゲゥス伯爵領へと出かけてしまっていた。


「――お姫様の腰巾着《こしぎんちゃく》は、今日も元気にごますりかぁ？」

諦《あきら》めて戻る途中、兵舎の近くで耳障りな声を聞き耳スキルが拾ってきた。

「おいおい、士爵位を継いだ途端、俺達の事は無視かぁ～？」

「何か、用か？」

聞き覚えのある声が気になって視線を彷徨《さまよ》わせると、ガラの悪い従士達に絡まれるユーケル君がいた。

「よう、騎士様。お姫様が他領に嫁ぐ事になったらしいじゃねぇか」

「そんな話は知らん。根も葉もない噂《うわさ》でオーナ様を侮辱するなら――」

ユーケル君が腰の剣に手を掛ける。

「おー、怖い怖い。僕ちゃんちびりそう」

「嘘吐《うそつ》くなよ、騎士様。キマーン男爵様の側近をしている叔父貴から聞いたんだ。『呪《のろ》われ領』の貴族と見合いしたんだろ？」

「それは……」

ユーケル君が苦渋に満ちた顔で唇を噛《か》む。

「それなら決定じゃないか」

「そんな事はない！」

意地悪な従士の言葉に、ユーケル君が過敏に反応する。

「あるって、貴族の見合いってそういうもんだろ？」

「なんだ、もう振られてたのか」

「残念だったな、腰巾着も卒業かぁ」

畳みかけるような従士達の言葉に、ユーケル君が言い返せずに歯噛みする。

「泣くなよ、初恋は実らないって言うしさ」

「そうそう、元々身分違いなんだから」

「最初から遊び相手だったんだろ」

口籠《くちご》もるユーケル君を見て、従士達が嵩《かさ》に懸かってイヤミを言う。

さすがにかわいそうだし、助け船をだしてやろう。

そう思ったんだけど、オレが出るよりも早く――。

「そのへんにしとけ」

「「「――キゴーリ様！」」」

割り込んだのはセーリュー伯爵領最強の騎士であるキゴーリ卿だった。

「途中からしか聞こえなかったが、お嬢の見合いの事か？　それなら流れたぞ。伯爵様が言ってたからな」

キゴーリ卿がギロリと威圧するように見回すと、従士達は用事を思い出したと言って這々《ほうほう》の体で逃げていった。

「……身分違いなのは分かっているんです」

「そうか――。まあ、諦めるのが賢い生き方だな」

呟《つぶや》くように言うユーケル君の肩を、キゴーリ卿が励ますように叩《たた》いた。

なんだか出歯亀《でばかめ》な気分になったので、野次馬になるのは止《や》めて、その場を後にする。

訓練場に戻ると、一般訓練に参加予定の若い兵士が何人か残っているだけで、他の者はどこにも見当たらない。

「あれ？　受講生は？」

「引き留めたんだけど、そこの人達以外は『今日の訓練はないようだ』って言って帰っちゃったのよ」

なるほど、オレが席を外したのをいい事に、ボイコットしたわけか。

「明日は朝一刻から訓練を行うから、ここに集合するように言っておいてください」

オレは残っていた兵士にそう伝言する。

伯爵が戻ってくるまでは、なんのかんの理由を付けてサボタージュしてきそうだし、明日からしばらくはランニングと一般訓練メニューを全員にやらせるとしよう。

「分かりました……」

伝言をした生真面目《きまじめ》そうな青年兵士が、躊躇《ためら》いがちにオレを見る。

「何か言いたい事があるなら聞くよ？」

「はい！　恐縮ですが、本日の訓練は行われないのでしょうか？」

おっと、意外な返事だ。

「そうだね。予定では半日くらい都市の外周を走ろうと思っていたけど、それは明日に回すよ」

「走る、のですか？」

「そうだよ。持久力を養うのに最適だからね」

生真面目そうな彼には言えないが、逃げ足も重要だからね。

「それがペンドラゴン閣下の強さの秘訣《ひけつ》なのですね！」

「俺達も訓練を続ければ、閣下のように『魔王殺し』のような偉業ができるようになるのか——でしょうか？」

兵士達がキラキラした目を向けてくる。

「その人達はご主人様のファンらしいわよ」

アリサがちょっと得意げに言う。

「——ファン？」

「行商人達から噂を聞いて、ファンになったんだって」

「……なるほど」

オレは兵士達の方に視線を向ける。

「ペンドラゴン閣下にお会いできて光栄です！」

「お、俺、吟遊詩人の語るペンドラゴン閣下の英雄譚《たん》を聞いて、閣下に憧《あこが》れています！」

「俺も閣下を目標に、いつも迷宮の最前線を志願しています！」

「そうか、ありがとう」

感極まって握手を求めてくる兵士達に応えつつ、本題に入る。

「この訓練は『魔王殺し』の礎の一つだけど、あくまで最初の第一歩に過ぎない。君達がそこに辿《たど》り着けるかは、その歩みを止めずに鍛え続ける事が必要だ」

さすがに安請け合いはできない。

その気になって、格上の魔物や魔族に突撃して死なれたら困る。

彼らの熱意が重かったので、話を変える事にした。

「これから下見をしに迷宮に行くけど、興味があるなら一緒に来るかい？」

それにオレ達だけで行くよりは、領軍兵士である彼らが一緒にいる方が面倒がなくていい。

「はい、ご一緒させてください」

青年兵士がそう言うと、彼と残っていた他《ほか》の兵士達も異口同音に参加を表明したので、一緒に行く事になった。

オレの予想通り、迷宮前で止められたが、同行していた兵士達が代わりに説明してくれたお陰で、ぐだぐだと問答をする事なく迷宮に入る事ができた。

◆

「この地下広場にも防衛設備があるのですね」

「前はここに魔族のヒトがいたのです！」

「いえすぅ～、宝箱に化けてた～？」

獣娘達が「悪魔の迷宮」に入った最初の広場で感慨深げに周囲を見回す。

オレは周囲を観察する振りをしつつ、「全マップ探査」の魔法で最新の迷宮情報を更新した。

「ここは迷宮内での最終防衛拠点なんです」

一緒に来た青年兵士が教えてくれる。

オレはそれに耳を傾けながら、「全マップ探査」の結果を確認した。

――これは。

迷宮は以前の一〇倍以上に拡張されていた。

ここの「迷宮主《ダンジョン・マスター》」の仕業なんだろうけど、ここまで巨大化しているとは思わなかった。

しかもマップに描かれた通路が何箇所かで途切れている。恐らくは、セリビーラの迷宮のように、複数マップに分かれているのだろう。

迷宮事件の時に見かけた「始原の魔物」という称号を持っている魔物が激減しており、その称号を持つ魔物は高レベルになっていた。蠱毒《こどく》みたいに、互いに捕食し合ってレベルアップしたのかもしれない。

ただ、高レベルな魔物の数が少ないので、一定以上のレベル上げには向かない感じだ。

「ご主人様、あれは何でしょう?」

ルルが指さす先には、柵《さく》付きの井戸っぽい構造物があった。

「あれは昇降機ですよ。元々あった縦穴を使って、前進基地まで物資を運べるようにしてあるんです」

「ああ、あれか……」

魔族戦の直前に、死獣《アンデッド・ビースト》と一緒に落下した縦穴だ。

「たまに縦穴に魔物がいて戦闘になる事もあるそうですが、自分はまだ遭遇した事はありません」

「前に何度か、あの縦穴から魔物が襲ってきた事もあったそうです」

青年兵士の横にいた別の兵士達が教えてくれた。

「それは危険ですね。埋め立てないのですか?」

「アディーンの意見に賛同。都市防衛の弱点になりうる」

ナナ姉妹のアディーンが疑問を提起し、普段は無口なイスナーニが問題点を明確にした。

「もっともな疑問ですけど、あれは埋められないのです」

「むぅ?」

「埋めても数日で元に戻ってしまうんだよ」

首を傾《かし》げるミーアに青年兵士が理由を説明する。

「昇降機は壊されないのですかと問います」

「今のところ、そういう話は聞かないので、大丈夫だと思います」

ナナの質問に、青年兵士は自信なげに答える。

まあ、一介の兵士がそうなんでも知っているわけじゃないか。

「熊《くま》～？」

「あー！　ネズミーもいるのです！」

昇降機で上がってきた獣人達を見て、タマとポチが駆け出した。

リザも行きたそうにしていたので、「行っておいで」と許可を出す。

「お知り合いですか？」

「ええ、家臣達の知人なんですよ」

不思議そうな顔の青年兵士に答える。

前に会っただけであまり憶《おぼ》えていないけど、彼女達が獣娘達の知人で間違いない。

「猫！　犬《お》も！　それに蜥蜴《そえいとかげお》も！」

向こうもタマとポチに気付いたらしい。

相変わらず聞き取りにくい発音なので、脳内で補正しておこう。

「ポチはポチなのですよ！」

「タマはタマ～？」

「そうだったな。あたしはアーベだ、忘れんなよ？」

「あたしはネズミーでもいいけど、ヨナ婆さんが付けてくれたケミって名前で呼んでくれ」

「あいあいさ～」

「はいなのです。アーベとケミって、ちゃんと呼ぶのです」

先行していたポチとタマが熊人と毛長鼠人の二人と旧交を温める。

「久しぶりです、アーベ、ケミ。大きな怪我《けが》はないようですね」

「蜥蜴──じゃなくて、リザだったっけ？　この間までは死にそうな目に遭ってたけど、今日は荷物運びなんて楽な仕事をしているぜ」

「あたしもだ。急に配置を換えられてさ。もしかしたら、何か大きな作戦の前触れじゃないかって、奴隷仲間と話してる。あんた何か知らないか？」

リザがこちらを見た。

「ちょっとデリケートな話だから、オレが話すよ」

そう言って、彼女達の前に立つ。

「ヨナさんの家にいた奴隷達を、私が引き取る事になったんです」

「あたしらを？　本当か？　──ああいや、それは本当なんだろうけど、配置が換えられたのはあたし達だけじゃないんだ。他の連中も肉壁役が免除されている」

どうやら、セーリュー伯爵はちゃんと約束を守ってくれているようだ。

「他の獣人達も引き取りたいと話をしているんですが、そちらは確定ではないので、他の獣人達には話さないでください」

ぬか喜びさせたら悪いからね。

「他の奴隷達も？」

「どっかで戦争でも始めるのか？」

「違いますよ。領地の人手不足を解消する為《ため》です」

変な勘違いをしていたので、アーベとケミの誤解を解く。

「ケミ、豹《ひょう》のお姉さんは元気なのです？」

「チタは炊事場の手伝いや運搬をやってるよ」

「赤ん坊も？」

「ああ、チタが背負ってる。ニャイもチタの手伝いをしているはずだ。ハウハ達は上手《うま》く逃がしたんだが、ニャイは怪我をしてて逃げ遅れたんだよ」

「リザ、良かったらハウハ達が無事か確認してくれないか？」

「心配むよ～？」

「そうなのです！　昨日のうちにリザと一緒に見つけたのです！」

「今は知人の家に預けてあります」

マップ検索ですぐに見つけられたので、獣娘達に言って昨日の内に保護してもらったのだ。

今は「なんでも屋」のナディさんに依頼して預かってもらっている。護衛としてナナ姉妹の半数を配置しているので、何かあっても大丈夫だろう。

「おい！　そこ！　早く運べ！」

作業監督をしている古参兵士が偉そうに叫ぶ。

「おっと、悪いが作業に戻るぞ」

「ああ、晩飯を抜かれたらたまらん。リザ、またな」

熊人と毛長鼠人の二人が大きな荷物を背負って仕事に戻った。

早く訓練の成果を出して、解放してやらないとね。

◆

昇降機を利用して前進基地を見学し、「遠見《クレアボヤンス》」の魔法でパワーレベリングに向いた場所や魔物の分布を確認して地上へ戻った。

「ペンドラゴン卿《きょう》？」

地上に出ると顔見知りがいた。

「こんにちは、オーナ様。ご挨拶《あいさつ》が遅れてすみません」

地上にいたのは伯爵令嬢の巫女《みこ》オーナとゼナさんの弟のユーケル君だ。他にも女性の神殿騎士と神官が付き添っている。

「他領からのお客様というのはペンドラゴン卿だったのですね」

急な来訪だったから、昨日の晩餐《ばんさん》は会食じゃなかったんだよね。

巫女オーナはパリオン神殿で生活しているらしいし、会食があったとしても同席していたかは分からないけどさ。

「もしかして、巫女オーナ様との縁談の件で来られたのですか？」

「ユーケル？」

気色ばんだ顔のユーケル君がオレに詰め寄ったのを見て、巫女オーナが困惑気味に彼の名を呼ぶ。

「その件は既に終わっていますよ」

誤解を解くべく事実を述べる。

「本当ですか⁈」

ユーケル君の顔が近い。

本当も何も、君の目の前で断っていたじゃないか。

さっき底意地の悪い従士達に絡まれたせいで、疑心暗鬼になっているのかな？

「マリエンテール卿、それはちょっとペンドラゴン閣下に失礼ですよ」

「全くです。いつものマリエンテール卿らしくありませんよ」

オレに同行していた青年兵士達がユーケル君を窘《たしな》める。

「クルトとジョア？　どうして君達が子爵と一緒に？」

「聞いてください！　僕らはペンドラゴン閣下から直々に教えを受けられる事になったんです！」

「凄《すご》いでしょ！　『魔王殺し』閣下の直伝ですよ！　こんな機会はもう絶対にないんですから！」

健康飲料っぽい名前だった青年兵士達が、子供のような顔でユーケル君に自慢する。

年も近いし、三人は顔見知りのようだ。

「ペンドラゴン卿、本当なのですか？」

「ええ、伯爵様との契約で――」

確認してくる巫女オーナに、騎士や兵士の訓練を施す仕事をするのだと告げる。

獣人奴隷を解放する為という理由は、それに反対する貴族や勢力に聞きつけられて邪魔をされては堪《たま》らないので秘密にした。

「どうして、そんな仕事を他領の貴族である貴方《あなた》が？」

ユーケル君が噛《か》み付いてきた。

「ちょっとした事情があるんですよ」

「事情とは？」

「ユーケル、そのくらいにしなさい」

尋問口調のユーケル君を巫女オーナが叱《しか》りつける。

「すみません、オーナ様」

「謝る相手が違います」

「――っ。すみませんでした」

巫女オーナに叱られたユーケル君が、少し逡巡《しゅんじゅん》した後、オレに頭を下げて謝った。

「ペンドラゴン卿、差し支えなければ教えていただきたいのですが、兵士達に施す訓練というのは、ゼナを育てたようなものですか？」

「選抜した騎士達に教えるのは、ゼナさんと同じような訓練内容です。兵士達に教えるのは迷宮での活動を安定させる為の盾術が中心ですね」

巫女オーナの質問に答える。

「姉様と同じ訓練……」

そう呟《つぶや》いたユーケル君が俯《うつむ》いて考え込んだ。

「ペンドラゴン卿――」

巫女オーナが彼の代わりにオレに話しかける。

「おい、そこの兵士！　ちょっと来い！」

その声を遮って、向こうの天幕からカイゼル髭《ひげ》をした中年の兵士が、偉そうな態度で青年兵士を呼びつけた。

「オーナ様、先ほど何か――」

「――いいえ、ここでは」

髭兵士に声を遮られた巫女オーナに聞き返したが、彼女は周囲を見回して口籠《くちご》もった。

たぶん、前回訪問時の最後に言っていたように、ユーケル君にも訓練を付けてほしいというお願いをしようとしたんだと思う。

「では、後ほど」

オレが小声で囁《ささや》くと、巫女オーナが小さく頷《うなず》いた。

青年兵士は髭兵士のところで何か言いつけられ、近くの天幕に行くと、そこから数人の獣人奴隷を連れてこっちに戻ってくる。

「アーベとケミと豹のお姉さんなのです！」

「赤ちゃんも一緒～？」

青年兵士が連れてきたのは、リザの知り合い達だ。

豹頭の母子と猫人の小さい女の子も一緒にいる。

「なんかこっちに行けって言われたんだけど」

「リザ！　あんたらが何かしてくれたのかい？」

「いいえ、私ではなくご主人様です」

獣娘達が彼女達と旧交を温める間に、青年兵士から事情を聞く。

「これは？」

「上役より、この者達がご所望の獣人奴隷か確認せよと命じられました」

種族的にも合っていると思うけど、念の為、リザに確認しよう。

「リザ、ここにいる五人で合っているか？」

「はい、間違いありません」

リザが首肯するのを確認し、青年兵士にその旨を伝える。

「このまま連れて行っていいのかな？」

「いえ、顔合わせが終わったら戻すように命じられています」

本当に顔合わせをさせたかっただけなのかな？

万が一に備えて、彼女達にマーカーを付けておこう。

「閣下、そろそろ……」

「分かった――リザ、行くよ」

名残惜しそうな獣娘達に声を掛ける。

「閣下、私が責任を持って連れて行きますが？」

「いいんだよ。少し担当の人と話したいしね」

青年兵士にそう言ってから、巫女オーナ達の方を振り返る。

「オーナ様、失礼いたします」

「ペンドラゴン卿は獣人に隔意がないのですね」

「ええ、そういう教育を受けてきましたから」

――差別ダメ、絶対。

それにモフモフで可愛《かわい》いしね。

巫女オーナ達に暇乞《いとまご》いをし、獣人奴隷達が出てきた天幕の方に向かう。

天幕の中に入ると、何人もの兵士が忙しく働いていた。

その中に目的の人物を見つけたので声を掛ける。

「お待たせしました」

「顔合わせは終わ――何かご用ですか？」

髭兵士は横柄に言いかけて、相手が貴族なのに気付いて言い直していた。

「いや、セーリュー伯爵には彼女達を譲ってもらう話になっているからね。彼女達の世話をしてくれている者に会いたかったんだ。君が担当かな？」

「そうだ。直接の担当は部下ですがね」

「しばらくの間だけど、彼女達の事をよろしく頼むよ」

オレはわざと貴族らしい横柄な言い方で頼みながら、彼の手に金貨を握らせる。

「……こ、これはっ」

「ちょっとした心付けだ。もちろん、引き取る時にはちゃんとしたお礼も別にするよ」

賄賂《わいろ》を受け取った髭兵士の口元がニヤける。

「くれぐれもよろしく頼んだよ？」

「は、はい！　お任せください！」

髭兵士がビシッと敬礼する。

これなら任務完了までの間に、獣人奴隷達が無下に扱われる事はないだろう。

迷宮での用事を終え、リザはなんでも屋に獣人奴隷達の近況を伝えに、ポチとタマはユニちゃんに会いに、アリサ以外の面々はその付き添いとして同行する。

皆と別れた後、オレとアリサは巫女オーナに会う為にパリオン神殿へと向かう。

「ご主人様、明日からの訓練計画は立て直しね」

「そうだな。訓練生達にリザ達からの訓練を受ける方法を考えないと」

「最悪、ナナ達からでもいいわ」

その為《ため》にも、短期間で成果が出るように、迷宮内部にパワーレベリング専用の養殖場を用意しないとね。

◆

「ペンドラゴン卿、ご足労をお掛けしました」

迎賓館に戻る前に神殿を訪問すると、すぐに応接室に通され、人払いした巫女オーナが挨拶もそこそこに本題に入る。

迷宮前で内密の話がありそうだったからね。

「用件はやはり――」

「はい、ペンドラゴン卿の訓練に、ユーケルを加えていただきたいのです」

巫女オーナは首肯し、予想通りのお願いをしてきた。

元々、そのつもりだったし、訓練場所が迷宮都市セリビーラからセーリュー市に変わっただけだ。

「それは構いませんが、条件が二つあります」

巫女オーナが緊張した顔でオレを見る。

リザの受けた恩があるし、彼女とユーケル君の為になる行動に否やはないんだけど、スムーズに協力する為にもちょっとした条件を付けてみた。

「今回の訓練はセーリュー伯爵から領内の獣人奴隷を譲っていただく対価として実行します。ですから訓練対象は伯爵の許可が必要になります」

「分かりました。必ず許可をもぎ取って見せます」

気合いの入った顔で巫女《みこ》オーナが頷く。

「二つ目の条件は、獣人の差別排除と地位向上に協力してください。これは訓練の対価として伯爵にお願いしていますが、オーナ様にもご協力願いたいのです」

「お父様が了承したのですか？」

「ええ、条件付きですが承諾いただきました」

「分かりました。私もパリオン神殿に働きかけ、その活動に協力させましょう」

巫女オーナだけでも良かったんだけど、それが叶《かな》うなら、信者達にも獣人の差別排除と地位向上に良い影響が出そうだ。

「城に行きます。すぐにでもお父様から許可をいただかねば」

おっと、巫女オーナはせっかちなようだ。

伯爵が隣領に出かけている事を告げると、それならばユーケル君の上司である騎士隊長のキゴーリ卿《きょう》から許可を貰《もら》うと言って気炎を上げた。恋する乙女は強いね。

登城の支度をする巫女オーナと別れ、オレ達は散歩がてら城への道を歩く。

「あら？　あれってゼナたんじゃない？」

城前広場に面する魔法屋から、紙袋を抱えたゼナさんが出てきた。

その後ろからイケメンな青年が出てくる。あれはゼナさんが師事している雷爺《じい》のお孫さんだったはずだ。

「珍しい現場ねぇ～。嫉妬《しっと》する？」

アリサが冗談めかした表情で、オレの顔を覗《のぞ》き込む。

「しないよ？」

多少気まずくはあるけど。

「――サトゥーさん？」

ゼナさんがオレ達に気付いた。

「あのっ、これは――違うんです！」

後ろにいる雷爺の孫の方を気にした後、凄く焦った顔で必死に言い募る。

「大丈夫です、分かっていますから」

「その顔は分かってません！　本当に誤解ですから！」

ちゃんと分かっているのに、ゼナさんが信じてくれない。

「落ち着いてください。修行に必要な品を買い出しに来ていただけでしょう？」

「はい！　そうなんです！」

落ち着くように言って、状況を把握しているのを言葉で示す。

「果たしてそうかな？」

「――ルドルフ殿！」

混ぜっ返そうとした雷爺の孫に、ゼナさんが抗議する。

「ずいぶん余裕の態度だが――」

「止《や》めてください！」

オレに絡んでこようとした雷爺の孫を、ゼナさんが制止した。

「セーリュー市へ戻っていらしたんですね」

「ええ、昨日到着したばかりです。ご実家と領軍の方に手紙を出しておいたんですが――」

「すみません、修行の為にお師匠様の塔に詰めていて、こっちには戻っていなかったんです」

どうやら、すれ違いだったようだ。

「ゼナ殿、竜鱗粉《ドラゴン・パウダー》が手に入らなかった以上、早く戻ってお祖父《じい》様に報告せねばならん」

「――っと、そうでした」

雷爺の孫に急《せ》かされて、ゼナさんが残念そうな顔になる。

「嫉妬深《しっとぶか》い男はモテないわよ」

「なんだ、この子供は？」

アリサにイヤミを言われた雷爺の孫が、見下したような視線をアリサに向ける。

「ルドルフ殿、私の家臣が失礼しました」

アリサの挑発的な視線を隠すように、彼女の前に出る。

「謝罪を受け入れよう。だが、急いでいるのは事実だ。失礼する。行くぞ、ゼナ殿」

「えっ、あの」

「――待ってください」

ゼナさんが名残惜しそうだったので、二人を呼び止める。

「なんだね？　竜鱗粉に代わる品を探さねばならないんだ」

「竜鱗粉は何に使われるのですか？」

「塔の守護結界の強化だ。領に入ってくる分は、迷宮を都市内に侵入させない為の結界に使われていて、こちらに回ってこんのだよ」

「なるほど、その用途なら下級竜の鱗《うろこ》でも構いませんね？」

オレはそう言って、収納鞄《アイテム・バッグ》経由でストレージから下級竜の鱗を取り出す。

邪竜一家から貰った鱗の中から、掌《てのひら》サイズの小さめの鱗を選んだ。

「竜の鱗？　本物か？」

「ええ、セリビーラで手に入れた本物です」

「迷宮都市ならば不思議ではないか。かの地にも結界は必要だからな」

鱗を見た雷爺の孫が驚き、鱗を見つめながらブツブツ言う。

「サトゥーさん、こんな貴重なものを譲っていただいていいんですか？」

「ええ、構いません」

ストレージにたくさんありますから。

「必要なら、もう何枚か出しましょうか？」

「ほ、他《ほか》にもあるのか⁉」

サービスで言ったら、雷爺の孫が愕然《がくぜん》とした顔で驚いた。イケメンが台無しである。

「いえ、これだけ大きな鱗なら、一枚で十分なはずです」

ゼナさんに鱗を渡し、相場だという金額を受け取る。

お金はいらなかったんだけど、雷爺から預かっているからと言って渡された。

「私はしばらく仕事でセーリュー市にいるので、時間ができそうなら迎賓館の方に言伝《ことづて》してください」

「はい！　必ず時間を作ってお伺いします！」

ゼナさんがお日様のような笑顔で請け合う。

うん、やっぱりゼナさんはこういう表情がよく似合うね。

「感謝する、ペンドラゴン子爵。だが、それとゼナ殿の事は別だ」

「ルドルフ殿！　何を言っているんですか！」

「いや、しかし」

「私にその気はありません。サトゥーさん、誤解しないでくださいね！」

「私は諦《あきら》めんぞぉおお」

「もう！　止めてください」

微妙に三枚目化した雷爺の孫を、ゼナさんは引き摺《ず》るように連れ去った。

「騒がしいヤツだったわね」

「まあ、悪い人間ではなさそうだね」

せっかくなので、魔法屋に寄って竜白石《りゅうはくせき》なんかのお買い得商品を買いあさり、セーリュー市で不足しているという下級竜の鱗を何枚か卸しておいた。

セーリュー伯爵との交渉にも使えそうだったけど、用途的に不足したら迷宮近くに住む民衆に被害が出そうだからね。

迎賓館に戻ったオレ達は、明日からの訓練計画の立て直しを行い、空いた時間で訓練に役立ちそうな頑丈な木魔剣《もくまけん》を始めとした道具類を作製した。

◆

「こんなモノかな？」

日が落ちてからオレは密《ひそ》かに迷宮に忍び込んでいた。

繁殖力の高い虫系の魔物を捕まえてきて、「落とし穴《ピット》」の魔法で深い深い穴を掘って放し、その中にガボの実やストレージに死蔵されている使い道のない魔物の内臓などをエサとして投げ込んでおく。

セリビーラの迷宮でやったのと同じ作業だから、さほど時間を掛けずに完了した。

「念の為に――」

マップの空白地帯を確認しておこう。

幸いな事に、この「悪魔の迷宮」は上層と下層の二つだけのようだ。

それぞれに「階層の主《フロア・マスター》」がおり、上層がレベル五五の骸骨亜竜《ボーン・デミドラゴン》で下層がレベル六六の王威竜馬《キング・ラフイドフオリダエ》の二種類だ。

残念ながら、「迷宮主」はどこにも見つからなかった。セリビーラの迷宮でもそうだったから、どこか特別な場所にいるのだろう。

用事を終えたので、帰還転移《リターン》でヨナ婆の家に移動した。

ここから先は普通に歩いて城へと戻る。

「若旦那《わかだんな》！　久しぶりじゃねぇか！」

「本当だ、若旦那じゃないか！　久しぶりに飲もう！」

歓楽街を抜ける時に、二人連れの商人が上機嫌に絡んできた。

顔はうろ覚えだが、最初にセーリュー市に来た時に知り合った人だと思う。ルルの薬を買いに出て、彼らに誘われて歓楽街を堪能《たんのう》した覚えがある。

「そうですね。今日は私に奢《おご》らせてください」

この後は寝るだけだし、ちょっとくらい遊んでいこう。情報収集は大事だ。

「なら、行きつけの店に――」

「『胡蝶《こちょう》の泉』か？　好きだな、お前も」

「ほっとけ」

仲の良い商人達に誘われて飲み屋に向かう。

綺麗《きれい》なお姉さんが接待してくれるタイプのお店だ。

「がははは、一番良い酒持ってこい！」

お店に入ると、奥の個室から品のない大声が聞こえてきた。

「ずいぶん羽振りのいい客だな」

「すみません、騒がしくて。お城の騎士様達がお見えなんです」

案内のお姉さんが申し訳なさそうに詫《わ》びる。

「魔王殺しぃ～？　そんな大ボラを信じるなんてどうかしてるぜ」

「全くだ。あんな若造にそんな偉業が成せるもんか」

「どうせ、勇者様の功績を自分の事のように吹聴《ふいちょう》してるんだろ」

個室の扉が開いているせいか、騎士達の大きな声が聞こえてくる。

「すみません、ちょっと行ってきます」

オレ達を座席に案内したお姉さんが、個室に行って扉を閉めて戻ってくる。

その時にちらりと見えたけど、あの顔は特別訓練をボイコットした騎士の一人だ。

「若旦那も商用で？」

「いえ、ちょっと知り合いを訪ねて」

「そうなのか？　商人なら商売もおろそかにしちゃいかんぞ」

「今のセーリュー市は迷宮景気で潤ってるからな！」

そういえば当時は行商人って名乗っていたんだっけ。

商人達とセーリュー市の相場関係の話をしつつ、聞き耳スキルで個室の声を拾う。

「男爵様に乾杯！」

「男爵様のバカ息子に乾杯！　がははは」

――男爵？

関係ない話に変わってしまったようだ。

ちなみに、セーリュー伯爵領の男爵家は五つある。

「お若い商人さんも飲んでくださいな」

スキンシップ過多なお姉さんがお酒を注《つ》いでくれた。

「良い飲みっぷり、素敵だわ。あたしも一杯いただいていいかしら？」

咽《のど》が少し渇いていたので一気に飲み干すと、お姉さんがオレを褒めそやしながら、きっちりとおねだりをしてきたので、「ええ、どうぞ」と空返事をする。

そうだ――。

「ねぇ、男爵様のバカ息子って知ってるかな？」

「ザミルエ様の事？」

即座に名前が出てくるところからして、相当な問題児なのだろう。

マップ検索したら、歓楽街の別のお店で豪遊しているのを見つけた。マップ情報によると、キマーン男爵家の嫡男で――そこまで調べて思い出した。このバカ息子とは面識がある。前回訪問時の晩餐《ばんさん》会で、巫女《みこ》オーナに言い寄っていた小太り青年だ。

「確か太守様の息子さんだよね？　どんな人なの？」

「羽振りのいいお客さんよ。たまにお店に来て貸し切りでお祭り騒ぎをしてくれるわ。ちょっとエッチだけどね」

人となりがなんとなく分かる。

「さっきの騎士様達と仲がいいとか？」

「さあ？　あんまりお客さんの事を話したら怒られちゃう」

オレの太ももに指を這《は》わせながらお姉さんが上目遣いで見る。

その手に自分の手を重ね、そっと銀貨を一枚握らせた。

「もう一枚」

「内容が気に入ったらね」

上乗せ要求を流し、話を促す。

「仲がいいのとは違うかな。男爵様の郎党で、便利に使われている感じだったよ」

「騎士達はいつもあんな風に、羽振り良く飲みに来るの？」

「まっさかー。ザミルエ様と一緒の時以外は、ケチケチのケチ男くんだよ。お酒は自分の分だけだし、フルーツやおつまみも最低限しか頼んでくれないの」

お姉さんがぷんぷんと擬音が見えそうな顔で愚痴を言う。

つまり、普段と違う何かがあったわけか。

「今日はザミルエ様のツケで飲んでるみたいよ」

「えー、勝手にそんな事したら、あの騎士様達ヤバイんじゃない？」

新しい酒瓶を運んできた別のお姉さんが、オレ達の会話に交ざった。

「それが、ちゃんとザミルエ様の許可を貰《もら》っているんだってさ」

「ホントにぃ～？」

「よく知らないけど、何かのご褒美なんだってさ」

「ご褒美？　あの騎士様達が？」

「なんだか、変な事を言ってたわよ。『サボるだけで褒美が貰えるなんて、楽勝だぜ』とか。意味分かんない」

――サボるだけで褒美？

その妙な言葉が、オレの脳裏に昼間のボイコットの件を過《よぎ》らせる。

バカ息子がオレの任務を邪魔する理由はなんだ？

「――若旦那？」

おっと思考に没頭していたら、商人さん達に心配されてしまった。

「いえ、なんでもありません」

笑顔を返しながら、おつまみを口にする。

クラッカーのような薄焼きに、羊のレバーを使ったペーストを塗ったモノらしい。ちょっとだけ臭みがあるけど、ペーストに混ぜられた何種類かのハーブが利いていて、それほど気にならない。

お姉さんが注いでくれたサガ帝国産のウィスキーに良く合う。

「若旦那、こんな良い酒ばかり頼んでいいんですか？」

「ええ、色々な話を聞かせていただいているお礼です」

たまには散財しないと溜《た》まる一方だしね。

いつの間にか個室の会話がエロ方面のどうでもいい話に変わっていたので、一緒に来た商人達と商売関係の話をしつつ楽しく飲む事にした。

──フォン。

特徴的な音に視線を巡らせると、小シルフがオレの方に飛んできた。

「可愛《かわい》いー」

「何、この子？　若旦那の知り合い～？」

お姉さんが酔っ払い特有のハイテンションで小シルフに手を伸ばすが、小シルフは機敏な動きでその手を躱《かわ》す。

『ご主人様、みっけ』

アリサから遠話《テレフォン》が届いた。

マップ情報によると、ミーアやリザと一緒に歓楽街の入り口にいるようだ。

「すみません、迎えが来たようなので」

「なら、そろそろ出ましょうか」

「今日は色々と興味深い話をありがとうございます」

「いやいや、俺達こそ、散々奢ってもらって悪かったな」

「いえいえ、それ以上の情報をいただいていますから」

商人達と握手を交わして店の前で別れ、物陰で酒の臭《にお》いと香水の香りを消臭する。ついでに早着替えスキルで別の服に着替えた。スキンシップが多かったので、服にお姉さん達の化粧品が付いていたからね。

そんな浮気がバレないようにする既婚男性のようなムーブをこなし、レーダーの光点を頼りにアリサ達と合流した。

「ご主人様、お迎えにあがりました」

「もう！　帰りが遅いと思ったら、こんな場所に来ているなんて！」

「禁止」

仲間達が三者三様な顔でオレを迎えてくれた。

「誤解だよ。情報収集していたんだ」

サボリ騎士達の話を伝える。

因果の順番が逆だったのは内緒だ。

「ふーん、そのなんとか男爵が邪魔させてたってわけ？」

アリサが腕を組んで唸《うな》る。

「どんな理由なのかしら？」

「さすがにそこまでは話してなかったよ」

別の店で遊んでいた男爵の息子にも「遠耳《クレアヒアリス》」の魔法で会話を傍聴してみたけど、バカ話ばかりで関連する情報はなかった。

深夜営業の屋台でお土産を買って、獣人奴隷の子供達を預けている「なんでも屋」に寄る。

「マスター、幼生体の安全は私達が確保すると宣言します」

「マスター、幼生体がふわふわでもこもこでとても可愛いと告げます」

ナナ姉妹達が犬人や猫人の子供を抱えてはしゃいでいる。

顔は無表情なんだけど、雰囲気や動きのニュアンスがそんな感じなのだ。

「「マしター」」

ナナ姉妹に抱えられた子供達がジタバタと藻掻《もが》いていたので、「あまり構い倒すと嫌われるぞ」と注意したら、ナナ姉妹の顔に絶望の表情が浮かんだので、「適切にね」と付け加えておく。

アシカっ子みたいなオレの呼び方は、たぶんナナか姉妹の誰《だれ》かが教えたのだろう。

「店長さん、ナディさん、ご迷惑をおかけしていませんか?」

「杞憂《きゆう》」

「ええ、お手伝いもしてくれますし、とっても良い子達ですよ」

店長がいつものように素っ気なく答え、ナディさんがそれをフォローするように朗らかな声で太鼓判を押してくれる。

「これはお土産です。皆さんでどうぞ」

「あら、ありがとうございます。今日はもう遅いから明日のお昼にでもいただきますね」

ナディさんが受け取ったお土産を台所に運んでいく。

夜中の間食は健康に悪いからね。

「そうだ。ニャイやチタ達の事は聞いたかい？」

「うん、聞いた」

「リザから」

「ご主人様、報告が遅れて申し訳ありません。この子達には、あの後すぐに伝えに来ました」

「いや、ありがとう、リザ。助かったよ」

迷宮に行った時に出会った獣人奴隷達の件は、リザが既に伝えてくれていたようだ。

ここですべき用事は終わったので、後はナディさん達やナナ姉妹に任せて、今回も借りているお城の迎賓館へと戻った。

◆

「ご主人様、誰かいます」

迎賓館の前で、リザが小声で警告を発した。

近くにある物陰から、騎士服の若者——ユーケル君が姿を現す。

「……ペンドラゴン子爵様」

「こんな夜分に、どうかされましたか？」

「僕は——」

思い詰めた表情のユーケル君が剣の柄《つか》に手を添えたまま、オレの方に歩み寄る。

「――いえ、僕も」

黙っていたユーケル君が急に顔を上げた。

「僕にもあなたの訓練を受けさせてくれませんか？」

「訓練を？」

巫女オーナに聞いたのかな？

「はい、僕にも姉様と同じ訓練を受けさせてください！」

ユーケル君がテンパった顔で懇願してくる。

「それは構わないのですが――」

「本当ですか⁉」

ユーケル君が喰《く》い気味に尋ねてきた。

「許可は貰ってきていますか？」

「許可、ですか？」

「オーナ様から聞いていませんか？」

「いえ――」

どうやら、巫女オーナはまだユーケル君に話していないようだ。

彼はゼナさんの弟だしリザの恩人でもあるから、伯爵の契約とは別枠で受けさせてあげてもいいんだけど、それなりに日数が必要だし、領軍の騎士である彼を勝手に組み込むわけにはいかない。

せめて上司から許可を取ってきてもらってからじゃないとね。

「申し訳ありませんが――」

「――ご主人様」

オレが理由を告げようと口を開くと、リザがそれを遮り、おずおずと申し出た。

「この方に訓練を付けていただけないでしょうか？」

「――リザ？」

リザがオレに自分から何かを要求するなんて珍しい。

「それは構わないけど……」

オレの言葉に、ユーケル君の顔が期待に輝く。

「――ご主人様」

アリサがオレの肩に手を乗せて引っ張る。

身体《からだ》を傾けて、彼女の話に耳を傾けた。

「この際だから一石二鳥を狙《ねら》いましょうよ。えっとね――」

耳打ちするアリサの案をそのまま採用してみよう。

話を聞き終えたオレは顔を上げ、ユーケル君の目を見つめて口を開く。

「条件が二つあります」

オレがそう言うと、ユーケル君が神妙な顔で頷《うなず》いた。

巫女《みこ》オーナの時と同じような言い方になってしまったが、内容は少し違う。

「一つはあなたに訓練を付けるのは私ではなく、リザ達です」

「この者達が？」

ユーケル君が驚きの声を上げる。

せっかくなので、リザ達の有能さを証明する役割を担ってもらおう。

「ええ、訓練に関しては私よりも、彼女達の方が長《た》けているんです。女子供から教えられるのはお嫌ですか？」

「そんな事はない。姉様やオーナ様の例を挙げるまでもなく、男性より優れた女性がいるのは分かっているつもりだ」

よかった。第一ラインクリアだ。

「二つ目の条件は、セーリュー伯爵から訓練参加の許可を貰ってください」

「伯爵様から……」

ユーケル君の声が不安げに揺れる。

領軍の上司から許可を貰えと言うつもりが、間違えて伯爵と言ってしまった。

せっかくだし、ユーケル君の覚悟を問おう。

「自信がありませんか？」

「そ、そんな事はない！　城の前に座り込んででも許可をもぎ取ってみせる」

ユーケル君が拳《こぶし》を握りしめて言う。

うん、いいね。巫女オーナも頑張り甲斐《がい》があるというものだ。

「では頑張っ――」

社交辞令を言って別れようとした時に、何かが脳裏に引っかかった。

――キマーン男爵様の側近をしている叔父貴から聞いたんだ。

そうだ。ユーケル君に絡んでいた意地悪な従士達の一人が確かにそう言っていた。

――男爵様のバカ息子に乾杯！

――サボるだけで褒美が貰《もら》えるなんて、楽勝だぜ。

オレの訓練をボイコットした騎士達の酔っ払った声が重なる。

そうだ。任務妨害の件もあるし、キマーン男爵のバカ息子とユーケル君の因縁を確認しておこう。

「ユーケル殿、少しお伺いしたい事があります」

オレはどう話を切り出すか少し迷ったけど、直球で尋ねる事にした。

「今日の昼前、お城で従士達があなたに絡んでいるのを見かけました」

「……恥ずかしい所をお見せしました」

ユーケル君が羞恥心《しゅうちしん》を堪《こら》えながら答える。

「彼らは平民ですよね？　貴族家当主であるあなたに絡んでくるとは、何か深い因縁でもあるのですか？」

普通は明確な身分差がある相手に絡んでこないからね。

「彼らは領内の有力貴族の陪臣なので、僕の家程度の下級貴族は怖くないのでしょう」

ユーケル君はキマーン男爵の名を出さずに言う。

「その有力貴族と因縁が？」

「当主本人ではありません。嫡男殿に嫌われていまして……」

キマーン男爵のバカ息子に嫌われているらしい。

「ユーケル殿のような方がですか?」

ユーケル君の事はよく知らないけど、ゼナさんや巫女オーナを見ていれば、彼がまともな人間なのは分かる。

「僕が乳兄弟としてオーナ様と仲良くさせていただいているのが疎ましいようです」

「なるほど、ザミルエ殿はオーナ様に横恋慕しているのですね」

恋人がいるわけじゃないから横恋慕にはならないのかな?

それはともかく、バカ息子は晩餐《ばんさん》会後の庭園で巫女オーナに勘違いを爆発させていたけど、あれは泥酔していたからじゃなくて、以前からの行いだったらしい。

「どなたかご存じでしたか……。そういえば以前、あの方が暴走した時にいらっしゃいましたからね」

うっかりバカ息子の名前を出した風を装って、ちょっとしたカマカケをしたら、ユーケル君が肯定してくれたので人物関係が確定した。

恐らくは、オレに巫女オーナとの縁談があったのを知ったバカ息子あるいはその親であるキマーン男爵が、訓練を受ける騎士や従士にボイコットを働きかけたのだろう。

「ユーケル殿、先ほどの条件なのですが――」

この際だ。乙女の恋心と本来の目的とお邪魔虫への意趣返しの一石三鳥を狙おう。

「二つ目を変更します。伯爵様の許可がなくとも、直属の上司に許可を貰う事ができればあなたの参加を認めましょう」

「本当ですか？　小隊長——いえ、騎士隊長のキゴーリ様に許可を貰ってみせます」

伯爵への直談判《じかだんぱん》で男気を見せてもらうのもいいけど、それよりも彼には早めに訓練に参加してもらう事にしよう。巫女オーナが既に行動してくれているはずだし、晩餐会でのキゴーリ卿《きょう》の感じを見る限り、確実に許可をくれそうだ。

そして、その予想は的中し、翌日にユーケル君は特別訓練の受講生となった。

◆

「はあはあはあ、こんな訓練になんの意味が？」

「迷宮で一番必要な事ですよ。迷宮都市セリビーラでは、成人前の子供でもやっている基本です」

翌日、ユーケル君の訓練をリザ達に任せて迷宮に送り出し、オレは訓練生の騎士や兵士を連れて都市外周をマラソンしている。

ポチとタマとナナ姉妹の半分が一緒に走っており、ミーアとルルの二人が正門前で待機中だ。

リザ、アリサ、ナナの三人はユーケル君と一緒に迷宮に行っており、アリサの護衛に何体かのゴーレムを付けておいたので人数が少なくても危なくなる事はないだろう。

ちなみにナナ姉妹の残り半分は、「なんでも屋」で子供達の護衛をしてくれている。

「死ぬ死ぬ、殺されるぅううう」

「熱い熱い熱い」

中にはサボタージュのつもりなのか、たらたら走ろうとしている者もいたが、集団から脱落したらミーアの召喚した疑似精霊サラマンダーが容赦なく炎で炙《あぶ》るので、誰《だれ》も彼も身分の差なく必死の形相で走っている。

「喋《しゃべ》ってたらバテるのですよ！」

「がんば～」

同行しているポチとタマが、羊を追い立てる牧羊犬のように訓練生に併走する。

子供達が軽々と走っている姿にプライドが刺激されたのか、訓練生も次第に泣き言を言わなくなっていった。

セーリュー市の領軍は精強と言われるだけあって、真面目《まじめ》に走り出してからは脱落する事なく走れている。

「頑張って！　そろそろ正門が見えてきましたよ！」

地形の関係でセーリュー市の外周コースは、一周九キロメートルほどの距離がある。

ゴールだと勘違いしたのか、訓練生達の顔にやりきったような表情が浮かぶ。

「そうそうその調子です。では二周目行きましょう！」

希望が絶望に変わる訓練生達に、ちょっとだけ罪悪感があるが、今日の目的は持久力を鍛える事と自分の限界を知ってもらう事なので、倒れる寸前までやらせるつもりだ。

「アディーン、水分補給を」

「イエス・マスター」

脱水症状気味の人が多いので、姉妹と協力して水筒を配る。

「は、走りながら飲めって言うのか？」

「み、水じゃない？」

「甘塩っぱくて美味《うま》い」

「変な味なのに、なんで美味く感じるんだ？」

訓練生達が文句を言いながらも、スポドリ風の経口補水液を飲み干す。

「飲み終わったら、水筒はその場に捨ててください」

水筒の処理に困っていた訓練生達にそう告げる。

「回収～回収～」

「ポチは廃品回収のプロなのですよ！」

タマとポチが投げ捨てられた水筒を拾い集めて、オレの所に運んでくる。なんだか、凄《すご》く楽しそうだ。

中には意地悪して遠くに投げる性格の悪い者もいたが、タマもポチも嬉々《きき》として拾い集めていた。

「ニニギ草めっけ～？」

「食べられる草を見つけたのです！」

さらに走りながら薬草や食用野草を採取する余裕を見せる二人に、訓練生達が男のプライドを刺激されている。

それでもプライドで走り続けるのは二周目が限界だったようで、若手訓練生がダウンしたところで、次々と膝《ひざ》を折って地面に突っ伏しだした。三周目を走り切れたのは二割ほどだ。途中で倒れた訓練生は追走していた馬車に回収してある。

「初日のマラソンはこのくらいにしておきましょうか」

オレがそう言うと、三周目を走り切った訓練生達も安堵《あんど》の表情を浮かべて、地面に腰を落とした。

「もう、終わり～?」

「ポチはまだまだ走り足りないのです」

タマとポチがその場で足踏みする。

「それなら、もう一周しておいで」

「あいあいさ～」

「はいなのです！　加速装置なのですよ！」

アリサに昔のアニメのネタを吹き込まれたであろうポチが、奥歯をカチッと言わせて瞬動を重ねて凄《すご》いスピードで走り去った。

「タマも負けない～?」

タマも瞬動を重ねるがポチには追いつけず、途中から忍術まで併用して、文字通り飛ぶようにその後を追いかける。

「速《はえ》ーな、おい」

「馬かよ。どんな足してやがるんだ」

「嘘《うそ》だろ？　瞬動を連続で使用しているのか？」

「ば、馬鹿《ばか》な……キゴーリ様でも要所要所でしか使えぬと言っていた秘技を、あんなにも気軽に？」

兵士達が速さに驚いているのに対し、騎士達は瞬動の連続使用に驚いているようだ。

タマとポチがちょっと心配なので、「遠見」と「遠耳」の魔法を発動して二人を見守る。

『タマ、忍術はズルッ子なのですよ』

『そんな事ない～？　にんにん～』

『ポチは負けないのです！　ポチは後二つヘンシンを残しているのですよ！』

『だったら、タマは三つ残してる～？』

『まねっ子はズルッ子なのですよ！　ポチは本当は四つ残してるのです』

『タマは五つにするる～』

二人がお喋りしながら楽しそうに走っている。

大丈夫そうなので、今度は魔法のターゲットを迷宮にいるユーケル君達に合わせてみた。

『リザさん、ストップ。ユーケル君のレベルが上がったわ』

『では、残りの魔物は私が倒しておきます』

オレ達がマラソンしている間に、ユーケル君のレベルが一三から一五に伸びている。

スキルも「回避」と「受け流し」の二つが増えていた。事前の計画通り順調に進めているようだ。

『……凄い。あの数の魔物をこんなにあっさりと』

『このくらいなんでもありません。あなたもすぐに、これくらいできるようになりますよ』

リザが必殺技を使わずに、レベル一五前後の魔物を瞬殺するのを見て、ユーケル君が驚いている。

『本当ですか？』

『ええ、もちろんです』

半信半疑のユーケル君に、リザが力強く頷《うなず》いてみせた。

『それよりも、武器に違和感はありませんか？』

『はい、大丈夫です。これは何の木なんですか？　魔物と打ち合っているのに、折れも欠けもしないなんて』

ユーケル君が世界樹製の木魔剣を掲げながら尋ねている。

『材料は存じません。ご主人様は鋼鉄より頑丈だと仰《おっしゃ》っていました』

『そろそろ休憩はいいんじゃない？　次の段階に行きましょう』

『そうですね。次は武器に魔力を流す訓練をします。これによって魔力操作を覚え、最終的には魔刃を覚える事が目的です』

『魔刃？　僕が魔刃を使えるようになるのですか？』

『あなたの努力次第です。さあ、訓練を始めましょう。まずはその木剣に魔力を流して赤く光らせる事からです』

『はい、リザ師匠！』

ユーケル君が気合いの入った声で木剣を構えている。

やっぱり、騎士にとって魔刃を使える事は大きなステータスらしい。

「はあはあはあ、こんな訓練をまた明日も続けるのか……」

意識を戻した途端、訓練生のぼやきが聞こえてきた。

「明日というか、午後からもしますよ？」

「——午後から？」

訓練生の顔に絶望の表情が浮かぶ。

そんな大げさな……と思ったら、周りの訓練生達も同じ顔をしていた。

「不評のようですね？　慣れれば一日中でも走っていられるようになるんですが……」

「子爵様、俺達は兵士だ。伝令や配達員じゃねぇ」

古参兵が文句を言うと、半数ほどの訓練生達もそれに同調してブーイングをする。

「皆さんは勘違いをしています」

パンッと手を叩《たた》いて注意を引き、伝えたい事を簡潔に言う。

「勘違い、だと？」

「そうです。マラソンは持久力、つまり継戦能力を鍛える基本です」

古参兵が食い付いてきてくれた。

「皆さんは迷宮で、大量の魔物が絶え間なく襲ってくる場面に出会った事はありませんか？」

そういう目に遭った事自体は、事前にヒアリングしている。

一部の訓練生が「嫌な事を思い出させるな」と言わんばかりの顔になった。

「そんな時に『疲れたから戦えない』となれば、後は死ぬだけです。マラソンはそんな時に必要な踏ん張る力を育《はぐく》んでくれるのです」

「──本当だ！　俺は見たんだ！」

オレの演説を遮る叫びは、正門の方から聞こえた。

そちらに視線を向けると、背中に大荷物を抱えた人足のような出《い》で立ちの男が、門番に必死で何かを捲《まく》し立てている。

「本当だ！　稲妻が横から飛んできて、山小屋を吹き飛ばしたんだ！」

「山小屋を？　お前はなんでそんな所に？　猟師でも炭焼きでもないだろう？」

「お、俺は山に山菜や薪《まき》を集めに行ってたんだ」

「そんな大荷物を抱えてか？　ちょっと見せろ」

「や、止《や》めてくれ」

門番が男の荷物を引っ張ると、どさりと重い音を立てて地面に落ち、荷物の中から白い粉が零《こぼ》れた。

「塩の密輸か！」

慌てて逃げようとする男を門番達が取り押さえる。

ちょっと興味があったので、彼らの所に向かい、少し話を聞かせてもらう。

「──塩は公爵領で買い付けたんだ」

「いえ、そちらではなく『稲妻が横から飛んできて、山小屋を吹き飛ばした』と言っていましたが、その話を聞かせてください」

「子爵様、こんなヤツの言う事なんてホラに決まってます。老師の魔法が飛んでいったとかじゃないですか？」

オレの質問に半笑いで答えたのは門番の若者だ。

「違う！　周りに魔法使いなんていなかった！　横から飛んできた稲妻が山小屋を砕いて、木の上に集まった後、どっかに飛んで行ったんだ！」

男の目撃情報を詳しく聞くと、どうも彼が目撃したのはクハノウ伯爵領やムーノ伯爵領で目撃された「雷獣」のようだ。

マップ検索してみたが、それらしき魔物はヒットしない。

「その稲妻はどんな姿をしていましたか？」

「四つ足の化け物だ！」

残念ながら雷獣の姿はよく見えなかったらしく、四つ足の獣という事くらいしか分からなかった。

オレはクハノウ伯爵領やムーノ伯爵領での目撃情報を門番に伝え、上に報告するように頼んでおく。

今のところ、落雷程度の被害しかないようだけど、これが続くようなら大きな被害が出る前に、何か対処した方がいいかもしれないね。

「ばびゅーん～」

「到着なのです！」

タマとポチが土煙を巻き上げながら凄い速さで戻ってきた。ほぼ同着だ。

「お帰り、二人とも」

タマとポチの二人に水の入ったカップを渡し、首にタオルを掛けてやる。

「もう帰ってきた⁈」

「嘘だろ？　速すぎるっ」

訓練生達が異常な速さに驚いている。

「にへへ～」

「これくらい大したことないのです」

タマとポチがくねくね恥ずかしがる姿が可愛《かわい》い。

「この二人は半日くらい戦い続けられるスタミナがありますから」

「もっといける～？」

「そうなのです！　休憩《きゅーけー》を入れたら三日くらいはへっちゃらなのですよ！」

オレと一緒の時はそこまでハードなスケジュールにしなかったはずだから、仲間達だけで樹海迷宮を攻略した時の話だろう。

「こんな子供が？」

「だが、あの距離を走って元気だぞ」

「そう言われてみれば……」

「俺達は亜人のガキ以下なのか？」

自分達と一緒に走っていた事を思い出した訓練生達が愕然《がくぜん》となる。

「そろそろ呼吸が整いましたね？　訓練を再開しましょう」

文句を言われるかと思ったが、訓練生達は渋々な態度ではあるものの何も言わずに立ち上がった。

タマとポチに負けているという事実が、彼らのプライドを刺激したらしい。

「ではお昼まで時間があまりありませんから、瞬発力を鍛える訓練を行います」

オレはそう言った後、彼らにうつ伏せになった状態から一〇〇メートル・ダッシュを行う訓練を指示する。

「また走るのか……」

「これは迷宮内で不意を突かれた場合に、素早く敵から距離を置き、有利な位置取りをする為《ため》の訓練です」

古参兵に合図を出させて、オレが実際にやってみせる。

「これは基本形です。慣れてくると――」

今度はタマとポチにやらせる。

「――こんな感じになります」

「瞬動？　それにしても速すぎないか？」

年配の騎士が納得いかない顔で呟《つぶや》いた。

マラソンの時は瞬動を軽めにしか使ってなかったけど、短距離の今は瞬動を全力で使っているので、違和感を覚えたのだろう。

「では五人ずつ行きます。全力で走り終わったら、速やかに戻ってきてください」

オレはダッシュを繰り返させる。

三本目くらいで泣き言が聞こえだし、一〇本目くらいから脱落者が出始めたので、少し予定より早いけど終わりにする事にした。

「お疲れ様でした、午前の訓練はこれで終了します」

その宣言と同時に、訓練生から歓声が上がった。

「終わったっ」

「午前って、まだ午前なのか？」

「嘘だろ、昼からまたあの地獄が待っているのかよ」

そんな大げさな。

「ではお昼にしましょう。肉とパンとスープの簡単なモノですが、量はたっぷり用意してあるので、好きなだけ食べてください」

ルルが用意してくれた天幕の方に皆を連れて行く。

配膳《はいぜん》や下拵《したごしら》えはお城のメイドや下働きの人達が手伝ってくれている。

「にく〜」

「ポチはお肉さんなら幾らでもいけるのです！」

タマとポチがうきうきと山盛りお肉のお昼セットに手を伸ばす。

「うげっ、俺はスープだけでいい」

「俺もパンだけにする」

「食欲ないからいらねぇ」

訓練生は食欲がないようだ。

「ちゃんと食べないと昼からの訓練ができませんよ。果物もあるので、そちらだけでも食べてください」

「果物？　知らない果物が多いな……美味《うま》っ」

「冷えた瓜《うり》の汁気が嬉《うれ》しいぜ」

「皮が分厚いが美味いな」

「その黄色いのは剥《む》いて食べるんじゃないか？」

バナナを知らないからか皮ごとかぶりついている訓練生もいたが、聡《さと》い者が気付いて正しい食べ方を教えてあげている。

「すまん、スープのお代わりって貰《もら》えるか？」

「ええ、いっぱいありますから、たくさん食べてください」

「ありがてぇ」

「そんなに美味いのか？」

「ああ、見た目はなんの変哲もない野菜スープなのに、やたらと美味い」

「じゃあ、俺も」

スープを選んだ訓練生がお代わりをするのを見て、他《ほか》の訓練生も手を出し始めた。

「もしかして、肉も美味いとか？」

「いえすぅ～？」

「とってもとってもデリンジャラスなのですよ！」

「美味っ。肉、美味っ。もっとくれ」

タマとポチに薦められた訓練生が、小さな肉片を食べてすぐに塊肉をゲットする。

そこからは訓練生達が欠食児童のように食事に群がり、パンの欠片《かけら》も、肉の一片も、汁の一滴も残さず綺麗《きれい》に平らげてしまった。

午後の訓練を忘れて限界まで食べてしまった者もいたので、食休みを少し長く取り、昼からは重量物の運搬訓練や二組に分かれて盾術のおさらいを重点的に行う。

「――巧みですね」

「これでも普段から重装備で、ワイバーンの攻撃を受け止めたりしてますから」

選抜されただけあって、基本的な盾術は十分にできている。

一般的な「盾」スキルは兵士全員が持っているし、何割かは「受け流し」スキルを持っており、「石皮」や「鉄壁」などの防御強化系のスキルを持つ者も何人かいた。

これなら明日の昼からは迷宮での実戦も行って、彼らのスキル取得とレベルアップを目指しても良さそうだ。

◆

訓練終了後、訓練生達とコミュニケーションを取ろうと飲みに誘ったのだが、扱《しご》きすぎたのか嫌われたのか全員に断られてしまった。

まあ、成果が見えるようになったら、態度も変わるだろう。

『ご主人様、そっちはどう？　こっちはユーケルたんが白目むいちゃったから、今日は上がるわ』

『こっちも終わったよ』

アリサから連絡があったので、迷宮前で合流する事にした。

ナナ姉妹はなんでも屋の方に行ってしまった後だったので、残りのメンバーだけを連れていく。

『ユーケル君は大丈夫かい？』

『レベルアップ酔いと疲労が重なって気絶しちゃったわ。今は眠っているだけよ』

低レベル帯とはいえ、レベルが一日で四レベルも上がったらレベルアップ酔いを起こしても不思議じゃない。

午前中に確認した「回避」スキルと「受け流し」スキルに加えて、予定通り「魔力操作」スキルを得ている。オマケで「自己回復」スキルが手に入っているところを見ると、リザ達の訓練はなかなか過酷だったようだ。

迷宮前に行くと、既にアリサ達は迷宮から出て天幕の一つで休んでいた。

「ご主人様、お疲れ様」

それは好都合だ。

ユーケル君が気絶している隙《すき》に、彼の手を取って体内魔力経路を調律しておいてやろう。

「……固いな」

ユーケル君の身体《からだ》に軽く魔力を流してみると、予想以上に抵抗が大きい。

彼は今まで意識的に身体に魔力を流す事をしていなかったようだ。騎士なら身体強化系のスキルを得る為の訓練をしているはずだけど、まだ若いから先に身体を作る方を優先しているのかもしれない。

「まあ、邪魔になるものじゃないし、やっちゃうか」

オレは予定通り体内魔力経路の調律を始める。

外部から魔力を流して魔力経路を調整するのは負荷があるようで、ユーケル君が何度か大きな譫《うわ》言《ごと》を言って人が来たので、途中からは防諜用《ぼうちょうよう》の「密談空間《シークレット・フィールド》」の魔法を使った。

「こんなものかな？」

いい感じに魔力が流れるようになった。

これで明日からの魔刃取得訓練も捗《はかど》る事だろう。

「マスター、次は私だと告げます」

両手を広げたナナが、「さあ」と言いたげな顔でオレを見つめる。

どうやら、ユーケル君に魔力を流していたのを見て、羨《うらや》ましくなったらしい。

「マスター、ダメですかと問います」

「ちょっとだけだよ」

「イエス・マスター」

ガバッと豪快に服を脱ごうとするナナを、ミーアとアリサが止め、ルルがオレの顔に抱き着いて目隠しをする。

「——ふふふ」

「リザが笑った～」

「笑ったのです！」

どこか張り詰めた様子だったリザが微笑《ほほえ》むのを見て、タマとポチが満面の笑みで喜ぶ。

「変でしょうか？」

「そんな事ないのです！」

「とってもぐっど～？」

「はいなのです。ポチはちょっと心配だったのですよ」

「そうでしたか。二人に心配させてはいけませんね」

抱き着いてくるタマとポチの頭を、リザが優しい手つきで撫《な》でてあげている。

「気負わなくていいよ。アーベ達は絶対に解放するから」

「はい、ご主人様」

リザがそう言って、安心したように目を伏せた。

さて、大言壮語にならないように、明日からの訓練も頑張らないとね。

◆

「おはようございます」

「「「おはようございます！」」」

翌朝の集合場所に待っていた訓練生は、初日に一緒に迷宮へ行ったクルト訓練生達数人の兵士だけで、騎士達や他の兵士達は誰《だれ》も来ていなかった。

今日はタマとポチもユーケル君の訓練チームの方に行っており、ここに一緒に来ているのはルルとミーアとナナ姉妹の半数だけだ。

「何か聞いていますか？」

「……はい」

オレが問いかけると、クルト訓練生が言いにくそうに口を開いた。

「昨日の訓練で足を痛めたから休むと」

「全員ですか？」

マップ検索した限りだと、訓練生で足を痛めている人間は一人だけだ。

「……古参兵のバクターが妨害しているみたいです」

「俺も身体を労《いたわ》るようにって、威圧するように助言されました」

「助言？　あれは脅迫だろう?!」

直接的に訓練を休めと命じてはいないようだが、回りくどく妨害しているらしい。

「子爵様」

一二歳くらいの少年兵が走ってきて、オレに敬礼する。

「騎士ピンカーロから『膝《ひざ》を痛めたので今日の訓練は休む』との言葉をお伝えに来ました」

「伝言ありがとう。騎士ピンカーロにはお大事にとお伝えください」

「はい！」

少年兵が走り去っていくと、他の騎士二人の従僕らしき少年兵が次々とやってきて欠席を報告してきた。

「騎士達もバクター殿が休ませたのかな？」

「いえ、それはないと思います」

兵士に騎士の行動を強制する力はないとクルト訓練生が言う。

「あるとしたら、騎士ピンカーロが命じたのかもしれません」

ジョア訓練生が少し逡巡《しゅんじゅん》した後に口を開いた。

「根拠はあるのかい？」

「根拠というほどではありませんが、昨日の帰りに騎士ピンカーロとバクター古参兵が物陰でこそこそと話しているのを見かけました」

根拠としては弱いけど、マップを確認したら、その二人が件《くだん》のバカ息子ザミルエと会っているのを見つけた。

「騎士ピンカーロとバクター殿は、キマーン男爵かザミルエ殿と懇意にしていたりするかい？」

「バクター古参兵は分かりませんが、騎士ピンカーロの細君がキマーン男爵の縁者だというのは聞いた事があります」

「あ、俺、バクター古参兵が休みの日に、ザミルエ殿の用心棒みたいな事をしているのを見た事がありますよ」

「そういえば、小遣い稼ぎでもやってるのかって隊で噂《うわさ》になってたっけ」

オレの問いに訓練生達が答えてくれる。

確証はないけど、おそらくザミルエの妨害工作で間違いないだろう。

セーリュー伯爵が戻ってきたら解決しそうだけど、そこまで放置したら契約の条件を譲歩させられそうだ。

さて、どうするか——。

「サトゥー」

対抗策を考えるオレの袖《そで》をミーアがくいくいと引っ張る。

「あれ」

ミーアが指さす方から、兵士達がやってくる。休むと言っていた訓練生達だ。

「どうしてあいつらが？」

「俺達も休ませようってのかな？」

クルト訓練生とジョア訓練生が剣呑《けんのん》な顔で、遅れてきた訓練生を睨《にら》み付ける。

「子爵様、遅れてすみません」

「休むんじゃなかったのかよ？」

オレの代わりにクルト訓練生が噛《か》みつくように尋ねた。

「あー、それなんだが……気が変わったんだ」

「気が変わった？　バクター古参兵に妨害工作でも頼まれたのか？」

「いや、バクターは関係ない。そのー、なんだ……」

年嵩《としかさ》の兵士が恥ずかしそうに言葉を濁す。

「恥ずかしがってんじゃねーよ」

「そうそう、素直に食い意地に負けたって言っちゃえよ」

他の兵士達がネタばらしをする。

なんでも、訓練を休んでしまうとルルが作る昼食を食べられなくなる。それが嫌でバクター古参兵の要請を無視して訓練参加を決めたそうだ。

「――ルル」

オレはルルをサムズアップで讃《たた》える。

どうやら、オレのピンチはルルの内助の功によって救われたらしい。

結局のところ、本日の休みはバクター古参兵と仲の良い数名の兵士と騎士三人だけのようだ。

「では準備体操の前に、回復薬を飲んでください」

「今ですか？　怪我《けが》はしてませんけど？」

「疲労が溜《た》まっていては怪我をしてしまいますからね」

疲労した状態で動けるようになる訓練は、もうちょっと後でやる予定だ。

「できれば昨日のうちに飲みたかった……」

「あはは、昨日だとせっかくの訓練成果が消えちゃうんですよ」

筋肉疲労による超回復が見込めなくなっちゃうからね。

そんな事を説明しつつ、回復薬を飲ませてから準備体操、マラソンの順で今日のメニューをこなしていく。

二日目だからか、同じ距離を走っても、昨日ほどヘロヘロになっていない。

軽い小休止を挟んでダッシュ訓練を行い、最後に荷物を担いだ状態でダッシュする訓練をやって締めくくった。

「なんだか足が軽い気がする」

そんな事を言っていた兵士は、一人だけ「疾走」スキルを取得していた。グレーアウトしていたので、取得したばかりで間違いないだろう。

正直なところ、「持久」や「悪路走破」なんかのスキルを欲していたので、ちょっと思惑から外れてしまった感じだ。任意にスキルポイントを割り振れない現地人の難しさというやつだろう。

昼食の間に、「遠見」や「遠耳」の魔法で迷宮に行っているリザ達の様子を見る。

『リザ師匠！　さっき斬《き》った感触が何か違いました』

『もしかしたら魔刃の成りかけかもしれませんね』

『本当ですか?!』

『これからも剣の先端まで魔力を流すつもりで、一振り一振り大切に振って行きなさい』

『はい、師匠!』

ユーケル君の修行は順調すぎるくらい順調のようだ。

さすがに二日で魔刃を覚えられる事はないだろうけど、この調子で修行をしていけば、オレ達が育成を終わらせる頃《ころ》までには取得できそうな気がする。

『ポチも師匠って呼ばれてみたいのです』

『タマも師匠したい～?』

『あはは、今度誰かお弟子さんを取ってみる?』

リザを羨ましそうに見るポチとタマに、アリサが余計な一言を言った。

『ぐっどあいであ～』

『それはとってもとっても名案なのです!』

『え?　マジで?』

『アリサ、責任重大だと告げます』

タマとポチが目を輝かせ、弟子を取るにはどうすれば良いのかとアリサに詰め寄っている。

まあ、危ない方向に暴走しようとしたら止めればいいか。

「マスター、そろそろ食休みの終了時間だと報告します」

ナナ姉妹がそう教えてくれたので、オレはリザ達の様子を見るのを止《や》め、訓練生を率いて迷宮へと向かった。

◆

「マスター、なんでも屋の常駐員をイスナーニとシスに変更し、残りの全員をこちらに招集いたしました」

迷宮前で再合流したナナ姉妹の長女アディーンからの報告を受け、二六人の訓練生を率いて迷宮に入る。

「トリアは！　トリアは、どこで訓練を行うのですかと問います」

「昇降機の第二停留所で降りた先に行く予定だよ」

ナナ姉妹の三女トリアに答える。

養殖の方はまだまだ数が増えていないので、最終日間近までは地道にやる予定だ。

普通に歩いて行くと移動だけで時間を喰《く》うので、昇降機を使ってショートカットする。

「子爵様、昇降機は六人までしか乗れません」

「なら、分乗しよう。オレとアディーン達姉妹が最初に行く。訓練生は順番に分乗してくれ、ルルとミーアは一番最後に」

最初に到着したオレ達を見て、第二停留所の前進基地に詰める兵士達がざわついている。

隊長クラスには話が通っているらしく、オレが名乗るとそれ以上の詰問はなかった。

「マスター、暇だと告げます」

人数が多いので昇降機でもそれなりに時間が掛かるからか、最初に降りたナナ姉妹が退屈している。

「偵察をしますかとトリアは尋ねます」

「偵察はまだいいよ。装備の点検でもしていてくれ」

「イエス・マスター」

そう答えるトリア達は無表情ながらも、ちょっとしょんぼりしている。

見た目は大人でも中身は幼いから、じっとしているのが我慢できなかったのだろう。

「到着」

「ご主人様、お待たせしました」

ようやく訓練生の最終組と一緒に乗ったミーアとルルが到着した。

「全員、装備を確認してください」

すぐに装備チェックを終えた報告が届く。

「アディーン、先頭に二人、最後尾に三人を配置してくれ」

「イエス・マスター。トリアとフィーアが先頭、それ以外は私と最後尾に付きます」

「「「イエス・アディーン」」」

「ミーアは小シルフの召喚を」

「ん」

ミーアがオレの前で両手を広げる。

詠唱の間、オレに運べというのだろう。

「はいはい、お姫様」

「苦しゅうない」

ミーアが時代劇っぽいお姫様ごっこをしながらオレに横抱きにされる。

「ご主人様、私は前後どちらに行きましょう？」

「ルルはオレと一緒に。弱めの魔物が出たら、トリアやフィーアと手分けして殲滅《せんめつ》してくれ」

マップ情報によるとレベル一桁《ひとけた》の虫型の魔物が多い。後は大鼠《ねずみ》や蝙蝠《こうもり》のような定番のやつだ。

オレが獣娘達と「悪魔の迷宮」を脱出しようとしていた頃に比べて、格段に弱い魔物が増えている。

訓練生はレベル七から一二でばらつきがあるとはいえ、訓練に使う魔物は少なくともレベル二桁《ふたけた》は欲しい。

「分かりました」

出会う魔物は三人――というかルルの火杖銃《ひつえじゅう》による早撃ちで、接敵する前に倒されてしまう。

「マスター、トリアはルルの早撃ちはずるいと思います」

「トリアに賛成。私達にも活躍の機会を」

姉妹の三女トリアが文句を言い、姉妹の四女フィーアが機会均等化を主張した。

「分かった、分かった。ルル、二人で対処できる敵は放置で頼む」

「はい、ご主人様。ごめんね、フィーアちゃん、トリアちゃん」

ルルが頑張りすぎた自分を恥じて頬《ほお》を染める。

「……■　風精霊創造《クリエート・シルフ》」

ようやくミーアの詠唱が終わり、風を巻き上げてシルフが姿を現す。

「分散」

——フォン。

シルフが掌《てのひら》サイズの小シルフに分裂する。

「索敵？」

「うん、頼む」

「シルフ、行って」

——フォン。

小シルフ達が先を競うように迷宮に広がっていく。

ミーアを降ろそうとしたら嫌がられたので、もう少し甘えさせてやる事にした。

「進もう」

洞窟《どうくつ》のようなごつごつとした通路を進む。

雑魚魔物はナナ姉妹が先を競うように殲滅する。

「凄《すご》い、魔物を鎧袖一触《がいしゅういっしょく》で倒していくぞ」

「あの魔物って、弱いのか？」

「そんなわけあるか。一対一どころか、一匹に二人から三人くらいで当たらないと大怪我するような敵だよ」

訓練生達がトリアとフィーアの活躍を見て驚いている。

ルルの場合は訓練生達が認識するよりも速く倒していたので、凄さが分からなかったようだ。

「子爵様、こんなに奥まで来て大丈夫でしょうか？」

ジョア訓練生が不安そうに言う。

「この辺りはキゴーリ卿《きょう》や先行偵察隊くらいしか来た事がないはずです」

最年長の訓練生も、厳《いか》つい顔を不安に曇らせている。

「大丈夫ですよ」

言ってる間に、手頃な魔物が現れた。

レベル一五のカミキリ虫っぽい魔物だ。訓練生よりも格上の敵だけど、毒も持っていないし危なくなったら介入すればいいだろう。

「丁度良いのが来ましたね」

レーダーで確認しつつ移動速度を調整していたので、魔物と接敵したのは集団戦闘ができる広場だ。

「戦闘の準備してください」

オレはトリアとフィーアに倒さないように告げ、訓練生達に戦闘用の隊列を組むように命じる。

「戦えってのか？」

「あんなデカい魔物と？」

「ワイバーンよりは弱いから大丈夫ですよ」

怯《おび》える訓練生を励ます。

この魔物は彼らが遠征で倒すワイバーンよりは遥《はる》かに格下だ。

「比較対象が間違っている！」

「ここには騎士様も魔法使いもいないんですよ？」

「死んだ。俺はもう死んでいる」

「落ち着いてください」

訓練生達はパニック寸前だ。

この調子では事故が怖い。最初は少し弱らせよう。

「マスター、殲滅しますか？」

「いや、オレが調節するよ」

ナナ姉妹だとサクッと倒しちゃいそうだからね。

オレは妖精剣《ようせい》を抜き、魔物の牙《きば》や爪《つめ》をカットし、鞭《むち》のように襲ってくる二本の触腕のような多関節の角を切り落とす。

最後に後脚の片方を切断して突撃力を半減させよう。

「まずはこれでやってみましょう」

戦闘力を激減させた魔物の前から退き、訓練生達の方を振り返った。

なぜか、訓練生達が驚愕《きょうがく》の顔で固まっている。

「むぅ？」

そんな訓練生達の反応にミーアが困惑顔だ。

「……これが『魔王殺し』」

「キゴーリ様でもあそこまでじゃないぞ」

そんなに驚くような事じゃない。

ナナ姉妹達だってできるし、キゴーリ卿もこれくらい軽々とやってみせるだろう。

「皆さん、戦闘中ですよ」

パンパンと手を叩《たた》いて注意を引き、そう声を掛け戦闘隊列への移行を促す。

「各班の班長に従え！　最前列は俺達の班だ！」

最年長の訓練生が叫び、他《ほか》の班長達も自分の班員に声を掛けている。

盾班は七人ずつ三列に分かれて、最前列が崩れたら二列目が前に、二列目が崩れたら三列目という風に順繰りに最前列を更新する格上シフトだ。

攻撃班の五人は、盾役が魔物の突進を止めた隙《すき》に安全な位置から弱点を狙《ねら》う。

「――あっ」

魔物の突進を受け止めた最前列の五人が、ボウリングのピンのように吹き飛ばされた。

「突進を受ける時には、足や身体《からだ》に魔力を流すのを意識してください」

そうアドバイスしたのだが、二列目以降も腰が引けていて次々に蹂躙《じゅうりん》され、壊走寸前のグダグダさになってしまったので、魔物をサクッと倒して仕切り直す。

「子爵様、あんな化け物相手じゃ、命が幾つあっても足りませんよ」

最年長の訓練生がオレに抗議する。

「心配しなくても、死ぬような相手とは戦わせませんよ」

「いや、死にますって！　さっきのを見たでしょ？　あんなデカい相手じゃ、盾で受け止める事もできやしません」

「できますよ。戦闘中に言った助言を行えば可能です」

「足や身体に魔力を流す、ですか？　戦闘中にそんな器用な事ができるなら、とっくに騎士に推挙されてますすよ」

そんなに特殊な事なのだろうか？

武器などの器物に流すのが難しいのは分かるが、自分の身体に流すくらい誰《だれ》でもできそうな気がするんだけど。

「なら、その訓練もしていかないといけませんね」

「一朝一夕でできるもんじゃないと思うんですが……」

「慣れですよ、慣れ。身体に魔力を流すのに慣れれば、こんな事もできるようになりますから」

オレはそう言って、兵士から借りた鉄剣で魔刃を出してみせる。

「魔刃だ！」

「鉄剣では魔刃が作り出せないんじゃ？」

「すげぇ、初代勇者の物語に出てくる『最強の凡人』オディみたいだ！」

魔刃への憧《あこが》れは、一般兵士でも強いようだ。

オディ何某《なにがし》のエピソードはちょっと気になるから、彼らと飲みに行った時にでも教えてもらおう。

そんな目の前のニンジンが効いたのか、二匹目の魔物との戦闘はかなりマシな感じだ。

「気合いを入れろ！」

「「「応！」」」

士気も高く、さっきと同じような魔物が相手でも腰が引ける者は少ない。

とはいえ、いきなり互角に渡り合えるわけはなく――。

「前の班が崩れたら、すぐにカバーに入れ！」

「「「応！」」」

盾班の兵士達は何度も吹き飛ばされつつも、不屈の闘志とミーアの回復魔法で戦線に復帰する。

戦闘中に何度か魔物が逃げようとしたが、それはオレの「理力の手《マジック・ハンド》」とトリアの設置したトラップとルルの牽制《けんせい》射撃で阻止してある。

なお、戦闘音に惹《ひ》かれて寄ってきた魔物は仲間達がサクサクと倒していた。

「討伐完了を確認。訓練生は被害報告を」

「……やったぜ」

「生きてる……俺は生きているぞ！」

フィーアが指示するが、訓練生達は生を噛《か》みしめていて、彼女の話を聞いていないようだ。

中には安堵《あんど》のあまり座り込む者もいる。

「マスター」

フィーアが無表情ながらに、困惑の雰囲気を漂わせてオレを見た。

「彼らの事なら心配しなくても大丈夫だよ。すぐに慣れるさ」

戦闘終了時にミーアが中級の回復魔法を使っていたから大丈夫だろう。ＡＲ表示される彼らの体《H》力《P》ゲージも満タンか微減程度だしね。

「サトゥー」

ミーアがオレを呼ぶ。

――フォン。

どうやら小シルフが次の魔物を連れてきたようだ。

「お代わりが来ちゃいましたね」

ルルが困り顔で言う。

「嘘《うそ》だろ？」

「無理だって」

「さっき倒したばかりだぞ？」

「死ぬ、今度こそ死ぬぅううう」

慌てた訓練生達が浮き足立つ。

このまま戦闘をしたら大怪我《けが》する者が出そうだ。

「仕方ないな――ルル」

「はい」

金雷狐銃《きんらいこじゅう》に持ち替えたルルがサクッと魔物を倒す。

「一撃かよ」

「ルルちゃんがあんなに強いなんて……」

訓練生達が驚きの声を漏らす。

未《いま》だに座り込んだままの者もいるのは少々いただけない。

オレはパンパンと手を叩いて注目を集める。

「立ってください」

座ったままの何人かに言う。

「迷宮では常に魔物が襲ってくるという想定でいてください」

オレは似合わない訓示を垂れながら訓練生を見回す。

「休息の指示がない限り、常に戦闘態勢を維持してください。――死にますよ？」

最後の一言に殺気を篭《こ》めて言う。

このへんで訓練生達の気を引き締め直さないと、ちょっとした事故で死人が出かねない。

訓練生達の顔が引き締まったのを確認して訓練を再開する。

「ミーア、最初はゆっくりめのペースで魔物を連れてきてくれ」

「ん、任せて」

ミーアがリクエスト通り、余裕を持って対処できるくらいの間隔でシルフに魔物を釣ってこさせる。

それでも訓練生はヒーヒー言っていたが、なんとか大きな怪我も少なく初日を終えられた。

まあ、大きな怪我と言っても、中級の魔法薬で回復できる程度のものだ。

大人数の訓練は崩れた時が怖いので、少数精鋭の訓練とはまた違った難しさがある。

それでも無難に訓練を続け、五日目には少なくとも全員七レベルは上がり、最低レベルを一五まで上げる事ができた。盾スキルも上がり、盾役に最適な「不動身」「鉄壁」などの補助スキルを覚える者も増えてきた。

最初は無理だと言っていた身体に魔力を流すのにも慣れたようだし、養殖場の数も十分増えてきたので、そろそろ段階的に仕上げを行おうと思う。

一般訓練生の目標はレベル二〇だ。できればレベル二五まで上げたい。

それくらいあれば、獣人奴隷による肉壁なんて醜悪な方法を取る気も起きないだろう。

◆

「お疲れ様。後三日で仕上げですが、今日は訓練を忘れて楽しんでください」

迷宮を出て、領軍兵士行きつけの西街にある露店街で飲み会だ。

明日から本格的な地獄が待っているので、ちょっと羽目を外させてやろうと思う。

「子爵様、僕まで一緒でいいのですか?」

「ええ、もちろんですよ」

今日はユーケル君も一緒だ。

迷宮の出口で会ったので連行してみた。

「マリエンテール卿《きょう》、ずいぶん服や装備がボロボロですけど、今日の訓練は大変だったんですか?」

「いや、今日はマシだったよ。魔物を捌《さば》ききれなくて袋叩《ふくろだた》きになったのも一回だけだし」

「袋叩き?」

「ああ、タマ殿の集めてくる魔物を捌ききれなくなってね」

「よく死にませんでしたね」

「袋叩き状態になったら、リザ師匠達が倒してくれて、すぐに魔法薬を飲ませてくれるからね。最初の頃《ころ》は、鎧《よろい》や服がボロ雑巾《ぞうきん》みたいになっちゃってたけど、今はそんな事ないし」

ユーケル君の過酷な訓練に、クルト訓練生やジョア訓練生が引いている。

ボロボロになった装備や服は、オレの修繕技術でも直しきれなかったので、二日目以降はオレが用意した装備類を使わせていた。剣も木魔剣から、鋳造魔剣に変更済みだ。魔力の流しやすさと頑丈さが取り柄のやつで、余計な機能は付いていない。

「俺にはマネできません」

「俺も無理だ」

クルト訓練生とジョア訓練生が首を横に振る。

まあ、一般訓練の方はユーケル君の特別訓練よりは、だいぶ緩めにしてあるからね。

「目標があるから頑張れるんだよ」

ユーケル君が心身共にボロボロになりながらも、歯を食いしばって訓練をやりきったのは、巫女《みこ》オーナへの恋心があるからこそだろう。

「席を確保したぞ」

「なら、料理を買ってくるか」

訓練生達が勝手知ったる感じに行動する。

「どうせ子爵様の奢《おご》りなら、いつもの場所じゃなくて綺麗《きれい》なお姉ちゃんのいる店に行きたかったぜ」

その提案には心躍るものがあるけど、今日は仲間達も一緒なので健全なお店を選んだ。

ここは酒だけを提供する店で、つまみや料理は周囲の露店から好きに買って持ち込んでOKらしい。

仲間達も彼らに倣って、近くの露店に買いに行く。

「ご主人様、買って参りました」

「モツ煮～」

「ヤキトリさんも買ってきたのですよ！」

獣娘達が買ってきたのは、迷宮事件の後にアリサやルルを奴隷商人のニドーレンから買った後に初めて寄った店の料理だ。

「店主や女将《おかみ》さんは元気にしていた？」

「はい、ご壮健でした」

「大盛りにしてくれた～」

「お肉がマシマシなのです！」

リザが抱える大きな深皿には、零《こぼ》れそうなほどこんもりとモツ煮が盛られている。それをリザが取り皿に盛って渡してくれた。

訓練生達が注《つ》いでくれたシガ酒を飲みながら、思い出の味を堪能《たんのう》する。

うん、ここのモツ煮は相変わらず下拵《したごしら》えが丁寧だ。注いでもらったシガ酒に良く合う。

「なんとか男爵の腰巾着《こしぎんちゃく》達って、何もしてこないわね。てっきり、邪魔してくると思ったのに」

アリサがモツ煮を食べながらそんな事を言う。

「そういえばそうだね」

最初の内は警戒していたのだが、あまりに何もしてこないので存在を忘れていた。

「いえ、妨害工作はありましたよ」

訓練生達の話によると、三日目以降もバクター古参兵とその仲間から、訓練を休めと遠回しに言われていたらしい。

「まあ、誰も相手にしませんでしたけどね」

「ルルちゃん特製昼食の前には、お偉いさんの圧力なんて吹き飛んじまいますからね」

どうやら、ルルの料理は訓練生達の胃袋をがっしりと掴《つか》んでいるようだ。

「――本当ですか、マリエンテール卿?!」

ユーケル君と話していたクルト訓練生が、大きな声を上げて立ち上がった。勢い余ったのか、彼の椅子《いす》が後ろに転がっている。

「クルト、落ち着いてくれ」

「落ち着けるわけありませんって！　魔刃ですよ、魔刃！」

「そうですよ！　魔刃の使い手なんて領に五人もいない達人の証《あかし》じゃないですか！」

ユーケル君が宥《なだ》めるが、酒が入っているクルト訓練生とジョア訓練生はますますヒートアップする。

その様子を見ていた他《ほか》の訓練生達も「魔刃？」「マリエンテール卿が？」「あの歳《とし》で？　嘘だろ？」なんて言って、ざわざわしだした。

「マリエンテール卿、本当に魔刃が使えるんですか？」

「ああ、本当だ。まだ実用にはほど遠いけど」

最年長の訓練生の問いに、ユーケル君が照れながら答えると、周りの訓練生の盛り上がりが最高潮に達した。

「なんだかバク転ができるって言った小学生みたいな盛り上がりね」

アリサがよく分からない喩《たと》えをする。

まあ、ユーケル君を中心とした訓練生のはしゃぎっぷりを見ていると、元気な小学生に喩えたくなるのも分からないでもない。

「もう彼女さんには報告したんすか？」

少年兵士がはしゃいだ声を上げる。

「僕に付き合っている人はいないよ」

答えるユーケル君の顔に少し影が差す。

「そうなんすか？　前に綺麗な人と一緒にいませんでした？」

「おー、それはオーナ様だな。神殿の巫女服を着てなかったか？」

少年兵士の話が誰《だれ》をさしているのか分かったのか、年嵩《としかさ》の兵士が話に入っていく。

「そうっす！　その人っす！　お似合いだったのに別れたんすか？」

少年兵士が悪気なくユーケル君に尋ねた。

「おい、止《や》めとけ」

「なんでっすか？　クルトさんも気になりません？」

クルト訓練生が少年兵士を制止する。

「……オーナ様と僕とじゃ、身分が違いすぎる」

そう言うユーケル君の背中が煤《すす》けている。

「身分？」

「オーナ様は伯爵様のお嬢さんだ」

「えー！　あの綺麗な人が伯爵様の娘?!　厳《いか》つい顔が似なくてよかったっすね～」

「バカ！　不敬だぞ！」

少年兵士が年嵩の兵士に頭を叩《たた》かれて涙目だ。

「そういえばマリエンテール卿、前に助けた羊飼いの娘ともいい感じだったじゃないですか」

ユーケル君と仲が良いクルト訓練生が強引に話を変える。

「羊飼いの娘？　ああ、あの子か。別に何もないよ」

「そうなんですか？　巡回中によく手を振ってくれたりしてるじゃないですか」

「たぶん、助けたのを感謝してくれているんだろう」

「そうかなー？　感謝だけなら頰《ほお》を染めたりしないと思いますけど」

「騎士様はモテモテなんすか？　やっぱ顔がいいとモテるんすね～」

少年兵士が話に食い付いてきた。

彼は恋バナが好きなようだ。

「モテてないさ。羊飼い達を困らせる噴進狼《ロケット・ウルフ》や草原狼達を、何度か退治しただけだ」

「そうだな。マリエンテール卿は牧場主達や奥さん達にも大人気だからな」

謙遜《けんそん》するユーケル君をジョア訓練生が持ち上げる。

ユーケル君は羊飼い達に人気があるらしい。

「これからはもっとモテるっすね！　何せ『魔刃』使いなんすから！」

「僕なんかまだまだだよ」

纏《まと》わり付いてくる少年兵士をユーケル君が軽くあしらう。

「それに、モテたって意味ないさ」

呟《つぶや》くように独白したユーケル君がカップに入っていた酒を一気飲みする。

「ごほっ、ごほごほ」

「あー、すまん。それは俺が飲んでた蒸留酒だ」

「マリエンテール卿、水です。水を飲んでください」

アルコール度数の高い酒を飲んでむせたユーケル君に、クルト訓練生が水の入ったコップを渡している。

ユーケル君は酒に強くないようで、蒸留酒の一気飲みでダウンしてしまった。

「少し寝かせておこうと告げます」

「あちらに寝かせましょう」

ナナとリザがユーケル君を抱え上げ、近くの木陰に横たえる。

「水は多めに飲みなさい。身体《からだ》がアルコールを分解するのに水がいるから、たっぷり飲んでおかないと二日酔いになるわよ」

アリサがそう言って水の入ったコップと水差しをユーケル君の傍《そば》に置いてやっている。

「子爵様、俺達も魔刃が使えるようになりますか?」

ユーケル君を寝かせて席に戻ると、何人かの兵士から同じ事を尋ねられた。

まだ身体に魔力を流すのに慣れたくらいの訓練生達には、ちょっと荷が重いと思う。

「リザ達に教えを乞《こ》えば可能かもしれませんね」

もちろん、オレにも教える事ができるけど、特別訓練をしているのはリザ達なので、そんな風に答えた。

「獣人に教えを……」

そんな風に苦悩する者もいるが、欲望に忠実な者の方が多いようだ。

「リザ殿、俺にも『魔刃』を教えてください！」

「「「俺も！」」」

モテモテのリザが困り顔をオレに向ける。

「落ち着いてください。彼女達の特別訓練は皆さんに施している一般訓練と違って、必要な対価が非常に大きいので伯爵様の許可が必要です」

「そうか、そうだよな……」

諦《あきら》める者が大半だったが、「伯爵様に直訴すればいいんだな⁈」とクルト訓練生が叫ぶと、「そうか、直訴だ」「俺も魔刃が使いたい」「そうすれば嫁も選《よ》り取り見取りだぜ」なんて言って盛り上がり始めた。

まあ、訓練をボイコットするような騎士よりは、欲望に忠実な彼らの方が教えやすいんだけどさ。

「まったく、伯爵様に直訴も何も、隣領にお出かけだろうが……」

最年長の訓練生が若者達に呆《あき》れた視線を向けながらエールを呷《あお》る。

「領主様なら夕方頃にお帰りになったそうですよ」

「そうなのか？」

「はい、うちの子達が領主様の飛空艇を見たって喜んでましたから」

新しい酒瓶を運んできた店長が、そんな事を教えてくれた。

マップで確認したら、確かに伯爵は城にいる。

今日はもう遅いし、明日の朝にでも伯爵に面会して進捗《しんちょく》を報告しておこう。

「……オーナ様」

ユーケル君の寝言を聞き耳スキルが拾ってきた。

「僕は頑張ります。姉様のように強くなって、いつまでもあなたのお傍に……」

頑張れ、ユーケル君。

雷獣退治

〝サトゥーです。ゲームキャラには特定のステータスに極端に割り振った極振りというビルドがありますが、スピードに極振りしたキャラには一撃必殺の攻撃が当たらなくて苦労した覚えがあります。まあ、そんな時は範囲攻撃で磨《す》り潰《つぶ》すんですけどね。〟


「サトゥーさん！」

弾んだ声に振り返ると、士官服を着たゼナさんがいた。

城の廊下に差し込む朝の光が、ゼナさんのお日様色の髪をキラキラと輝かせる。

「ゼナさん、おはようございます」

伯爵に面会を求めたら朝食に誘われたので、朝も早くから城に来ていたのだが、思わぬサプライズが待っていた。早起きは三文の得ってやつだね。

「こんな時間からお仕事ですか？」

「いえ、お師匠様と一緒に伯爵様の朝食会に呼ばれているんです」

それは実質仕事みたいなものじゃないだろうか？

「私も朝食会に呼ばれているので、一緒に行きましょう」

「はい！」

そんなに喜ばれると、恐縮してしまう。

案内のメイドさんは空気を読んでくれたのか、無言で一歩下がった位置をついてくる。なかなかできた人だ。

「せっかく同じ都市にいたのに、なかなか会う機会がありませんね」

「すみません、朝から晩まで修行漬けで……」

「謝る事はありませんよ。私も朝から晩まで訓練生の相手をしていましたから」

魔法屋前で偶然会った後は、なかなかゼナさんとスケジュールが合わなかったんだよね。

「修行は順調ですか?」

「はい！　お師匠様の教えで、色々な雷魔法を使えるようになってきました」

ゼナさんは充実の日々を過ごしているらしく、キラキラした笑顔で答える。

新しい事を覚えて、それを使いこなせている実感を得られる頃《ころ》って、一番楽しい期間なんだよね。

そんな事を話していると、いつの間にか目的地に着いていたようだ。

「ペンドラゴン子爵様、マリエンテール魔法兵が到着いたしました」

食堂に到着すると、今まで存在感を消していたメイドが扉をノックして、部屋の中に声を掛けた。

中から「入れ」という伯爵の渋い声が聞こえてきた。どうやら、伯爵は既に着席して待ってくれていたらしい。

部屋の中には、伯爵の他に巫女《みこ》オーナ、雷爺《じい》ことベックマン男爵とその孫、キゴーリ卿《きょう》とユーケル君がいた。

「――ユーケル？」

ゼナさんの戸惑う声が聞こえた。

彼女はユーケル君が同席すると知らなかったらしい。

「おはようございます、伯爵閣下。本日はお招きいただき、ありがとうございます」

「よく来たなペンドラゴン卿、話したい事は多いがまずは朝食にしよう」

メイドに案内されて着席し、全員の席に朝食が運ばれてくる。朝からコース料理らしい。

前菜のサラダ、スープと続き、メインはキッシュっぽいやつだった。

匂《にお》いからして肉系のキッシュなのは予想がついたが、一口食べて分かった。レバーペーストが中にたっぷりと入っている。キドニーパイというかキドニーキッシュって感じかな。独特の風味があるハーブがタップリ入っていて臭みを感じさせない。一緒に入っているほうれん草っぽい野菜ともよく調和している。

レバーペーストはそんなに好きじゃないけど、料理人の腕がいいのか最後の一口まで美味《おい》しく食べられた。

これはご馳走《ちそう》の類《たぐ》いらしく、ゼナさんがとっても良い笑顔で口に運んでいる。

朝は品数が少ないのか、メインの後にはカットフルーツに甘いソースが掛かったデザートが出てきた。品種改良が進んでいないのか、フルーツ自体の甘味は少ないけど、掛かっているソースが激甘なので丁度いい感じだ。

「ペンドラゴン卿は雷獣というのを知っているか？」

食後の青紅茶が並んだタイミングで、伯爵が話を振ってきた。

「実物は見た事がありませんが、クハノウ伯爵領やムーノ伯爵領で噂《うわさ》を耳にしました」

「噂だけか……」

「山小屋以外でも被害が出たのですか？」

「――山小屋？」

門番が上げた雷獣の目撃情報は、まだ伯爵に届いていないようだ。

「その程度なら良かったのだがな」

伯爵の話によると、鉱山都市に現れた雷獣のせいで採掘が滞っているそうだ。

「我らが呼ばれたという事は、わしとゼナに排除せよと？」

「うむ、護衛にキゴーリと騎士を一部隊付ける」

雷爺の確認に伯爵が首肯した。

「同属性の魔法は効きが悪い。それは分かっておろう？」

「無論だ。だが、遭遇部隊の報告によると、弓矢も火杖《ひづえ》も風魔法も軽々と回避されてかすりもしなかったそうだ。頼みの光魔法も不思議な力で逸《そ》らされ、土魔法に至っては、届きもしなかったらしい」

光魔法は磁場で逸らされたのかな？

「なるほど、それで速度に優れる雷魔法か……」

「そうだ。たとえ同属性だろうと、雷爺ほどの術者なら手はあろう？」

伯爵がそう話を振ると、雷爺は難しい顔をして首肯した。

「ゼナも良いな？」

「はい！　微力を尽くします」

急に話を振られて驚いた顔のゼナさんが、椅子《いす》を蹴倒《けたお》す勢いで立ち上がって敬礼した。

ゼナさんも参加するようなので、雷獣がどのくらい危険かを調べる為《ため》にマップ検索する。

鉱山都市から二つほど離れた山には飛　雷　鹿《ライトニング・ディア》というレベル二二の魔物が何匹かいた。雷獣という響きにはほど遠いけど、空も飛べるみたいだし、雷系のスキルを何種類か持っているから、これが噂の「雷獣」に違いない。

これくらいの魔物なら、ゼナさん達だけで問題ないだろう。

とはいえ――。

「私達もお手伝いしましょうか？」

オレがそう発言すると、ゼナさんが嬉《うれ》しそうな顔を向けた。

「お気遣い感謝する。だが、斥候の報告を見る限り、『魔王殺し』殿に出張ってもらうほどの相手ではない」

索敵に手間取りそうだと思って申し出てみたのだけれど、伯爵からすっぱりと断られてしまった。

雷爺もその判断に異議はないようだ。ゼナさんは残念そうにしているが、この場で抗議できる立場にないのか口を開く事はなかった。

「駆除部隊の采配《さいはい》は雷爺に任せる」

伯爵が雷爺にそう言ってから、オレを見た。

「さて、ペンドラゴン卿、私が選んだ騎士や兵士の一部を訓練から恣意的《しいてき》に排除し、選外の者を勝手に鍛えているそうだが、何か申し開きはあるか？」

たぶん、キマーン男爵かサボリ騎士あたりが、伯爵に不満を訴えたのだろう。

伯爵が「選外の者」と言った時に、ユーケル君とキゴーリ卿が少し気まずそうにしていた。

「お父様、マリエンテール卿の事は――」

「これはペンドラゴン卿との話だ。お前は黙っていなさい」

巫女オーナが代わりに抗議してくれたが、伯爵に有無を言わせず却下されている。

伯爵が答えを求めるようにオレを見た。

「排除ですか？　自主的に訓練を拒絶した者はいますが、私が意図的に排除した事はありません」

「拒絶した、だと？」

「はい、兵士達の話によると、上の方から圧力が掛けられたとの事です」

「上の圧力？　誰《だれ》だ？」

伯爵の問いに首を横に振る。

キマーン男爵かその威を借りたバカ息子かは分からないけど、証拠は特に集めていない。

「構わん、言え」

「他領の事情に口を挟む気はありません」

兵士達から事情聴取したらいいんじゃないかな？

「迷宮利権に――いや、ペンドラゴン卿の邪魔をする意味が――卿の邪魔？　そんな事をする意味は――そうか」

ぶつぶつと思考を巡らせていた伯爵が顔を上げる。

「キゴーリ、先だってオーナにちょっかいを掛けていた貴族のどら息子というのは誰だ」

「キマーン男爵の嫡子ザミルエですな」

――伯爵、凄《すご》い。

たったあれだけの情報で、犯人を割り出してしまった。

「どうやら、愚か者が迷惑を掛けたようだな。今回、訓練を受けなかった者も受けたとして数えて構わん。愚か者は私が直々に沙汰《さた》を下すゆえ、溜飲《りゅういん》を下げてくれ」

「承知いたしました」

普通は穏便にとか口添えするんだろうけど、余計な面倒を掛ける相手に容赦は不要だろう。

大した罪にはならないだろうけど、オレ達が用事を済ませるまで大人しくしてくれていれば、それでいい。

「選外の者についてですが、先ほどの件で騎士が一人もいなくなったので、成果を見せるのに適した人材を勧誘いたしました。もちろん、彼の上司の許可は得ていますし、彼を訓練人数にカウントする気もありません」

「キゴーリ、間違いないか？」

伯爵がキゴーリ卿に確認する。

「はい、私の判断でマリエンテール卿を推挙しました」

「ならば良い。お前の判断を信じよう」

キゴーリ卿は巫女オーナやユーケル君から直談判《じかだんぱん》をされた事を口にせず、自分の責任だと言ってくれている。いい人だ。今度、美味《うま》い酒でも贈ろう。

「それで成果は上がっているか？」

「はい！　『魔刃』を覚えました！」

「──魔刃？　真《まこと》か？」

ユーケル君の報告を聞いた伯爵が訝《いぶか》しげに問う。

その隣で、巫女オーナが目を輝かせていた。

「はい！」

「ならば、それを見せよ」

伯爵が食堂に面した中庭に出る。

ユーケル君がそれに続き、オレ達もついていく。

「──あっ」

剣を持っていない事に気付いたユーケル君が慌てだした。

「これをお使いください」

侍従のお爺さんが、食堂に飾ってあった細剣をユーケル君に渡した。

刃引きされた儀礼用の剣だ。

「行きます」

ユーケル君が細剣を掴《つか》んで魔力を流す。

オレ製の鋳造魔剣じゃないから、ユーケル君が苦戦している。魔刃が形成される前に、魔力が拡散してしまうようだ。

「ユーケル、頑張りなさい」

「はい、オーナ様」

巫女オーナに励まされ、ユーケル君が頑張るがあと少しが上手《うま》くいかないようだ。

「……ユーケルっ」

ゼナさんも拳《こぶし》を握りしめ、ユーケル君を見守っている。

「まだ、使い慣れた剣でしかできぬようですな」

キゴーリ卿がユーケル君の鋳造魔剣を持ってきた。

ユーケル君が魔刃に苦戦しているのを察して、預けていた武器を取りに行ってきてくれたようだ。

「これを使え」

「キゴーリ様、ありがとうございます!」

ユーケル君が鋳造魔剣に魔力を流す。

先ほどとは違って、流れる魔力が安定している。

「はぁあああああっ!」

ユーケル君が気合いと共に叫ぶと鋳造魔剣に魔刃が現れた。

不安定で、今にも消えそうだけど魔刃に違いない。

「ユーケル！」

巫女オーナが歓喜の声を上げる。

こうして見ると、普段は凜《りん》とした巫女オーナも年相応の少女だね。

伯爵はその姿を意外そうに見た後、感心した顔をユーケル君に向ける。

「確かに魔刃だ。一小月にも満たぬ期間で、新人騎士に魔刃を覚えさせるとは、さすがは『魔王殺し』という事か……」

さすがは、の辺りでオレの方を振り向いた。

「閣下、ユーケル殿を鍛えたのも魔刃を教えたのも私ではありません」

「――何っ？」

伯爵の間違いを訂正する。

「貴公でないならば、不倒のジュレバーグに打ち勝ったあの女傑か？」

「はい、そのリザを筆頭にした仲間達の力です」

「なぜ、貴公が教えなかったのだ？」

「私よりも、彼女達の方が遥《はる》かに教えるのが上手いのですよ」

厳しい顔の伯爵に理由を伝える。

「その者らに教えを乞《こ》えば、私にも『魔刃』が使えるようになるか？」

伯爵が憧《あこが》れを語る少年の瞳《ひとみ》で言う。

王都のケルテン侯爵もそうだったけど、武を志した事のある人にとって「魔刃」は特別なもののようだ。

「可能です。――ですが、お止《や》めになった方が宜《よろ》しいかと」

「なぜだ？」

「かなり過酷な修行ですから」

オレはそう言って、ユーケル君の方を見る。

「ユーケル、どのような訓練を受けたのだ」

伯爵の問いに、ユーケル君は訓練生達に語ったのと同じ内容を敬語で伝える。

「……そんなっ」

「ずいぶんと過酷な訓練をしたようだな……」

「マジかよ、無茶苦茶しやがるな」

巫女《みこ》オーナが愕然《がくぜん》とした顔で口元を手で覆い、伯爵とキゴーリ卿《きょう》が呆《あき》れと感嘆が入り混じった声を出す。

ゼナさんだけは、「あー」と呟《つぶや》いて同情の視線を弟に向けた。

彼女もセリビーラの迷宮で、同じような修行をしていたからね。

「ペンドラゴン卿、あなた方はユーケルの命をなんだと思っているんですか！」

巫女オーナが憤慨した声でオレに詰め寄る。

最初に訓練に参加させろと頼んできたのは彼女なのだが、ユーケル君から聞いた内容にショックを受けたらしい。

「オーナ様、待ってください。リザ達なら大丈夫です」

「姉様の言う通りです！　僕が魔物に押しつぶされそうになったら、すぐにリザ師匠達が介入して魔物を排除してくれました。……限界は何度も試されましたけど」

ゼナさんとユーケル君がオレと巫女オーナとの間に割って入った。

「ゼナの訓練も、ユーケルと同じような感じだったのか？」

「いいえ、私達はもう少し緩やかでした」

基本は一緒だけどね。

「なるほど、ミックニ女公爵が訓練法を軽々に伝授せぬはずだ」

「うむ、そのような方法を迂闊《うかつ》に真似《まね》れば屍《しかばね》の山が築かれてしまうわ」

伯爵が納得顔で告げ、雷爺《じい》が白い髭《ひげ》を扱《しご》きながら続けた。

「閣下、死線を乗り越えた若者には、何か褒美がいるんじゃありませんか？」

キゴーリ卿が伯爵に声を掛ける。

「……褒美か」

思案する伯爵に、キゴーリ卿が仲良く並ぶユーケル君と巫女オーナに視線を向けた。

「魔刃を覚えたのだ。赤剣一等勲章をくれてやろう」

伯爵がそう言うと、ユーケル君と巫女オーナが微妙な顔で喜ぶ。

「オーナ殿との婚姻許可は無理ですか？」

キゴーリ卿がぶっ込んできた。

ユーケル君と巫女オーナが期待する顔を伯爵に向ける。

「無理だな」

即答する伯爵の言葉に、ユーケル君と巫女オーナの顔に影が差した。

ゼナさんが気遣わしげに二人を見守る。

「オーナは国内の有力貴族に嫁がせる」

「もしかして、今回のカゲゥス領訪問は――」

「それは別件だ。最有力候補には断られたから、ムーノ伯爵の嫡男か王都に影響力のあるリットン伯爵家やアシネン侯爵家あたりを考えている」

知り合いばかりだ。

「ビスタール公爵家も考えたが、あの家は先の内乱で領内が荒れているからな。オーナを無駄に苦労させる気にはなれん」

「ロスワード、オーナ殿は領内貴族に嫁がせて手元に置くのではなかったのか？」

雷爺が伯爵を名前で呼んで尋ねた。

二人は只《ただ》の主《あるじ》と家臣の間柄ではないようだ。

「迷宮ができる前はそれが最善だったが、今は違う。迷宮産業を活《い》かせる人脈が必要だ」

伯爵が雷爺に答えるていで、ユーケル君と巫女オーナに聞かせる。

「迷宮都市の太守であるアシネン侯爵は分かりますが、リットン伯爵やムーノ伯爵と縁戚《えんせき》を結ぶのも、ですか？」

オレが口出しする立場じゃないけど、つい尋ねてしまった。

「リットン伯爵家は王都の社交界を牛耳る家だ。足を掬《すく》われないように立ち回るには情報が必要だからな。ムーノ伯爵家は言うまでもなかろう？　ムーノ伯爵の直臣である貴公と縁を繋《つな》ぐ為《ため》だ」

伯爵がそう言ってオレを見る。

オレ自身が未《いま》だに二人の恋の障害になっているとは思わなかった。

「——マリエンテール卿」

「はい！」

名前を呼ばれたユーケル君が直立不動になる。

「オーナを嫁に欲しくば、『魔王殺し』——とまでは言わん。領の脅威となる中級魔族級のバケモノを屠《ほふ》るか、竜退者となれるほどの武勲を積んでみせろ。その武威で領内貴族に十分な影響力を持つ事ができれば、オーナとの婚約を考えてやる」

「……中級魔族……竜退者？」

ユーケル君が愕然としている。

まあ、騎士とはいえ一五歳の少年には無茶振りが過ぎるよね。

「お父様！　そのような事をできる者が領内にいると思うのですか！」

憔悴《しょうすい》するユーケル君を見た巫女オーナが猛然と抗議した。

「雷爺ならできよう」

「無茶を言う。わしとて竜を退ける事などできぬわ。せいぜい、下級竜を牽制《けんせい》するのが関の山じゃ」

話を振られた雷爺が一部を否定する。

まあ、彼のレベルなら、状況次第で中級魔族くらいならなんとかなるだろう。

それはさておき、今のユーケル君に中級魔族級の魔物を退治させるのは無理難題すぎる。聖剣を持たせても瞬殺されるのがオチだ。とりあえず、三〇だった目標レベルを四〇くらいまでは引き上げないと、勝負する事すら難しいね。

「マリエンテール卿、道理を引っ込めようと言うのだ。無理を通してみせろ」

伯爵がそう言って食堂を去って行った。

ゼナさんがユーケル君と巫女オーナを気遣う視線を向ける。

「ユーケル、お父様の言葉を真に受けてはいけませんよ？」

「……オーナ様。大丈夫です、分かっています」

「本当に分かっていますか？　命を落としては何も成せないのですよ」

心配する巫女オーナに、ユーケル君が張り詰めた顔を向ける。

うん、間違いなく彼は無茶をするつもりのようだ。

リザ達に言って、彼がやりすぎないように注意させないといけないね。

◆

「サトゥーさん、行ってきます！」

「ゼナさん、お気を付けて。これは餞別《せんべつ》です」

オレはそう言って、食後に急ピッチで作り上げた避雷針の魔法道具《マジック・アイテム》をゼナさんに渡す。

これは闇石《やみいし》を使った特殊な避雷針で、普通の避雷針よりも広範囲の稲妻を吸い寄せて無効化してくれる品だ。製造には覚えたばかりの「絶縁体《インスレーター》」や「静電気除去《エレキ・リムーバー》」の魔法が活躍してくれた。

普段はテニスボールサイズなので、持ち運びやすい専用ポーチに入れておけば邪魔にならないだろう。

「ありがとうございます、サトゥーさん」

ゼナさんがキラキラした目でオレを見る。

「名残惜しいのは分かるが、そろそろ行くぞ」

「す、すみません、お師匠様！」

雷爺にからかわれたゼナさんが、顔を赤くしながら馬に乗る。

鉱山都市までは、全員騎馬で向かうようだ。

「ゼナ様、ご武運をお祈りいたします」

「ポチもゼナのゴブ運を祈っているのです！」

「がんば～」

獣娘達がゼナさんに挨拶《あいさつ》する。

「ありがとう。リザ達もユーケルの事をお願いします」

「はい、お任せください」

「立派な剣士にする～」

「はいなのです。ユーケルをつよつよの剣士にしてみせるのですよ！」

答える獣娘達の後ろで、ユーケル君が「僕は剣士じゃなくて騎士なんだけど」とぼやいて、クルト訓練生達に慰められている。

ゼナさん達の出立を見送り、オレ達は迷宮に向かう。

◆

「――あなたには関係ありません！」

迷宮前広場に来るなり、巫女オーナの声が聞こえてきた。

声の方向を探ると、天幕の前で口論する巫女オーナと小太りの貴族青年がおり、貴族青年の背後には騎士や兵士が立っていた。

「あれって、騎士ピンカーロとバクター古参兵じゃないか？」

「本当だ。一緒なのはバ――ザミルエ殿だな」

どうやら、キマーン男爵のバカ息子と取り巻き達が巫女オーナに絡んでいるらしい。

まだ伯爵からの処分は通達されていないようだ。

「オーナ様！」

ユーケル君が駆け出した。

オレ達もそれを追う。

「……ユーケル」

駆け寄るユーケル君を見て、巫女オーナが表情を和らげた。

それを不快に思ったのか、バカ息子の矛先がユーケル君に向く。

「腰巾着《こしぎんちゃく》め、また現れおったか……」

「ザミルエ殿、オーナ様への無礼は許しません」

「貴様のような木っ端騎士に名を呼ぶ事を許した覚えはない！　それに無礼だと？　貴様のような
タマゴの殻も取れぬひよっこが身の程を知れ！」

バカ息子が甲高い声でユーケル君を罵倒《ばとう》する。

「にゅ～」

「お酒臭いのです」

タマとポチが鼻を摘《つ》まんで顔を顰《しか》めている。

「獣人のガキが！　おい、バクター！」

「ガキの教育はお任せください！」

バカ息子に命じられたバクター古参兵が、近くにあった棒でタマとポチに殴りかかった。

「にゅるる〜ん」

「鬼さんこちら、なのです」

タマとポチが軽々と避《よ》ける。

「このっ、このっ！」

「たわいなし〜？」

「これじゃ、一〇〇年経《た》っても当たらないのですよ？」

バクター古参兵がムキになって棒を振るが、タマとポチに掠《かす》る気配もない。

「何を遊んでいる！　——ピンカーロ！」

「ガキのお守りは御免被ります」

バカ息子が騎士に声を掛けたが、彼は面倒さを隠そうともせずに断った。

完全な手下というわけではないらしい。

「オーナ様、こちらは？」

バカ息子が名乗ろうとしないので、巫女《みこ》オーナに話を振った。

「キマーン男爵のご子息です」

「——なるほど」

巫女オーナは彼の名前を言いたくないくらい嫌いらしい。

「貴様は誰《だれ》だ？」

男爵のバカ息子に貴様呼ばわりされる筋合いはないが、こういう手合いは権威に弱いのでちゃんと名乗ってあげよう。

「シガ王国観光大臣、ムーノ伯爵家家臣ペンドラゴン子爵だ」

「ふん、他領の貴族子弟か」

彼は耳が悪いらしい。

「ペンドラゴン卿《きょう》は貴族子弟ではありません。子爵家当主ご本人です」

ユーケル君が訂正してくれた。

「こんなガキが？」

「それはキマーン男爵家からペンドラゴン子爵家に対する侮辱と解釈して構わないかな？」

「他領の貴族ごときに、セーリュー市で大きな顔はさせん！」

どうやら引っ込みが付かないらしい。

「そうだ、思い出したぞ！　貴様がオーナ殿に言い寄った他領の貴族だな！」

沸点の低いバカ息子が、腰の剣を抜いた。

剣から火の粉が舞い散る。

「——魔剣？」

こんなバカにはもったいない。

「あなたは正気ですか！　剣を納めなさい！」

「オーナ殿、ご心配召されるな。このような下郎ごとき、我が家宝、火鳥喰《く》いで斬《き》り捨ててくれましょうぞ」

　止めようとする巫女オーナだったが、バカ息子の方は彼女の関心を得られて舞い上がってしまったのか、魔剣を振り上げてこちらを威圧してきた。

　丁度、ポチとタマを追いかけるバクター古参兵が近くにいたので、彼から棒を取り上げる。

「武器を取ったな！　これは決闘だ！」

　隙《すき》だらけの斬撃《ざんげき》が来たので、棒に一瞬だけ魔刃を張って、相手の剣を迎撃する。

　パキンッと金属音がして、魔剣が折れた。

「おや？」

　弾《はじ》き返すだけのつもりだったんだけど、剣身が脆《もろ》くなっていたのか、激突した瞬間に折れてしまったようだ。

「あああああっ、我が家の家宝がっ！」

　膝《ひざ》を折ったバカ息子が、剣の柄《つか》を抱き締めながら叫ぶ。

「あらら～？」

「ちゃんと刃筋を立てないとダメなのですよ」

　ポチにダメ出しされたバカ息子が「黙れ、亜人！」と叫ぶ。

　罵倒されて耳がペタンとなったポチとタマを背後に隠し、バカ息子の視線から隠す。

「どうしてくれる！」

「棒きれと打ち合ったくらいで折れるとは……良い剣でも適切な手入れをしていないと宝の持ち腐

れですよ」

噛《か》みついてくるバカ息子に、やれやれと副音声が聞こえてきそうなポーズで言い返す。

もっと絡んでくると思ったが、騎士の一人が「それ以上は恥の上塗りですぞ」と言ってバカ息子を止めてくれていた。騎士ピンカーロとは別の人だ。

「あああ、これがバレたら父上に叱《しか》られるぅうう。どうするんだバクター！」

「いえ、俺に言われても」

バカ息子がバクター古参兵に八つ当たりしている。

まさに「知らんがな」案件だね。

「マリエンテール卿」

さっきの騎士がユーケル君に声を掛けた。

「卿が魔刃を覚えたというのは事実か？」

「はい、まだ自在に使えるわけではありませんが」

「そうか――」

その騎士がオレの方に振り返る。

「ペンドラゴン子爵、先日の無礼は詫《わ》びる。私も貴公の教えを受けたい。許可をいただけないだろうか？」

「おい！　ゲネス、貴様！　裏切るのか！」

「裏切り者呼ばわりは遺憾だ。キマーン男爵には恩があるゆえ手伝っていたが、これまでにさせていただこう」

「じゃあ、俺もここまでって事で」

「ノサイト、貴様も裏切るのか！」

騎士二人に見限られたバカ息子が吠《ほ》える。

「騎士ゲネス、あなたの気持ちは分かりました」

「参加させてくれるか？」

騎士ゲネスが喰い気味に尋ねてくる。

「それは構いませんが、今すぐではありません」

「どうしてだ？」

騎士ノサイトが気安い感じに問う。

「途中参加はできないのですよ。ユーケル殿の訓練が終わったら、次の訓練生の教練を始めますので、それに参加したいとセーリュー伯爵に申請してください。訓練生を決めるのは伯爵なので」

「分かった。伯爵様に頭を下げてくる」

「──あ、待ってください」

踵《きびす》を返そうとする騎士達を制止する。

「なんだ？」

「魔刃を教える教練は、私ではなく彼女達が行います。『女性』で『亜人』ですが、それでも宜《よろ》しいですか？」

「魔刃を覚えられる事に比べれば些末《さまつ》な事——いや、その前にあなた方への先日の失礼な発言を詫びる」

騎士ゲネスが問題ないと答えようとして、途中で「女子供、ましてや亜人などに教わる気はない」と発言した過去を思い出してリザ達に頭を下げた。

この感じなら、リザ達の教えもちゃんと受けてくれるだろう。

「オーナ様、今日は結界石碑の浄化ですか？」

「いいえ、あなたが無茶をしないように、私も付き添います」

どうやら、巫女オーナはユーケル君が心配で、ここに来たようだ。

「リザ師匠、オーナ様が同行しても構いませんか？」

「——ご主人様、どのようにいたしましょう？」

ユーケル君がリザに尋ねたが、リザは判断が付かなかったのかオレに話を振ってきた。

「訓練の邪魔をしないのなら構いませんよ」

経験値効率が落ちそうだけど、巫女オーナはテコでも動かない感じだ。恋する乙女は強いね。

「それじゃ行こうか」

騎士達が去ってもわめきちらすバカ息子達を放置して、オレ達は本日の訓練を始める為《ため》に迷宮へと進入した。

◆

「こ、これはっ」

「魔物がうじゃうじゃいる」

「迷宮にこんな場所があるなんて知らなかったぞ」

魔物の養殖場所を見た訓練生達が口々に驚きの声を上げた。

彼らの職業柄か、セリビーラの迷宮で魔物養殖所を見たエチゴヤ商会の幹部娘達のようにキャーキャー怖がるという事はない。

ちなみにユーケル君の育成班は今日も別行動だ。

「こちらの魔法道具《マジック・アイテム》を持って順番に攻撃してください。倒すのではなく、満遍なく広範囲にダメージを与える感じで。攻撃する前に、さっきまでの訓練を思い出しながら撃つように」

オレは殺傷力の低い投射銃《スプレー・ガン》を訓練生達に渡し、養殖場所の穴が見える場所から順番に攻撃させる。

さすがに、人数分の投射銃はないので交代制だ。

「全員、攻撃しましたね？」

「「「はい！」」」

これで後は魔物を始末して、訓練生の経験値に変えれば完了だ。

「ですが、子爵様。これに何の意味が……」

「それはもう少ししたら分かりますよ」

オレはミーアに仕上げを頼む。

「ミーア」

「ん、フラウ――氷獄園《アイス・ガーデン》」

氷の疑似精霊フラウの強力な精霊魔法が、養殖した魔物達を一瞬で氷像に変える。

氷浸《づ》けになっても生きていたしぶとい魔物もいたが、徐々に体力《HP》ゲージを減らして数分後には全滅していた。

「うおっ」

「すげぇぇぇぇ」

「寒っ、ここまで冷気がきてるぜ」

物見高い訓練生が穴の縁まで行って中を覗《のぞ》き込む。

「皆さん、危ないから下がってください」

「大丈夫ですよ。ガキじゃないんだから落ちたりしませんって――」

「――危ない」

言ってる傍《そば》から、即落ち二コマみたいなタイミングで訓練生が目眩《めまい》を起こして穴に落ちかけたので、素早く肩を掴《つか》んで引き戻す。

ちょっと手荒になったけど、穴に落ちて氷像に激突して大怪我《けが》するよりはマシだろう。

「すみません、なんだか身体《からだ》がおかしくて」

「皆さん、安全の確保は私達に任せて、その場に座ってください」

ふらふらしていて危ないので、訓練生達を穴から離れた場所に座らせる。

「俺達、どうなったんだ？」

「もしかして、魔物の呪《のろ》いか？」

「たくさん殺しちまったからな……」

意外と迷信深いのか、訓練生達が不安そうな顔で言う。

そういえば、呪詛《じゅそ》なんかがあるんだから、倒した魔物に呪われるっていうのも、ありえる話なんだっけ。

「レベルアップ酔い」

ミーアがぽそりと彼らの体調不良の理由を教えてあげている。

「――え？」

「ミーア様の言う通り、皆さんの体調不良の理由はレベルアップ酔いという俗称で呼ばれるものです」

ミーアの説明が理解できなかったのを察したアディーンが、オレの代わりにかみ砕いて説明してくれた。

「これがレベルアップ酔い？」

「古参兵達の与太話じゃなかったんだな」

「英雄譚《たん》に書かれていたレベルアップ酔いを俺達が経験できるなんて！」

訓練生達がレベルアップ酔いに感動している。

彼らは巡回任務でレベル三〇級のワイバーンと戦う事があるんだから、身近な経験者がいてもおかしくないんだけど、ここにいるメンバーは未経験だったようだ。

AR表示される彼らのスキル欄に、覚えたばかりのグレーアウトされたスキルが表示されている。七割ほどは予定通りのスキルがゲットできている。彼らが使える養殖穴はまだ二つあるし、休憩を挟んで未取得者には再訓練をさせてから、もう一回パワーレベリングを実行しようと思う。

「小休止を取ります。時間が来たら起こしますから、しばらく仮眠を取ってください」

「……仮眠、ですか?」

「ええ、その方が早く体調不良が直るんです」

「こんな場所で?」

訓練生達が不安そうに互いに顔を見合わせる。

「私達が周囲を警戒しているから安心してください」

「「イエス・マスター。鼠《ねずみ》一匹通さないと保証します」」

オレと姉妹が安全を保証すると、ようやく訓練生達が目を閉じてくれた。

さすがに、レベルアップ酔いを耐えて起きているのは難しかったらしく、AR表示される訓練生達の状態が、次々に睡眠へと移行していく。

後はグレーアウトしているスキルが身体に馴染《なじ》んだ頃《ころ》に起こせばいいだろう。

「アディーン、姉妹と周辺警戒を頼む」

「「「イエス・マスター」」」

姉妹が素早く行動を開始する。

「ミーアは魔力を回復させるから、シルフを呼んで姉妹の外周を索敵させてくれ」

「ん、任せて」

ミーアに「魔力譲渡《マナ・トランスファー》」の魔法で魔力値《MP》を回復させてやる。

氷精霊フラウを送還したミーアが、風精霊シルフを呼び出すべく詠唱を始めた。

「さてと、今のうちに――」

オレは「遠見《クレアボヤンス》」と「遠耳《クレアヒアリス》」の魔法で、まずユーケル君達の様子を確認する。

『ユーケル様、魔刃が消えていますよ』

『足下がお留守～？』

『ちゃんと見ないと次の攻撃が来るのですよ！』

ユーケル君が獣娘達の応援を受けながら、必死の形相で大型の魔物と戦っている。

『ユーケル、防御魔法を重ねがけします！』

巫女《みこ》オーナもボロボロなユーケル君を必死にサポートしている。

『らぶらぶパワーっていいわね～』

『アリサ、そろそろ身体強化が切れる頃だと警告します』

『おっと、そうだった！　ユーケル君に「燃身増幅《バーニング・フィジカル》」をプレゼントぉおお』

ナナがタイムキーパーをしつつ、アリサが火系の身体強化をユーケル君に使ってあげているようだ。普段はＭＰ効率が悪いから使っていないけど、パワーレベリングだと付与系の身体強化魔法は便利なんだよね。

ユーケル君の方は大丈夫そうだ。

ゼナさん達が雷獣（仮）と遭遇するのは早くても明日以降だし、今のうちに養殖場所を増やしておくとしよう。

◆

翌日、昨日と同じように養殖穴で訓練生達のパワーレベリングを済ませ、ユーケル君の育成を確認した後、休憩時間に鉱山都市にいるゼナさん達の様子を見てみる事にした。

「――おっと」

空間魔法の「遠見」を切り替えた瞬間、雷爺《じい》に見ている事を気付かれてしまった。

彼はなかなか勘がいいようだ。

いや、確信があるというよりは、空間魔法のターゲットを切り替えた時の魔素《マナ》の波紋や空間の揺らぎを察知した感じかな？

現に、雷爺は空間魔法の起点を離したら見失ったみたいだし。

ちょっと遠いのが不便だけど、この距離なら大丈夫そうだから、このまま監視を続けよう。

『見つけたぞ！　あれがそうだ！』

雷爺の孫ルドルフが何かを見つけたらしい。

『お師匠様、あそこです！』

『稲妻の化身、まさに雷獣だな』

雷爺が髭《ひげ》を扱《しご》きながら、ゼナさんが指さす鉱山の頂を見上げた。

オレが見つけた飛雷鹿は普通に鹿《しか》っぽい外見だったんだけど――おおっ？

遠見の視点を動かしたら、彼らが見ている存在を捉《とら》えた。

「――マジか」

あれは飛雷鹿じゃない。別の魔物だ。

オレは内心で慌てながら、マップでゼナさん達がいる場所を開く。

見つけた。あれは魔物じゃない。一角獣《ユニコーン》や捻角獣《ジュルラホーン》のような幻獣だ。名前はそのものずばりの「雷獣」。実体ではなく半実体の幻獣らしい。噂《うわさ》よりも小さく、三体もいる。

『神託があったにしては、あまり禍々《まがまが》しさが感じられぬな』

『「雷《いかづち》の化身、災厄をもたらす」でしたか？』

雷爺とキゴーリ卿《きょう》がそんな会話を交わす。

どうやら、雷獣退治にセーリュー伯爵領の最高戦力をぶつけたのには、神託という事情もあったらしい。

もっとも、少し大きな個体がレベル三〇台後半、それ以外はレベル二〇強なので、セーリュー伯爵領最強の布陣であるゼナさん達一行が負ける事はないだろう。

一応、雷獣にマーカーを付けておこうかな?

『お祖父《じい》様、先手は私にお任せください』

『待ってください。こちらに害意を感じません』

長杖《ちょうじょう》を構えるルドルフに、ゼナさんが私見を伝えて制止する。

雷獣は天に向けて吠《ほ》えているが、ゼナさんが言うように攻撃してくるようには見えない。

『そうは言っても、何もせんわけにはいかんぞ』

『魔物に言葉が通じるとは思えんからな』

キゴーリ卿と雷爺がゼナさんの方針に異を唱える。

『雷魔法の使い手としては、稲妻の化身のような魔物を調伏してみたい欲求はあるが、さすがのわしも魔物調教士《モンスター・テイマー》のスキルは持ち合わせておらん』

雷爺が少し残念そうだ。

『では参ります――■……』

ルドルフが魔法の詠唱を始める。

魔力の高まりを感じたのか、さっきまでまるで関心を寄せていなかった雷獣達が、ゼナさん達の方に注意を向けた。

『……■　稲妻《ライトニング・ボルト》!』

ルドルフが発動の速い稲妻の魔法を放った。

だが、それを雷獣達は余裕の動きで避《よ》けてみせた。

『おのれ！　獣風情がっ！　■■……』

雷獣に軽くあしらわれた事に激昂《げきこう》したルドルフが、今度は中級の攻撃魔法を詠唱しだした。

――RWAAAAYZI。

雷獣が咆哮《ほうこう》すると同時に、落雷がルドルフを襲う。

『危ない！』

キゴーリ卿がルドルフの腕を引っ張り、間一髪で落雷の直撃を避けた。

本人の身代わりとなった彼の長杖が、真っ二つに裂けて燃え上がる。

『来るぞ！』

キゴーリ卿の叫びと同時に、雷獣達がゼナさんに襲いかかった。

『護衛騎士は魔法使いを守れ！』

騎士達がゼナさん達を守る位置に移動する。

さすがに稲妻――電気を操る相手との戦いが予想される状況で、金属鎧《よろい》を着ている無謀な者はいない。

『俺が相手だ！』

キゴーリ卿が挑発スキルを声に乗せ、雷獣達に叩《たた》き付ける。

――RWAAAAAYZI。

雷獣達が咆哮を上げ、キゴーリ卿に突撃した。

瞬動もかくやという凄《すさ》まじい速さだ。

『速《はえ》ぇぇえっ』

それでもキゴーリ卿はギリギリで雷獣の攻撃を防いでみせた。

彼に一撃を入れた雷獣は、そのまま止まらずに、彼の背後にいる護衛騎士達に躍りかかる。

『……■　気鎚《エア・ハンマー》』

ゼナさんが風魔法で雷獣を吹き飛ばす。

ギリギリで気鎚の圏外に突き抜けた一体が、一撃で護衛騎士の一人を感電させた。

――RWAAAAAYZI。

そのままの勢いで、雷獣が三人の魔法使いに肉薄する。

『うわあああ』

焦ったルドルフが詠唱を途切れさせて悲鳴を上げた。

『未熟者が――　雷掌《サンダー・ストライク》』

既に詠唱を終わらせていた雷爺が、雷系の攻性防御魔法を使う。

その魔法が雷獣に命中する事はなかったけど、回避行動を取った雷獣が魔法使い達から距離を取った。

その隙《すき》に、キゴーリ卿が駆けつけてくる。

キゴーリ卿が魔剣と魔刃で雷獣を牽制《けんせい》するも、瞬間移動のような速さで剣が当たらない。

『……■　気鎚《エア・ハンマー》』

ゼナさんが不意を突くタイミングで風魔法を放つが、雷獣は軽々と避けてしまう。

『ふむ、速いの。単一攻撃系の魔法では、不意を打たん限り避けられてしまうか……』

雷爺が白い髭を扱きながら思案する。

『今度こそ――■■……』

ルドルフが汚名返上とばかりに、強力な魔法の詠唱を始めた。

壊れた杖《つえ》の代わりに、予備の短杖を使っているようだ。

――ＲＷＡＡＡＡＡＹＺＩ。

雷獣は魔力の高まりが把握できるらしく、範囲放電攻撃を放ってきた。

『……■　■■■　気　壁《エア・クッション》』

『――うごっ』

放電攻撃のほとんどはゼナさんの防御魔法が逸《そ》らしたが、一部の電撃が貫通してルドルフの手から短杖を吹き飛ばした。

『あの放電はやっかいじゃな』

『怪我《けが》を負うほどではありませんが、注意が逸らされますな』

雷爺とキゴーリ卿が油断なく雷獣を睨《にら》み付ける。

雷獣達は二度の攻撃を防がれて警戒状態だ。

『これなら土魔法使いか水魔法使いを連れてくるんじゃったわ』

放電を防ごうと思ったらアースするか、水で散らすか、闇《やみ》魔法や影魔法で電撃を吸い込むくらいしか手がない。

『老師、何かいい手はありませんか？』

『そうじゃのう……』

術理魔法の「自在盾《フレキシブル・シールド》」などの盾系《シールド》の魔法だと回り込まれてしまうし、防御壁系《シェルター》の魔法だとこっちからの攻撃に制限ができてしまうからね。

『お師匠様、いい物があります！』

ゼナさんが荷物の中から避雷針を取り出した。オレが餞別《せんべつ》に渡したやつだ。設置したい場所に投げ捨てるだけで、自動的に展開して動作状態になる。

『ほう？　便利な魔法道具じゃな。どこで手に入れた？』

『サトゥ――ペンドラゴン子爵様にお借りしました』

『――老師、ゼナ、来るぞ！』

暢気《のんき》に話す二人に、キゴーリ卿が警告を発する。

『ゼナ、寄ってきたところを蹴散《けち》らせ』

『はい！』

雷爺が指示出しと同時に詠唱を始めた。彼の腕の「雷鳴環」という大きな雷晶石が嵌《は》まった秘宝《アーティファクト》が詠唱に呼応するように、脈動している。恐らくは雷系の増幅器なのだろう。

三体の雷獣が距離を詰め、一斉に投網のような放電を放ってきた。

『――うわっ』

狼狽《ろうばい》したルドルフが短杖を盾のように翳《かざ》して尻餅《しりもち》をつく。

だが、雷獣の放った放電は全《すべ》て避雷針へと吸い込まれ、ゼナさん達にはまるで届いていない。

自分達の飛び道具が防がれたのを察した雷獣達が、即座に方針を変えてゼナさん達に突撃する。

『来るぞ！』

『――気鎚《エア・ハンマー》！』

先ほどの雷爺の「雷掌」を真似《まね》たゼナさんのカウンター攻撃が雷獣達を蹴散らす。

宙を舞った雷獣が、仕切り直しにとばかりに距離を取った。

ゼナさんも詠唱を始め、雷爺とのタイミングを計る。

それを見た雷爺が満足そうに目尻《めじり》を下げた。

『……■■■　雷鳴地獄《カタトウンボ》』

雷爺の上級雷魔法が発動し、雷獣達の頭上に分厚い雲を呼ぶ。

雲の間を竜のように舞う稲光を、雷獣達が興味深げに見上げている。

『……■　真空天柱《バキューム・ピラー》』

ゼナさんの見知らぬ風魔法が発動し、雷雲と雷獣の間を真空の柱で繋《つな》いだ。

それと同時に耳が痛くなるような轟雷《ごうらい》の雨が雷獣に降り注ぐ。前に魔王「砂塵《さじん》王」との戦いで見た勇者の従者「魔女」メリーエストが使った「雷迅滅葬《ヘル・サンダー》」にも匹敵する激しさだ。

それほどの激しい落雷にも拘《かか》わらず、落雷が真空の柱の外にはみ出す事はない。

ゼナさんの風魔法が雷の通り道を作ったかのようだ。

『……すげぇな。さすがは老師』

『わしだけの力ではない。家宝の雷鳴環による増幅と、なにより優秀な弟子との合わせ技よ』

雷爺《じい》に褒められてゼナさんが照れている。

『雷系の精霊に近い生き物のようじゃったし、弱らせて雷鳴環に捕らえてみてもよかったかもしれんのう』

『そんな事ができるのですか？』

『うむ、初代様は雷鳴環にエルフが召喚した雷精霊を捕らえて、使役しておったそうじゃよ』

『素晴らしい魔法道具なのですね』

『うむ、雷鳴環に認められ、主《あるじ》となる事ができる者は少ない。ゼナ、お前は数少ない資格者なんじゃよ。誇るがいい』

『そ、そんな。私なんてまだまだです』

ゼナさんが褒められすぎてテンパっている。

『それに引き換え、兄弟子のお前がそんな体たらくでどうする。このままではいつまで経《た》っても雷鳴環に認められんぞ。帰ったら、修練を二倍に増やす。良いな⁉』

雷爺が孫を叱《しか》り飛ばす。

いいとこなしだったルドルフが、『はい』と答えて項垂《うなだ》れている。

ゼナさんがフォローの言葉を囁《ささや》いていたが、精神的な余裕がないのか、邪険な扱いだ。

『……お師匠様』

そんなゼナさんが何かに気付いた。

『なんじゃ――あれを喰《く》らって生きておるのか？』

そう、雷獣は死んでいない。

空中に足場があるかのように、空高く浮かんでいる。

マップ情報によると、瀕死《ひんし》のダメージを負っているようだけど、まだ三体ともギリギリ生存していた。

『同属性では効きが悪かったようじゃな』

『ペンドラゴン子爵のところの嬢ちゃん達に手助けを頼んだ方がいいかもしれませんな』

渋い顔の雷爺の横で、キゴーリ卿《きょう》が乱暴に頭を掻《か》きむしった。

第二ラウンドに備えてゼナさんが魔力回復薬を呷《あお》り、神官達も慌てて支援魔法を再詠唱する。

『――ふむ』

雷爺の見上げる先で、雷獣達が首を巡らせ、中央小国群方面に飛んでいく。

飛行速度も速いようで、あっという間に空の彼方《かなた》に見えなくなった。

『追い払えたようじゃな』

『もう、セーリュー伯爵領には戻ってきてほしくないぜ』

雷爺が安堵《あんど》した顔で言い、キゴーリ卿が希望を口にした。

キゴーリ卿の言葉が聞こえたわけじゃないと思うけど、その日の夕暮れ頃《ごろ》までに雷獣を示すマーカーは中央小国群を超え、サガ帝国南部へと消えた。

なかなか行動範囲の広い幻獣だ。

「どうしてあなたがここに？」

「お祖父様がセーリュー伯爵にねじ込んだ。悪いが世話になる」

翌々日、ユーケル君の訓練最終日に、雷爺の孫ことルドルフがやってきた。

彼に渡された伯爵からの手紙に目を通す。

ユーケル君とレベルが変わらないから、一緒に訓練に参加させてほしいそうだ。ルドルフは一日だけのお試し参加で、期間が短いが無理矢理の参加なので、特別訓練半人分でカウントしてくれと書かれてあった。

「セーリュー伯爵らしい強引さね」

「ん、短慮」

横から手紙を覗《のぞ》き込んでいたアリサとミーアが呆《あき》れた声を漏らした。

「足手まといにはならん。私のレベルはユーケル殿よりも高い」

「そう？　二五くらいでしょ？　今はユーケルたんの方が高いんじゃない？」

「それはなかろう？　キゴーリ卿の話ではユーケル殿は訓練前にレベル一三ほどだったと聞いたぞ？」

アリサの言葉にルドルフが引きつった顔で言う。

「どうなの？」

「僕のレベルは二五です。昨晩、騎士ソーンに頼んで門にあるヤマト石で調べてもらいました」

ユーケル君が誇らしげに言う。

本人が秘密にしていたので話題に出さなかったが、彼は訓練が終わったら毎晩のようにヤマト石でレベルを調べていたらしい。うきうきと門衛の詰め所から帰る彼を、ナナ姉妹達がたびたび目撃していたのだ。

「そんな馬鹿《ばか》な。この短期間でそんなにレベルが上がるはずがない」

「いいえ、ユーケルの言っている事は事実です。私が証人になりましょう」

ユーケル君を疑われて、巫女《みこ》オーナがお冠だ。

「それとも私では証人になりませんか？」

「い、いいいえ。伯爵様のご息女を疑うような事は――」

巫女オーナの剣幕に、ルドルフもたじたじだ。

「ご主人様、どういたしましょう？」

リザがオレに耳打ちする。

今日は最終日だから、ユーケル君には養殖穴で増やした魔物を使って、一気にレベル三〇くらいまでパワーレベリングする予定だったんだけど、正規の対象者以外には見せたくない。安易に真似て、内実が伴わないレベル上げに走る者が出そうだしね。

まあ、巫女オーナにも見せにくいモノだし、今日の深夜にでもユーケル君だけを誘って行けばいいいか。

「予定を変更して、昨日までと同じメニューで頼む」

「承知いたしました」

「おっけー、経験値が勿体《もったい》ないけどしゃーないわね」

オレが方針を示すと、リザとアリサが素直に承諾してくれた。

ルドルフに参加を許可する旨を伝え、昇降機の方に移動する。

「確か筆頭魔法使いの孫だっけ？　魔法の属性は何？」

「得意とするのは雷魔法だ。術理魔法も少しは使える」

アリサの質問にルドルフが答える。

「お祖父《じい》さんは国一番の雷魔法使いっていうし、エリート魔法使い一家のサラブレッドって感じかしら？」

「優秀なのはお祖父様や死んだ父様だけだ。私には二人のような才能はない」

アリサの何気ない話に、ルドルフが過剰反応をする。

どうやら、彼は血筋や自分の才能にコンプレックスを持っているようだ。

「最近は才能のある従兄弟《いとこ》に、当主の座を譲れと言われる始末さ」

ルドルフが自虐的な言葉を吐く。

「他人と比べる事は無意味だと告げます」

「そうそう、自分の敵は自分って言うでしょ」

「ん、努力次第」

「才能がある者の言葉だ」

ナナ、アリサ、ミーアの言葉に、ルドルフがひがみ混じりに言い返す。

「レベル制の世界で才能なんてちゃんちゃらおかしい。才能がないなんて、レベルをカンストしてから言いなさい」

「『かんすと』？」

意味が分からなかったのかルドルフが首を傾《かし》げる。

「レベル一〇の天才もレベル三〇の凡才には敵《かな》わないって事よ」

「それはそうだが……」

「『レベルを上げて物理で殴れ』なんて言葉もあるでしょ」

アリサがどこかで聞いたゲーム格言を言う。

微妙に意味合いが違うし、それを魔法使いに言ってどうする。

「雷魔法が得意なら、虚仮《こけ》の一念でそれに専念すればいいのよ。ただの小火弾《ファイア・ショット》でも——」

アリサが素早く詠唱して、少し離れた壁に小火弾を放つ。

止める暇もない早業だ。

「——レベルが上がればこの威力よ！」

ドヤ顔するアリサの背後に炎が広がった。

熱風にアリサの髪が揺れる。金髪のカツラが取れないか心配になるレベルだ。

「こらぁあああ！　誰《だれ》だ、前進基地で攻撃魔法を使うバカモノは！」

兵士達が集まっている場所から怒声が響く。

「ごめんなさいいいいいいいいい！」

平謝りするアリサと一緒に、この場の責任者に頭を下げに行った。

まあ、魔物の接近を警戒している場所で、不用意に攻撃魔法を使ったら怒られるよね。

◆

『おいっ、こんな無茶をいつもやっているのか！』

『今日はまだマシな方ですよ』

訓練生達のパワーレベリングの合間の休憩時間に、ユーケル君達の様子を確認したら、早くもルドルフが音を上げていた。

ユーケル君の方は慣れてきたぶん、余裕がある感じだ。

『誇りなさい。それはユーケルが直向《ひたむ》きに打ち込んできた証《あかし》です』

『はい、オーナ様』

巫女オーナとユーケル君が見つめ合う。

『ちょっとぉ～、キックオフはサッカーだけにしてよね』

アリサがよく分からないぼやきを言う。

オレには意味が分からなかったけど、きっと昔の有名な漫画のネタに違いない。

『次、持ってきていい～？』

タマが魔物の攻撃を避《よ》けながらリザに尋ねる。

『遠慮はいりません』

『あいあいさ～』

リザが許可すると、タマが魔物をユーケル君の方に連れて行く。

それでも、わざとちょろちょろ蛇行して、ユーケル君が準備する時間を稼いであげている。

『――ユーケル、集中しなさい』

『はい、リザ師匠！』

ユーケル君が構えたタイミングでタマが影に潜り、彼女を見失った魔物が目の前にいたユーケル君にターゲットを変更する。

『ちょ、早い！　まだ魔力が回復していないぞ』

『泣き言を言う暇があったら、瞑想《めいそう》でもして魔力回復量を増やしなさい』

巫女オーナがルドルフを叱責《しっせき》する。

『魔刃が安定してきてる～？』

『はいなのです。ユーケルは頑張り屋さんなのですよ』

『そうですね。後は無駄に激しい魔刃を出す癖さえ抜ければ言う事はありません』

獣娘達が幼子を見る母親のような顔で見守っている。

『出番がなくて暇だと告げます』

『あはは、今日は新人がいるから、無理せず安全第一だもんね』

『これで安全第一だと⁉　ムーノの連中は常軌を逸しているとしか思えん』

『ルドルフ、瞑想を続けなさい。余計な事で集中を乱すようでは半人前です』

ナナとアリサの会話に反応したルドルフが巫女オーナに叱《しか》られている。彼はツッコミ気質らしい。

それはともかく、今日はルドルフに気を遣って、ペースをセーブしているようだから、あまり心配しなくて良さそうだ。

オレは意識を生身の視界に戻す。

その日の最後のパワーレベリングを終え、レベルアップ酔いをする訓練生達が目覚めるのを待っていると、リザ達がやってきた。

「どうしたんだい？」

トラブルがあったわけじゃないと思うけど。

「今日の訓練がほぼ終わりましたので、最後に――」

「ペンドラゴン子爵の技を見せてください」

リザの言葉に重なるようにユーケル君が喰い気味に言って、地面にぶつかりそうな勢いで頭を下げた。

「技、ですか？」

「はい！　『桜花一閃《いっせん》』を見せてください」

「キゴーリ卿あたりも使うのでは？」

わざわざオレに頼まなくても、シガ王国制式剣術の必殺技なんだし、領軍の騎士にも使える人がいるんじゃないだろうか？

「いいえ、僕は魔王に一撃を入れたというペンドラゴン子爵の技が見たいのです！」

ユーケル君が燃えさかる炎が見えそうな爛々《らんらん》とした瞳《ひとみ》で言う。

「ペンドラゴン子爵様、私からもお願いします」

「ご主人様、お願いできませんでしょうか？」

巫女オーナやリザもオレに懇願してきた。

「分かりました。お見せしましょう」

減るもんじゃないしね。

「タマ、獲物取ってくる～？」

タマがニンニンと言いながら広場の外に走っていく。

「釣ってきた～」

一分もしないうちに、レベル二〇級の敵を引き連れて戻ってきた。

ファミリーワゴンくらいのサイズをしたダンゴムシの魔物だ。

「げっ、あれはダメだ。剣が効かない魔物だぞ。■■■……」

「魔法は必要ありません」

ルドルフが魔法の詠唱をするのを制止する。

「よく見ていてください」

オレは妖精《ようせい》剣に魔刃を張り、ゆっくりとした動作で必殺技を発動する。

「――桜花一閃」

魔物の片側に生えた足を全《すべ》て切り落とす。

突進系の必殺技なので、技が終わった時には魔物の向こう側の離れた位置まで来ている。

「見えましたか？　もう一度行きますよ」

オレはそう宣言してから、桜花一閃を再発動して、残り半分の足を切り落とした。

足を失った魔物が地面でうねうねと転がる。

「それじゃ、実践してみましょう。瞬動は覚えていますね？」

「はい、覚えたばかりですが使えます」

この必殺技は瞬動を覚えているのが、スキル取得条件の一つなんだよね。

ユーケル君が魔剣に魔刃を張り、瞬動を使いながら見よう見まねで技を模した。

「動きがバラバラです。瞬動と剣の振りを一つの流れになるようにしてください」

「はい、師匠！」

ユーケル君が何度も繰り返す。

師匠になった覚えはないけど、必殺技を伝授しているから師匠呼びも、あながち間違ってはいないのかもしれない。

「瞬動による力を、剣を振る力に繋《つな》げるように意識してください」

「はい、師匠！」

愚直に言われた事をこなそうと頑張っている。

「ユーケル、がんば〜」

「もうちょっとなのですよ！」

タマとポチが手に汗握って応援する。

「ちょっと力みすぎ。自然体よ！」

「魔刃が途中で消えています。技に意識が奪われていますよ」

アリサやリザも助言している。

ユーケル君は素直で直向きなので、手助けしたくなるんだよね。

「——桜花一閃！」

「はい、今日はここまで」

「まだまだ行けます」

「これ以上は身体《からだ》を壊します。言いつけを守れないなら、教えるのを止《や》めますよ？」

「……はい、師匠」

ユーケル君の魔力が枯渇する寸前なので、強制的に止めさせた。

本人は必死で気付いていないかもしれないけど、彼の関節や筋肉繊維も壊れる寸前だ。きっと明日は筋肉痛だね。

「ユーケル殿、大丈夫ですか？」

「はい、これくらいで歩みを止めるわけにはいきません」

ユーケル君に肩を貸してやりながら、一緒に地上へと戻る。

「今日で特別訓練は終わりですが、私達がいない場所で同じような修行をしてはいけませんよ」

正確には今晩にでも養殖穴で最終パワーレベリングをさせるつもりだけど、それに満足せずに無茶をしそうな雰囲気を感じたので釘《くぎ》を刺しておいた。

「ですが……」

「ダメです。どうしてもというなら、第二期生達の訓練に同行してください」

ユーケル君がびっくりした顔をオレに向けた。

「仲間達と一緒に魔物を間引けば修行になるでしょう」

「……はい。はい、師匠！」

「よかったですね、ユーケル」

ユーケル君が嬉《うれ》し涙《なみだ》を腕で拭《ぬぐ》い、巫女《みこ》オーナがそんな彼にハンカチを差し出す。

「ペンドラゴン卿《きょう》はどうやって子爵になられたのですか？」

昇降機を待っている間に落ち着いたのか、ユーケル君がそんな事を尋ねてきた。

武勲については知っていたはずだから、それ以外の話を語る。もちろん、話しても問題ない範囲で、だけどね。

「……凄《すご》い。僕には到底マネできない」

ユーケル君が落ち込んだ。

「私のマネをする必要はありませんよ」

「その通りだ。私も君もまだ中堅に足を踏み入れた程度ではないか。共にレベル上げに勤《いそ》しもう」

どういうわけか、ルドルフも一緒にフォローしてくれた。

「……ルドルフ殿？」

「私は悟ったのだ。レベルを上げる事が近道だと」

ルドルフが虚空を見ながら演説する。

「むぅ？」

「心境の変化でもあったのかしらね」

「その通り！　私は目覚めたのだ」

ミーアとアリサのこそこそ話にルドルフが割り込んだ。

なんだか陰謀論信者みたいな事を言っているけど、大丈夫だろうか？

「あのような小さな子供でさえ、私よりも遥《はる》かに強いのだ。もちろん、血の滲《にじ》むような修行もしたのだろう。だが、その強さの根幹はレベルだ。私達よりも遥かに高いレベルが、それを支えているのだ」

ルドルフが熱弁する。

「まあ、間違っちゃいないわよ」

「レベルか……」

アリサが同意したのを聞いてユーケル君が考え込む。

「ユーケル殿、レベルを上げる前に、必要な修練を積まないとスキルを得られずに苦労する事になります」

「……はい、リザ師匠」

リザの助言に返事をしつつも、ユーケル君はレベルアップに興味津々だ。

「でも、僕は……」

ユーケル君の呟《つぶや》きを聞き耳スキルが拾ってきた。

きっと、巫女オーナに相応《ふさわ》しい人間になる為《ため》に、強くなりたいのだろう。

二人が結ばれる為にも、ユーケル君が何か大きな手柄を立てられたらいいんだけど。

◆

「本日で諸君の訓練は終了だ。今日までよくついてきてくれた。これより、訓練を卒業した証《あかし》を配る」

地上に戻ったオレ達は、訓練生達を整列させ、卒業証書の授与を行っている。

証書だけじゃ寂しいので、オレお手製の短剣を記念品として付けた。ごく普通の鋼鉄製だけど、ちゃんとした鍛造品だ。

一人一人名を呼んで渡していくと、感極まったのか、厳しい訓練がフラッシュバックしたのか、男泣きする者が何人もいた。

「セーリュー伯爵より、『明日から三日間の休暇を与える』との言葉を預かっている。しばらく休養して訓練の疲れを取り、原隊で遺憾なく訓練成果を発揮してほしい」

オレがそう言うと、訓練生達がビシッと敬礼を返してくれた。

「今日はこのまま解散とするが、明日の夕方に卒業記念慰労会を行うので、いつもの場所に集合してほしい」

冗談めかして言うと、クルト訓練生が「会場の予約はお任せください！」と発言し、「明日は朝から食事抜きで行きます」とか「綺麗《きれい》どころは呼ばないんですか？」とかリラックスした軽口が出る。

「では、これで解散する」

オレはそう宣言し、台の上から降りると、訓練生がオレを取り囲んだ。

「お前ら！　教官を胴上げだ！」

「「「応！」」」

最年長の訓練生が号令し、他《ほか》の訓練生達も笑顔でオレを胴上げする。

フィクションではよく見かけるけど、実際に胴上げされたのは初めてだ。

男臭い掛け声とともに揺さぶられているうちに、周りの笑顔に釣られてオレも声を上げて笑う。

こんなサプライズもたまにはいいものだね。

手柄

〝サトゥーです。ゲームには時折、絶対に勝てないような強敵と遭遇する事があります。悪名高い「強制負けイベント」もありますが、中には戦闘以外の交渉で切り抜けるパターンもあるようですね。〟


「あら？　ご主人様もこっちに来たの？」

「上の訓練生はミーア達に任せてきたよ」

特別訓練生の訓練場所に来たら、アリサが手を振って出迎えてくれた。

第一期の訓練生達が卒業し、ユーケル君とともにその強さを領軍の演習場で発揮してくれたお陰で、第二期の訓練生からはオレ以外の「女子供」から教わる事に拒否感がなくなっていたので、ミーアと護衛のルル、それとナナ姉妹の過半数に訓練を指導させている。

「大丈夫かしら？」

ミーアは口下手だし、ルルは遠慮がちだからアリサが心配を口にする。

「指示出しはアディーンがするから大丈夫だろう」

「ああ、あの子なら大丈夫そうね」

ナナ姉妹の長姉であるアディーンは、妹達への指示出しに慣れているからね。

「やっほ〜?」

「じゃじゃじゃーんなのです!」

天井から降ってきたタマとポチを受け止めてやる。

「ないすきゃっち〜」

「ポチは捕まっちゃったのです」

タマの影魔法で天井に移動して、びっくりさせようとしたらしい。

「悪い子はこうだ!」

びっくりした顔で固まっていたアリサが、オレに抱えられたタマとポチをくすぐる。

「にゃははは〜」

「く、くすぐるのは反則なのです! ポチはくすぐられのプ——あはははははは」

タマがきゃっきゃと喜び、プロと言い切る事もできずにポチも笑い出す。

「マスター、訓練中だと告げます」

一緒になって笑っていたら、ナナに叱《しか》られてしまった。

いつの間にか訓練生達の注目が集まっており、リザも困り顔でこっちを見ている。

「ごめんごめん」

「訓練後に私もくすぐってほしいと懇願します」

ナナが両手を開いて「さあ」と言いたげな顔でオレを見た。

「終わったらね」

「イエス・マスター」

ナナが無表情ながら満足そうに頷《うなず》く。

「ナナさんをくすぐる?」

「エロい。それはエロすぎる」

「くそぅ、貴族汚い、羨《うらや》ましすぎるぅぅううう」

訓練生達が血涙を流しそうな顔でこっちを見てきた。

こそこそと聞こえないように小声で言っているみたいだけど、オレの聞き耳スキルがばっちり拾っている。

「こっちは順調か?」

「ええ、人数が増えたからペース管理が大変だけど、それはタマが上手《うま》くやってくれているわ」

アリサに進捗《しんちょく》を尋ねる。

ユーケル君の成果に味を占めたのか、伯爵は特別訓練生の人数を大幅に増員させた。

お陰で、本来の目的である獣人奴隷達の解放が、予定よりかなり早く実行できそうだ。

「次の第三期の訓練が終わったら、獣人達をムーノ伯爵領に連れて行くのよね? 人数が多いから護衛が結構いるんじゃない?」

「それなら大丈夫だよ。ニナさんに頼んで、北回りの大型飛空艇で運べるように根回ししてもらったから、第三期訓練の数日後にはそれで移民できる」

ムーノ伯爵領のニナ・ロットル執政官はやり手だから、予定より前倒しで派遣してもらえたんだよね。

「そこ！　接敵前に魔法で削る時は、前衛の挑発スキルが発動できるように声を掛けなさいって言ったでしょ！」

アリサが魔法使い訓練生を叱り飛ばす。

「ごめん、ご主人様。ちょっと指導してくる」

アリサがそう言って、訓練生の後衛達の方へ走っていった。

今回は前衛が六人、後衛が四人で、前衛は全員騎士達——もちろん、サボリ騎士のピンカーロは含んでいない。後衛のうち三人が魔法使いで、残り一人は従軍神官だ。

人数が増えた分、色々と大変だけど、やっている事の基本は変わらない。

ユーケル君や巫女オーナがオブザーバーとして参加しており、訓練生達とオレ達を繋《つな》いでくれている。

訓練期間中に何度か危ない場面もあったが、オレが出るまでもなく仲間達が解決してくれた。

懸念事項といえば一つだけ——。

「漆黒の脅威、ですか？」

「はい、今朝のお祈りで、パリオン神から啓示がありました」

巫女オーナが不穏な神託を受けた事だろう。

「迷宮に現れたという黒の上級魔族の事でしょうか？」

「そこまでは分かりません。私に届いたのは、漆黒の何者かと破壊のイメージだけでした」

オレがこの迷宮で倒した「黒の上級魔族」が復活するのか、あるいは同種の魔族が現れる可能性を考慮して、定期的にマップ検索をして警戒するとしよう。

◆

そして、第二期の最終日――。

「なんだか嫌な感じ～？」

養殖穴でのパワーレベリングを終え、休憩中にタマが床をゲシゲシと蹴《け》りながら言った。

「……ご主人様」

「ああ……」

仲間達と頷き合う。

こういう時のタマの勘は侮れない。

案の定、マップ検索すると最下層に下級魔族がいた。巫女オーナの神託にあった「漆黒の脅威」関係の可能性が高い。

それにしても、訓練前の検索ではいなかったのに、いつの間に入り込んだのやら。

「魔族だ」

「マジで？」

訓練生達に聞こえないように小声で仲間達と情報共有する。

オレは魔族にマーカーを付け、空間魔法の「遠見《クレアボヤンス》」と「遠耳《クレアヒアリス》」で確認した。魔族による対探知に備えて、距離は少し離してある。

「――げっ」

遠見を介して見た魔族は、巨大な目玉に腕と羽を生やした姿をしている。

この迷宮を創り出したワテクシ魔族とそっくりだ。

「どうしたの？」

「前に見た事がある魔族だった」

問いかけるアリサにそう答え、何かに思い当たった顔のリザに頷く。

これでリザにも伝わるだろう。オレは説明を切り上げ、魔族の会話に耳を傾ける。

『ワチクシ、報告を命令』

――ちょっと違う？

ワチクシ魔族が叫ぶと、地面から目玉に羽が生えたタイプの小魔族《インプ》達が現れた。

『報告？』『順調』『純情』『愛情』『愛憎』『憎悪』『陰謀』

小魔族達がワチクシ魔族の周りで踊り狂いながら、連想ゲームのような意味不明な言葉を重ねる。

『ワチクシ、立腹』

ワチクシ魔族が小魔族の一つを殴りつけ、地面と挟んでべちゃっと潰《つぶ》した。

小魔族達が慌てて踊りを止《や》め、ワチクシ魔族の前に整列する。

『ワチクシ、訓示。迷宮種《ダンジョン・シード》デ、迷宮ヲ創った理由ヲ。ワチクシ、忘却禁止』

腕を組んだまま指を立て、ワチクシ魔族が偉そうに語っている。

もしかしたら、このまま物語の悪党よろしく、悪事の内容をべらべらと語ってくれるかもしれない。

『ワチクシ、確認。述懐命令』

『魔王?』『マオー』『戦争?』『竜ヲ』『コロセー』『ヤッチャエー』

小魔族達が口々に言う。

迷宮を創った理由が魔王? 竜の谷の竜族と戦争をする為《ため》に?

断片すぎる上に、小魔族達の言葉が適当な感じなので、どこまで信じていいか迷う。

『ワチクシ、静粛希望』

罵声《ばせい》大会になった小魔族をワチクシ魔族が黙らせる。

それでも罵声を止めなかった小魔族を、さっきのように拳《こぶし》で叩《たた》き潰して無理矢理に黙らせた。

『ワチクシ、告知。魔王ノ種、消失。ワチクシ、作戦変更』

『変更』『へんこー』『へんへん』『こーこー』

小魔族達がからかうように踊り出す。

『ワチクシ、静粛命令』

小魔族達も学習したのか、ワチクシ魔族が拳を振り上げた瞬間に口を閉ざし動きを止めた。

ワチクシ魔族は半眼になった後、初志貫徹で拳を適当な小魔族の頭に振り下ろして叩き潰してしまった。

小魔族達がざわっとしたが、ワチクシ魔族に睨《にら》み付けられて怯《おび》えたように黙る。

魔族はパワハラが横行する理不尽な階級社会らしい。

『ワチクシ、宣言。主様《あるじ》の復活は近イ』

『主様』『復活』『歓喜』『乾期』『カラカラ』『クルクル』『ヒャッハー』

ワチクシ魔族の言葉に小魔族が歓喜の踊りを舞う。今度はワチクシ魔族も止めない。

なるほど、巫女《みこ》オーナの神託は魔族達の主様——黒の上級魔族が復活するという事のようだ。

『ワチクシ、命令。必要ナ素材、覚えているカ？　ワチクシ、確認』

『竜ノ逆鱗《げきりん》』『雷獣ノ雫《しずく》』『闇炎《あんえん》ノ灯火《ともしび》』『最後ニ』『怨嗟《えんさ》ノ魂』『タップリ』『タップー』

——闇炎？

もしかして、ヨウォーク王国に現れた偽王「背徳妃」が使っていた闇炎の事か？

『ワチクシ、命令。素材ヲ提出せヨ。ワチクシ、督促』

小魔族達が目玉の中に羽を突っ込んで、中から素材を取りだしてワチクシ魔族に渡していく。

『竜の逆鱗ハ？　ワチクシ、立腹』

『マダカ？』『モウスグ？』『モウスグ！』

素材が足りないのを怒りだしたワチクシ魔族を見て、小魔族達が慌て出す。

言い訳する小魔族の頭上に、ワチクシ魔族が腕を振り上げる。

『キタ』『キタ、ゾ』『最後ノ』『ヒトツ』『トドイタ』『ドイター』

——最後の一つが届いた？

小魔族達が天井を羽で指し示して主張する。

『ワチクシ、把握。我ら疾《と》く回収。ワチクシ、勤勉！』

『把握』『回収』『勤勉』『ベンベン』『キンキンキン』『カイシュー』

ワチクシ魔族が消え、小魔族達もその場から消えて行く。

マップを切り替えて確認すると、ワチクシ魔族達が地上に移動していた。

「魔族が地上に出た」

「ヤバイじゃん」

「たいへんたいへん～？」

「とってもデリンジャラスなのです！」

ポチが慌てすぎてちょっと混乱している。

「子爵様、何かあったのですか？」

オレ達が顔をつきあわせていると、巫女オーナがやってきた。

神託の巫女だけあって、何かを感じ取ったのかもしれない。

「厭《いや》な予感がします。地上へ戻りましょう」

「分かりました。すぐにユーケル達を起こします」

神託の件があったからか、巫女オーナの決断が早い。

巫女オーナとともにユーケル君や訓練生を叩き起こす。

そろそろ覚えたての新しいスキルも馴染《なじ》んだはずだし、ちょっとの疲労感は許してほしい。ここに置いていくわけにはいかないしね。

「先に上がる。ナナは殿《しんがり》を頼む」

「イエス・マスター」

オレは獣娘達とアリサを連れて一番に上がる。

ユーケル君と巫女オーナも一緒だ。

「ご主人様、ルル達にも伝えておいたわ」

アリサが小声で耳打ちする。

さすがはアリサだ。

◆

「鐘の音が聞こえる～？」

「大勢のヒトが怖がっている声がするのです」

地上へと通じる部屋には、外から警鐘の音と喧噪《けんそう》が届いていた。

「急ごう」

慌てて外に出ると、上空を雷獣がフライパスして城の方に消えた。

それを追いかけるように、極太のビームが通り過ぎる。

「――こっちに集まれ！」

オレはそう叫びつつ、「防御壁《シェルター》」の魔法で近くの人達を守った。

それに少し遅れて、衝撃波と轟音《ごうおん》がオレ達や周囲の人や建物を襲う。

屋根が剥《は》がれ、地面の上にあった物が吹き飛ばされる。さすがに人が吹き飛ばされるほどではなかったが、風圧に負けて地面に転がっている人が多い。

柱や柵《さく》に掴《つか》まって風に耐える者もいて、その一人である女性神官のスカートがヤバいレベルでまくれ上がっていたので、魔術的な念動力《サイコキネシス》である「理力の手《マジック・ハンド》」で問題ない場所まで戻してやった。

仲間達や巫女オーナはオレの使った「防御壁」に守られているので、風でスカートがまくれるような事はない。

最初の突風が終わった所で、「防御壁」を解除して外に出る。

とっさに魔法を使ってしまったけど、気にしている者はいないようだ。

「さっきの光は魔物か?」

「恐らくはそうでしょう。城へ行きましょう、ユーケル」

「はい、オーナ様!」

ユーケル君が厩《うまや》に預けてあった自分の馬に飛び乗り、巫女オーナを乗せて駆け出す。

なかなか判断が早い。

「わたし達も追う?」

アリサが風に乱れる髪を押さえながら聞いてきた。

「あそこ、行こ~?」

「塔の上なら何か分かると思うのです！」

「よし、行こう！」

マップを開こうとした手を止め、タマとポチが指し示した塔の上に向かう。

丁度、手頃《てごろ》な足場が幾つもあったので、正規の階段は使わずにショートカットした。

「あんびりーばぼ～？」

「お城が大変なのです！」

先ほどの光線が激突したのか、城の尖塔《せんとう》が一つ折れて燃えている。

――GWLBORBBBOOOUNN！

漆黒の巨体がレーダー圏外から急接近してきた。

傍《そば》を飛びすぎただけなのに、風圧で塔から落ちそうだ。

「へいろん～？」

「黒竜のヒトなのです！」

そう、さっきの漆黒の巨体は黒竜へイロンだ。

マーカーが付いているので、黒竜違いではない。

――GWLBORBBBOOOUNN！

「黒竜殿はあのビカビカした光を追っているのでしょうか？」

「たぶんね」

リザが言うように、黒竜は執拗《しつよう》に雷獣を追っている。

「マスター、あのビカビカはなんですかと問います」

「雷獣だよ」

マップ情報によると、ゼナさん達が戦った個体とは別のヤツだ。マーカーが付いていない。オマケに状態が「憑依《ひょうい》」になっている。さっきのワチクシ魔族達と合流しようとしているみたいだし、雷獣に憑依しているのは魔族に違いない。

「やっと追いついた」

アリサがぜいぜい言いながら階段を上がってきた。

走ったにしては早いから、塔の中で短距離転移《ショートレンジ・リープ》を重ねたのだろう。

オレはアリサに黒竜が雷獣を追っていると告げる。

「――きゃ」

旋回してきた黒竜が近くを通り過ぎる。

直径数キロもある大きな都市も、黒竜にとっては箱庭に等しい。

「呼びかけないの？」

「さっきからやってる」

空間魔法の「遠話《テレフォン》」で黒竜に呼びかけているが、一向に応答がない。

「あ！　なのです」

黒竜の「竜の吐息《ドラゴン・ブレス》」が、雷獣を狙《ねら》って水平に空を薙《な》ぐ。

それだけで空が焼け、熱風がセーリュー市を蹂躙《じゅうりん》する。

「目が赤い！　怒りに我を忘れているんだわ！」

アリサが大根役者の演技で言う。

たぶん、名作ファンタジー映画のワンシーンをパロったのだろう。

焼けた空の赤が映って確かに瞳《ひとみ》が赤く見えるけどさ。

「首の鱗《うろこ》が剥がれてた～？」

「はいなのです！　ポチも見たのですよ！」

さっきの接近で、黒竜が血を流していたと二人が言う。

遠見で見たら、確かに黒竜の首辺りから血が流れている。あれは逆鱗があるあたりだ。

どうやら、雷獣に逆鱗を剥がされて怒り狂っているらしい。

「ヤバいわね」

雷獣が城の周囲を旋回し、それを追いかける黒竜が周辺に大被害を与えている。

「勇者する？」

アリサの言葉に仲間達が目を輝かせた。

「待ってください。セーリュー伯爵はご主人様が勇者だと疑っているのではありませんでしたか？」

「あ！　前の訪問の時にそんな事を言われたって言ってたわね」

リザとアリサに首肯する。

すぐさま勇者ナナシで出撃したいところだが、セーリュー伯爵に銀仮面サトゥー説を匂《にお》わされたので躊躇《ちゅうちょ》してしまう。クロで出撃する手もあるけど、サトゥー＝クロ説を蒸し返されても困る。

「なら、わたしが鼻先に上級の火魔法を放って注意を引くから、ご主人様が説得すればいいわ」

アリサが頼もしい事を言う。

「オレ達も城に向かうぞ」

仲間達に声を掛け、アリサを抱えると走り出す。

「マスター、城に結界が張られたと告げます」

ナナが言うように、城を半球状の巨大な障壁が覆っている。

これで、少なくとも城は大丈夫そうだ。

「ご主人様！」

「サトゥー！」

内壁の手前で、シルフに乗ったミーアとルルが追いついてきた。

「アディーンさん達はリザさんの知り合いの護衛に残りました」

ルルが報告してくれた。

それなら迷宮から魔物が氾濫《はんらん》しても、オレ達が救出に向かうまで安全を確保できる。

『ワチクシ、襲撃！　インプ達は陽動ヲ。ワチクシ、回収！』

『陽動』『行動』『破壊』『活動』『放火』

どこかから魔族達の声が聞こえてくる。

「ご主人様、あちこちから火の手が上がってます」

ワチクシ魔族に指示された小魔族が、都市のあちこちで陽動を始めたらしい。

「皆《みんな》は魔族の対処に向かってくれ！　オレはアリサと黒竜を止める」

皆が「応」と異口同音に答え、魔族の陽動を止めに散っていく。

「見えた」

「行くわ――多弾連続火球《マルチプル・ファイア・ボール》！」

黒竜の鼻先にアリサが花火のように派手な魔法を放った。

――GWLBORBBBOOOUNN！

黒竜は多弾連続火球の爆発の中を突っ切り、苛立《いらだ》たしげに咆哮《ほうこう》を上げると、こちらを見る事なく雷球の雨を降らせてきた。

「のわわわわっ」

「大丈夫だ」

オレは余裕の動きで雷球を回避した。

雷球は広いメインストリートに着弾し、石畳が幾つも幾つも砕け散る。

「静電気がぁあああ、髪の毛が爆発するぅううう」

確かに肌がぴりぴりする。

『ヘイロン！　オレだ！　クロだ！』

オレは風魔法の「風の囁《ささや》き」を使い、竜語で黒竜に呼びかけた。

だが、反応がない。黒竜は完全に怒りで我を忘れているらしく、オレの事を認識できていないようだ。

雷球で報復して満足したのか、黒竜は雷獣の追跡に集中する。

「子爵様！」

騎乗したユーケル君がこっちに来る。

一緒にいたはずの巫女《みこ》オーナがいない。

「オーナ様はどうされたのですか？」

「神殿の聖域に入られました。神託と奇跡を願いに……」

ユーケル君が苦い顔で視線を下げる。

「一緒にいなくていいのですか？」

「神殿に僕がいても何もできません。せめて子爵様を手伝わせてください」

「手伝いと言われても――」

遠距離攻撃が使えないユーケル君がいても、できる事はほとんどない。

「囮《おとり》になるくらいはできます」

そんな事をしたら、レベル三〇を超えたばかりのユーケル君では、一瞬で消し炭にされてしまう。

――そうだ。

オレの脳裏にピンチをチャンスに変えるアイデアが浮かんだ。

「ユーケル殿にお願いがあります」

そう切り出し、仲の良い羊飼いや牧場主に頼んで、山羊《やぎ》や羊を集めてきてくれと伝えた。

飲み会の時にユーケル君と彼の友人達が言っていた話を思い出したんだよね。

「や、山羊や羊ですか？」

「そうです。重大な任務ですがお願いします」

オレはそう言って、金貨の詰まった袋をユーケルに押しつける。

山羊は黒竜の大好物だ。食いしん坊の黒竜なら、山羊に反応するに違いない。

「重大？　本当に？」

戸惑うユーケルに首肯し、間違いなく重要だと太鼓判を押して送り出した。

「ご主人様、もう一度やる？」

「ああ、でも、ここからやると住民に被害が出そうだから、抗竜塔のある荘園の方でやろう」

オレはそう言って荘園の方にある塔に登った。

抗竜塔は軍関係の人間が詰めているので、風車塔の一つを選んだ。


「ご主人様、あれ！」

——ＧＷＬＢＯＲＢＢＢＯＯＯＵＮＮ！

アリサの声と黒竜の咆哮が重なる。

黒竜の放った「竜の吐息」が、一撃で城の結界を撃ち抜いた。

上級魔族の攻撃でも一撃や二撃は耐えると言われているのに、黒竜のブレスはそれ以上の威力があるようだ。

雷獣が新しく張られた城の結界の中に滑り込む。

――GWLBO。

黒竜の横腹に幾条もの熱線が命中した。

竜鱗《りゅうりん》の表面に浮かんだ障壁が、熱線を浴びて赤く染まる。

もっとも、黒竜の鱗や身体《からだ》にダメージはない。

「――魔力砲？」

「あっちからよ！」

アリサが指さすのは荘園の方向だ。

たぶん、荘園にある抗竜塔の大型魔力砲に違いない。

オレが風車塔を上がると、黒竜の尻尾《しっぽ》で薙《な》ぎ払われる抗竜塔が見えた。

「アリサ、注意を引くぞ」

「ここで引いて大丈夫？」

「ああ、ここなら市街地に被害が行く事はない」

アリサが多弾連続火球を使い、オレもそれに重ねて火炎嵐《ファイア・ストーム》を撃ち込む。下級魔法は黒竜に無効化されてしまうとはいえ、さすがに中級攻撃魔法を命中させたらヤバイので少し逸《そ》らした。

――GWLBBBOOO！

黒竜が初めて悲鳴を上げた。

オレ達が放った火炎嵐は、掠《かす》めただけで黒竜の障壁を焼き払い、竜鱗の何枚かを焼いたようだ。

「ご主人様の火魔法って、エグい火力ね」

「二人の魔法の相乗効果じゃないか？」

「そういう事にしておいてあげるわ——来るわよ」

黒竜がブレスの発射モーションに入っている。

オレは「自在盾《フレキシブル・シールド》」を最大数の三二枚出して、自分と塔をブレスから守った。

「のわぁあああああああああああ」

真っ正面からの「竜の吐息」の迫力に、アリサが悲鳴を上げる。

一スタック八枚重ねの自在盾、四スタックをオレ達の正面で全《すべ》て重なるように配置したので、わりと余裕で防げた。

それぞれ二枚ずつの自在盾が消し飛んだけど、想定の範囲内だ。

前に黒竜と戦った時に立てた見積もりがぴったりだったのに、ちょっとした満足感を覚える。

——GWLBORBBBOOOUNN！

ブレスが通じなかったのがプライドを傷付けたのか、距離を取って魔法の連打に変わった。

接近して爪《つめ》攻撃や尻尾攻撃、そして必殺の牙《きば》を使わないのは、さっきの火魔法を警戒しての事だろう。

「怒り狂っている割りに冷静だね」

「——っていうか、ご主人様こそ、この猛攻によく冷静にしてられるわね。下手したら上級魔族よりヘビーな攻撃よ？」

「成竜相手だしね」

さすがに狗頭《くとう》や猪王は別としても、へたな魔王よりも攻撃力は高いと思う。

オレとアリサは牽制《けんせい》の火魔法で気を引きつつ、黒竜の魔法は全て自在盾で受け流すというパターンで時間稼ぎをする。

「ご主人様、城の方でチカチカしてる」

「雷獣と領軍が戦っているんだよ」

魔力に余裕がある事だし、空間魔法の「遠見」で向こうの様子も確認する。

都市核《シティ・コア》の儀式魔法で強化したのか、キゴーリ卿《きょう》が別人みたいになっていた。城の壁や塔を足場にして、空中を駆ける雷獣と互角に戦っている。ヒカルが言っていた逸失魔法の「超人強化《ヒーロー・プレイ》」がこんな感じだろうか？

雷爺《じい》とゼナさんを始めとした魔法使い達も、雷獣に阻害魔法を使ったり魔法障壁で進路妨害したりしてキゴーリ卿を支援していた。城の敷地内なので、高威力の魔法が使いづらいのだろう。

「気になるけど、こっちもおろそかにできないしっ」

アリサが城の方を気にしだした黒竜に牽制の火魔法を使う。

「大丈夫そう？」

「今のところは、ね」

それでも一向に雷獣に大きなダメージを与えられずにいる。

「不安材料でもあるの？　魔族が憑依《ひょうい》しているから？　でも、前に雷獣三体を蹴散《けち》らしたのよね？」

「こっちの雷獣の方が、だいぶ格上なんだよ」

魔族が憑依しているからかもしれないけど、この雷獣はレベル四二もある。サイズも二回りほど大きいし、あの雷獣達の親という可能性が高い。

「リザさん達に手伝ってもらう？」

「そうだね――」

オレはマップを確認する。

幸い、リザ達はもう少しで小魔族の掃討を終えそうだ。

リザに「遠話」でゼナさん達の応援を要請しようと魔法欄を開いた時、従軍神官を庇《かば》ったキゴーリ卿が雷獣の大技を食らって倒されてしまった。

雷獣の動きが止まった隙《すき》に雷爺が、見た事がない単体攻撃型の雷魔法で大ダメージを与えたが、カウンター攻撃を食らって、近くにいた孫と一緒に吹き飛ばされたようだ。

ゼナさんが風魔法で雷獣を牽制しながら、雷爺の下に駆け寄る。

これはちっとヤバイ状況だね。

「リザ、悪いけどそっちは他《ほか》の子に任せて城に向かってくれ」

『承知！』

リザが理由も聞かずに引き受けてくれた。

マップを見た限り、近くにいたナナも一緒に城に向かっている。

「ご主人様、こっちも痺《しび》れを切らしてきたみたいよ」

「八つ当たりを始めたか」

オレが攻撃を防ぎすぎたせいか、黒竜が攻撃魔法を抗竜塔に散らし始めた。

今のところ、抗竜塔へは散発的な攻撃なので、塔に備えられた拠点防衛用の障壁で耐えられているようだ。

『ヘイロン！　こっちだ！』

声に挑発スキルを篭《こ》めて竜語で叫んでみた。

攻撃が再びオレ達に集中するが、すぐに他に散ってしまう。

そのたびに、挑発を繰り返し、注意を引き直す地道な作業を続ける。

「あれって、リザさん達じゃない？」

「間に合ったようだね」

セーリュー伯爵が操作したらしく、リザ達が城門に辿《たど》り着いた時だけ、障壁に穴が空いて彼女達を迎え入れてくれた。

「相性が悪いか……」

雷獣は野生の勘でリザを脅威と判断したらしく、キゴーリ卿の時のように低い高度を飛ばなくなってしまった。

二段ジャンプしたナナを土台にして、さらに高空へ飛ぶ方法で一度は肉薄できたのだが、瞬動並みの速度で空を駆ける雷獣に、ギリギリで避《よ》けられてしまっている。

今は魔刃砲で攻撃しているが、牽制にしかなっていない。

「わたしが転移で行ってこようか？」

「いや、ルルとミーアも向かっているから、そこまでしなくていい」

雷獣からの攻撃はナナが全部防いでくれているから、攻めあぐねているだけで危機的状況というほどじゃないからね。

――あれ？

ゼナさんとリザが何か言い争ってる。

気になったので、「遠耳」の魔法も重ねてみた。

『分かっています。雷獣の注意が私に向いたら実行してください』

『ゼナ様、危険です』

『囮なら私が』

『ただ囮になるのではありません。私にも師匠から託された雷鳴環があります』

ゼナさんの腕には、鉱山都市の雷獣戦で雷爺が身に着けていた秘宝《アーティファクト》があった。

『ですが――』

『リザ、私を信じてください』

『――分かりました。ですが、決して無理はしないとお約束ください』

『はい、無理はしません』

無理をしないと言うゼナさんの表情からは、無理をするしかないという決意を感じる。

リザの表情を見る限り、それは彼女も分かっているようだ。

『■■……■　飛行《フライ》！』

詠唱を終えたゼナさんが飛行魔法で舞い上がった。

雷獣がゼナさんに気を取られた隙を逃さず、リザが近くの塔を駆け上がり、最上階から空歩で雷獣に急接近する。

『――螺旋槍撃《らせんそうげき》！』

雷獣が慌てて回避行動を取ったが、リザの一撃から逃げ切る事はできず、螺旋槍撃で後脚を吹き飛ばされた。

『……■　雷　掌《サンダー・ストライク》』

ゼナさんが紫電を纏《まと》った手で、雷獣の背を殴りつけた。

不意を突かれた雷獣が地面に落ちる。

『シールドバッシュと告げます』

ナナが地上で雷獣を打ち据える。

その背にゼナさんが着地した。

『吸　雷《サンダー・ドレイン》！』

ゼナさんが詠唱を終えていた魔法を発動する。

雷獣がゼナさんの身に着けた雷鳴環に吸われていく。

『――くぅうう』

雷獣が暴れる度に紫電が舞い散り、ゼナさんの手や腕を傷付ける。

その雷獣から魔族が飛び出した。

『ワテキシ、危機察知。速やかに脱出。ワテキシ、臨機応変』

目玉に足が生えた気持ち悪い姿をしている。

『逃がしません』

瞬動で肉薄したリザが、魔槍《まそう》で魔族を地面に縫い止めた。

魔族は翼を生やして必死で逃げようとするが、リザが妖精鞄《ようせいかばん》から出した紅《くれない》鋼《はがね》の槍《やり》で両翼を切り落とす。

『ゼナ様、トドメを！』

リザはトドメをゼナさんに譲るようだ。

——おおっ？

雷獣を雷鳴環に吸収し終わったゼナさんが、少年漫画で覚醒《かくせい》した主人公のハイパーモードみたいだ。解《ほど》けた髪の毛が静電気で凄《すご》い事になっているし、全身がネオンみたいに光っている。

……あれは大丈夫なんだろうか？

詠唱を終えたゼナさんが、雷鳴環の嵌《は》まった腕を天に向ける。

『落雷《コール・サンダー》！』

雷鳴環で増幅された落雷が、魔族を消し炭に変える。

凄い威力だ。雷鳴環に雷獣を吸収したせいで、威力が劇的に上がっているようだ。

「——ゼナ様！」

「ありがとう、リザ。私は大丈夫です」

魔力の使いすぎでふらついたゼナさんをリザが支える。

リザやナナのサポートがあったとはいえ、ゼナさんは魔族を倒せるくらい強くなっていたらしい。

オレは内心でゼナさんに拍手を送り、彼女の戦果を讃《たた》える。あとはレベルがもう少し上がれば、仲間達と一緒に戦えるようになりそうだ。

頑張り屋のゼナさんなら、それはきっとそう遠くない未来の事だろう。

◆

「さて、残るはこっちか――」

遠距離攻撃で通じないのを悟ったのか、黒竜が接近戦を挑んできた。

怒り狂っているとはいえ、必殺の牙攻撃は急所が無防備になるので自重してくれている。そのお陰で、なんとか自在盾の補充が間に合っている感じだ。

でも、そろそろ痺れを切らして「全てを貫く」竜の牙を使ってきそうで油断できない。

「ご主人様、来たわ」

アリサがオレの袖《そで》を引く。

黒竜がついに突っ込んできたのかと思ったら、ユーケル君が大量の羊と山羊《やぎ》を連れて戻ってきたようだ。

「マリエンテール卿！　羊と山羊を荘園に放ってください！」

オレは拡声スキルでユーケル君に指示する。

彼は一緒に来ていた羊飼いに言って、羊と山羊を荘園に放った。

羊や山羊が途中で戻ろうとしたが、アリサに言って空間魔法で進路を限定して追い立ててもらう。

――GWLBORBBBOOUNN！

山羊や羊に気付いた黒竜の目の色が変わった。

さっきまでとは明確に雰囲気が違う。

「――おっ」

黒竜が空中で急制動して、慌てたように急降下する。

ズドンと大地を揺らして着地した黒竜が、涎《よだれ》を撒《ま》き散らしながら山羊や羊を貪《むさぼ》り喰《く》う。

「うわっ、なんか夢に見そう」

アリサが口を押さえて顔を背けた。

気持ちは分かる。スプラッタな光景が荘園を猟奇色に染めているからね。

――RWULOOOUUUNN！

黒竜が先ほどまでと打って変わって、ご機嫌そうな声で一声吼《ほ》える。

もしかして、正気に戻ったのかな？

『ヘイロン、聞こえるかい？』

『――うん？　この声はクロか？　どこにいる？　こっちに来い。ご馳走《ちそう》があるぞ』

オレが風魔法の「風の囁き《ウイスパー》」で黒竜に呼びかけると、上機嫌な声が返ってきた。

『分かった、すぐ行くよ』

オレは魔法を終了し、風車塔を降りてユーケル君と合流する。

移動しながら「遠話」でリザ達に連絡を入れ、黒竜に「遠話」を繋《つな》ぎ直す。

『クロは珍しい魔法を使うな』

『人族は竜語が分からない者が多いからね。不審に思われないように、魔法越しに話しかけるけどいいかな？』

『構わん。些末《さまつ》な事だ』

黒竜が大雑把な性格で助かった。

ユーケル君を連れて、黒竜のいる荘園に向かう。

移動しながら、黒竜の逆鱗《げきりん》を剥《は》がした魔族は既に処分済みだと伝えておく。黒竜は自分で報復できなかった事が不満なようだったが、大好物の山羊の前では怒りが長続きしないらしく、分かったとだけ返事がきた。

「ぺ、ペンドラゴン卿《きょう》、本当に大丈夫でしょうか？」

「大丈夫ですよ。ほら、上機嫌に咽《のど》を鳴らしているじゃないですか」

「そうなのか？　あれは威嚇の唸《うな》り声じゃ？」

「違いますよ」

腰が引けているユーケル君を宥《なだ》め賺《すか》しながら、黒竜の前に出る。

『クロ、その人族は誰《だれ》だ？』

『彼はユーケル。この山羊や羊はユーケル君からの見舞いだ』

『そうか、良いヤツだな』

黒竜が首を巡らせ、ユーケル君の眼前に鼻先を向ける。

「ぺ、ペンドラゴン卿」

「山羊のお礼を言っているんですよ」

「本当か？」

「本当です」

だから、抱き着いてくるのは止《や》めてください。

『クロ、宴《うたげ》をするぞ！　その人族も一緒に楽しめ！』

黒竜が長々と歌うように吼えると、地面が凹《へこ》み鏡状に変わる。

しばらくすると、中央から清水が湧《わ》き出てきた。

透明な清水が徐々に緑色に染まり、メロンソーダのような色の透き通った酒に変わる。

「泉が湧いた？」

「これは竜泉酒というお酒です」

「竜泉酒？　勇者ダイサクの物語で出てくる幻の酒ですか？」

勇者ダイサク……変なところで伝説を残さないでほしい。

「せっかく黒竜が用意してくれたんです。一緒に飲みましょう。湧きたての竜泉酒は格別ですよ」

オレはストレージにあった「幻の青」の酒杯に竜泉酒を汲《く》み、一つをユーケル君に渡す。

「ご主人様、一口ちょーだい」

「一口だけだぞ？」

「わーってるってば——くぅ、やっぱ美味《おい》しいわ」

たくさん飲ませたら前みたいになるので、約束通り一口で酒杯を取り上げた。

「もうちょっと飲みたいけど——」

「ダメ」

「まあ、今日は間接キスだけで満足しておくわ」

アリサが満足そうな顔で言う。

「——美味《うま》い」

ユーケル君が竜泉酒を飲んで感動している。

まあ、湧きたての竜泉酒は香りといい、透き通るように滑らかな舌触りといい、染み渡るような酒精の深みといい、他《ほか》の酒とは一線を画す美味さだからね。

『クロと人族も喰え』

黒竜が焼いた羊をオレ達の前に置く。

「こ、これは？」

「一緒に食べようと言っているんですよ」

竜語の分からないユーケル君には、黒竜の行動が唐突に見えたらしく、ちょっと怯《おび》えている。

半ば消し炭になっていたので、ちゃちゃっと捌《さば》いて焼き肉にする。

『クロ、マヨネーズはないのか？』

『あるよ』

そういえば黒竜はマヨラーだったっけ。

オレは作り置きしてある壺《つぼ》入りのマヨネーズを、格納鞄《ガレージ・バッグ》経由でストレージから出して黒竜に提供する。

『これこれ、これがあると更に美味いのだ！　お前達も喰え！』

「これを使うのか？」

黒竜が爪《つめ》の先で掴《つか》んで差し出した壺から、一掬《ひとすく》い受け取って肉に塗って食べる。

「変わった味だな」

「焼き肉にはそれほど合いませんけど、唐揚げや野菜に付けると美味しいですよ」

オレはスティック野菜を作ってユーケル君に渡す。

その頃《ころ》には仲間達が到着し、少し遅れて騎士に守られたセーリュー伯爵も現れた。

「ペンドラゴン卿……大丈夫なのか？」

「ええ、ご覧の通りです」

セーリュー伯爵が近づいているのがレーダーで分かったので、黒竜に頼んでユーケル君を掌《てのひら》の上に乗せて仲良しアピールをしてもらったのだ。

「マリエンテール卿が御したのか？」

「彼は羊飼い達や牧場主を説得して、山羊や羊を饗《きよう》する事で黒竜の怒りを解いてみせたようです」

「なんと！　そういえば四〇年前に黒竜が襲ってきた時も、山羊を貪り喰ったと記録にあった……」

「マリエンテール卿はその逸話を知っていたのでしょう。すばらしい部下をお持ちですね」

ユーケル君と巫女《みこ》オーナの恋を成就させる為《ため》に、全部彼の功績という事にしよう。

「……ふむ」

セーリュー伯爵がユーケル君と黒竜を見つめる。

重い空気に、作戦失敗の言葉が脳裏を過《よぎ》った。

「――機転は利くようだな」

セーリュー伯爵が重い息を吐き、そう続けた。

もう一押し、という感じかな？

『ヘイロン、良かったらユーケル君を連れて空を飛んでやってくれないか？』

『なぜだ？』

『彼は竜に乗って飛ぶのが夢だったらしいんだ』

そんな話は聞いた事がないけど、伯爵達のサロンで聞いた王祖ヤマトの偉業の一つに「竜に乗って飛ぶ」があったので、その故事に倣ってみたのだ。

『良かろう。背を許す気はないが、掌に乗せて飛ぶくらいなら造作もない』

黒竜がユーケル君を掌に乗せて飛び上がった。

いきなりの事でユーケル君が悲鳴とも歓声とも取れる叫びを上げている。

「飛んだ？　黒竜と共に？」

セーリュー伯爵が驚きの声を漏らし、周囲の人達もざわざわしている。

「嘘《うそ》だろ？　おい？」

「俺は夢を見ているのか？」

「人が竜に乗っている、だと⁉」

「あれは捕まっているんじゃないのか？」

「よく見ろ！　マリエンテールは笑っているぞ」

「いいなぁ、俺も乗りたい……」

伯爵の護衛をする騎士達まで、他の兵士達と一緒に黒竜とユーケル君の姿を目で追っている。

「王祖様のような偉業を、マリエンテール卿が？」

伯爵が口元に手を当て、ユーケル君を見上げた。

よく見ると、指の隙間《すきま》から見える伯爵の口角が上がり、口元が緩んでいる。どうやら、驚きを通り越して、目の前のできごとに興奮しているようだ。

「――ユーケル⁉」

ゼナさんかと思ったら、そこにいたのは巫女オーナだった。

パリオン神殿にいたはずの彼女が、いつの間にかやって来ていたようだ。

「子爵様どういう事ですか⁉　どうしてユーケルが黒竜に捕まっているのですか？」

巫女オーナがパニック状態で、オレの身体《からだ》を揺する。

どうやら、彼女はユーケル君が自ら黒竜の手に登るシーンは見ていなかったようだ。

「こうなったら、パリオン様に降臨願ってでも、ユーケルを助け出さなくては！」

決死の表情で、巫女オーナが空を遊弋《ゆうよく》する黒竜とユーケル君を見上げる。

この場合の降臨というのは、巫女の生命《いのち》を犠牲にして降神を願う祈願魔法の事だろう。

「オーナ様、必要ありませんよ」

「いいえ！　黒竜に捕らわれたユーケルを助ける手段は他にありません」

いつもは冷静沈着な巫女オーナも、恋する相手の為に全《すべ》てを擲《なげう》つ激情を持っているようだ。

「落ち着きなさいってば。ユーケルたんは自分で黒竜に乗ったのよ」

「――自分で？」

アリサが長い棒で巫女オーナの頭を叩《たた》いて注意を引く。

よく見たら、棒ではなく、フランスパン風に焼いたシチュー用のパンだ。

「ほら、手を振ってるでしょ？」

「――あっ」

巫女オーナは自分に向けて手を振るユーケル君に、ようやく気付いたようだ。

『ヘイロン、悪いけど、もう一人一緒に連れて飛んでくれないか？』

『もう一人？　クロかその仲間か？』

『違う。今連れているユーケル君の恋人なんだ』

『恋人？　ああ、番《つがい》の娘か。良かろう、クロに免じて特別だ』

交渉が成立し、黒竜がオレ達の前に急降下してきた。

周りの人達が慌てて逃げ出し、巫女オーナをお付きの神官や神殿騎士が慌てて避難させようとする。

「ユーケル！」

「オーナ様？　――オーナ様も、ご一緒に！」

黒竜の意図を察したユーケル君が、自分がいる竜の掌に巫女オーナを招く。

お付きの神官や神殿騎士が引き留めようとしたが、巫女オーナはそれを振り払い、ユーケル君の手を取って竜の掌の上に上がる。

それを確認した黒竜が、後脚の蹴《け》る勢いだけで高度を取り、十分な高度で巨大な翼をはばたかせて空を舞う。

「うわっぷ。凄《すご》い風ねー」

アリサが風に煽《あお》られる髪を押さえながら見上げる。

「ラブラブカップルの遊覧飛行ね。ご主人様の仕込み？」

「これで公認カップルになるだろ？」

ニヤリと笑うアリサに、オレも同じ悪い笑顔を返す。

「オーナ様まで……」

「どういう事だ？　オーナ様を竜の生《い》け贄《にえ》にするのか?!」

「いや、マリエンテール卿《きょう》が竜の怒りを解いたらしい」

「どうやって？」

「知らん。知らんが、あの姿を見る限り、オーナ様を連れて一緒に飛ぶくらいには気に入られているみたいだぞ」

騎士や兵士達の会話を聞いた伯爵が思案顔になっている。

「竜に乗る騎士と巫女か……これは我が領の誉れになる、か……だが、オーナを託すには……」

伯爵の呟《つぶや》きを聞き耳スキルが拾ってきた。

彼の心の中では、打算と娘への愛情が戦っているらしい。

しばらくして、黒竜がセーリュー市を何度か周回して戻ってきた。

「オーナ様、手を」

「ありがとう、ユーケル」

黒竜の手からユーケル君と巫女オーナが降り立つ。

伯爵を始めとした地上の面々は、黒竜から一定の距離を取っている。

さすがに、黒竜に駆け寄るような無謀な者はいない。

「できる事なら私も黒竜に乗ってみたいが……」

「お止めください閣下！　私も同感ですが、万が一にも竜の怒りを買えば、我らなど盾にもなりません」

竜に乗って飛ぶというのは浪漫があるらしく、伯爵やキゴーリ卿は自分も黒竜に乗りたいようだが、万が一を考えて自重するようだ。

『ヘイロン！　ルルと一緒に山羊《やぎ》料理を作っておいたぞ！』

黒竜が遊覧飛行をしている間に、領軍の工兵に手伝ってもらって準備していたんだよね。

『おお！　ツヤツヤしていて美味そうな丸焼きだ！』

黒竜が照り焼き風にした山羊の丸焼きに涎を垂らした。

「こ、黒竜殿！　我らからの心ばかりの歓迎の印だ。受け取ってくれ！」

伯爵が黒竜に声を掛け、黒竜との宴会が始まった。

黒竜は伯爵をスルーして料理に貪《むさぼ》り付くが、伯爵の方も特に気分を害した感じはない。

むしろ、料理に手を付けてくれてほっとしている感じだ。

その証拠に、伯爵は城の料理人に命じて、豪勢な料理を次々と運ばせて黒竜やオレ達に振る舞ってくれた。

オレも格納鞄経由でストレージから出したタウロスの肉を提供してある。

さすがに格納鞄経由だと、部位ごとにカットした肉しか出せないので、黒竜からしたら食べ応えのないサイズになってしまう。

『小さいが美味いぞ！　クロ、これは何の肉だ？』

『樹海迷宮にいるタウロスだよ』

『樹海迷宮か。今度、狩りに行ってみるか』

黒竜が食欲にギラつく瞳《ひとみ》で言う。

『タウロスの肉なら丸ごとサイズがたっぷりあるから、あとで黒竜山脈まで持っていってやるよ』

『おお！　それはありがたいぞ！』

要塞《ようさい》都市アーカティアに黒竜が遊びに行ったら、ロロやティアさんが大忙しになっちゃうからね。

「にへへ～」

「黒竜のヒトなのです！」

「ご無沙汰《ぶさた》しております、黒竜殿」

獣娘達が肉料理を持って黒竜に挨拶《あいさつ》に行く。

『うむ、大儀である』

黒竜が献上品の肉料理を美味《うま》そうに喰《く》らう。

――LYURYU。

料理の匂《にお》いに釣られたのか、黒竜の気配に反応したのか、ポチの胸元から幼竜のリュリュが姿を現した。

『白竜の子か？　どうしてこんな所にいる？』

黒竜が怪訝《けげん》そうに尋ねた。

『オレ達が保護したんだよ。今は親の白竜を捜している所だ』

『そうか。あやつは子育てなどせぬいい加減なヤツだ』

『知っているのか？』

リュリュの親は育児放棄するタイプらしい。

『竜の谷にいる連中は知らんが、外にいる白竜ならあやつくらいのはずだ』

『居場所は分かるか？　リュリュを届けてやりたい』

『リュリュと名付けたのか。良い名だ』

黒竜が慈しみの視線をリュリュに向ける。

『このままクロが育ててやればいい。持て余しているなら、我が育ててやるぞ？』

『ありがとう、育児に困ったら相談するよ。それより、白竜がどこにいるのか分かるか？』

『あやつは気まぐれだ。風の向くまま気の向くまま、大陸から大陸を渡る。今ごろは南の大陸で、古竜の婆さんとケンカしておるやもしれん』

残念ながら、黒竜もリュリュの親の居場所は知らないようだ。

「ご主人様、後ろ、後ろ」

アリサに言われて振り返ると、肉料理の大皿を抱えた者達が列を成していた。

聞いてみると、獣娘達に倣って黒竜に肉料理を献上したいらしい。強さへの憧《あこが》れがあるのか、騎士や兵士が多い。

『なんだ？　こやつらは？』

『ヘイロンに料理の献上をしたいみたいだ』

『大儀である。貢ぎ物を受けよう』

竜語の分からない人達が、黒竜の声を聞いてすくみ上がる。

「黒竜殿は皆さんの献上品を受け取ってくれるようですよ」

そう言うと、おっかなびっくりのへっぴり腰で黒竜に料理を献上する。

最後の何歩かが無理みたいで、獣娘達が受け取って黒竜の口元に料理を運ぶ。

なんとなく「黒竜の巫女《みこ》」みたいな感じだ。

黒竜が献上品を受け取った事で安心したのか、周りに用意されたテーブルでも御通夜《おつや》のような重苦しい雰囲気が消え、談笑する余裕が出たようだ。

「凄いじゃないか、ユーケル！　伯爵様もお褒めになっていたぞ」

「うむ、マリエンテール卿の偉業は、この目にしかと焼き付けた。後ほど、陛下にも奏上するつもりだ。楽しみにしておれ」

キゴーリ卿とセーリュー伯爵が、ユーケル君と巫女オーナを囲んで上機嫌だ。

巫女オーナは公認っぽい雰囲気に満足そうにしているけど、ユーケル君は伯爵に気安げに肩を叩かれて反応に困っている。

「山菜」

「マスター、ミーアが美味《おい》しい山菜と薬草を見つけてきたと報告します」

今日は肉料理多めだから、ミーアが山菜を摘んできたようだ。

料理をしろという事だろう――って、山菜？

「荘園に山菜？　それは畑で育ててたんじゃないのか？」

「違う」

ミーアが心外そうに首を横に振る。

「黒竜の歌で生えてきたみたいよ」

アリサがほらと指さす先では、ポチとタマに構われて上機嫌の黒竜が、楽しそうに鼻歌を口ずさんでいる。

そういえば、竜の歌は希少な植物を生やすんだったっけ。

「ここはセーリュー伯爵の荘園だし、薬草は返上しよう」

「山菜も？」

「今食べる分はいいんじゃないかな？」

その方が黒竜も喜ぶと思うし。

「ん、焼いて」

「いいよ」

「ご主人様、手伝います」

オレはミーアから受け取った山菜をルルと一緒に下拵《したごしら》えし、宴会料理に加えた。

宴《うたげ》は深夜遅くまで開かれ、竜に乗って飛ぶという「王祖様以来の偉業」を果たしたユーケル君は、引く手あまたの大人気だった。

その人気は、黒竜が去った翌日以降も続き、領内の貴族令嬢達にキャーキャー言われ巫女オーナが嫉妬《しっと》する一幕もあったらしい。

オレ達が第三期の育成を終える頃《ころ》、セーリュー伯爵が正式にユーケル君を巫女オーナの婚約者候補として指名した。

「お父様、『候補』なのですか？」

「マリエンテール卿はまだ年若い。数年ほど経験を積み、その名声に押しつぶされなければ、候補を外してやる」

抗議する巫女オーナに、セーリュー伯爵が海千山千の大貴族の顔でそう言った。

「良いな、マリエンテール卿？」

「はい！　伯爵様！」

「うむ、さらなる功績を積め」

セーリュー伯爵がユーケル君の肩に手を乗せて激励した。

まだゴールじゃないようだけど、後は自助努力でなんとかなるはずだし、オレはこの辺で手を引こう。

「――ユーケル」

「オーナ様」

恋人達が見つめ合う。

頑張れ、若人達よ――なんて、ね。

エピローグ

〝サトゥーです。昔はお盆のたびにお墓を訪れてお参りをしたものですが、今は仕事の忙しさを言い訳にして、足を運ばなくなってしまいました。その埋め合わせではありませんが、法事でお墓に寄った時は念入りにお参りをするようにしています。〟


「先ほど三期生の訓練を終了しました」

オレは報告の為《ため》、伯爵の執務室に来ていた。

「これで契約満了ですね」

「うむ。子爵の仕事には満足している」

伯爵が上機嫌な顔で答えた。

特別訓練生で魔刃を覚えたのはユーケル君を含めて四名だけだったけど、いわゆる「成りかけ」というスキルを覚える前段階に達している者はその倍近いので、いずれ彼らも魔刃スキルを覚える事だろう。

「約束の獣人奴隷達の引き渡しは家令に命じてある。後で受領してくれ」

「承知いたしました」

伯爵から獣人奴隷達の譲渡証明書を受け取る。

そういえば、訓練を妨害していたサボリ騎士ピンカーロやバクター古参兵は降格処分を受け、罰の為に不人気な任務を押しつけられて悲鳴を上げているそうだ。

ちなみに元凶のバカ息子の方は、謹慎処分を受けた上に公職から解雇され、今は厳格な父親が太守を務める鉱山都市で馬車馬のように働かされているらしい。

「キゴーリから卒業生達の活躍を聞いているか？」

「はい、伺いました」

訓練後の飲み会に乱入したキゴーリ卿《きょう》が色々と教えてくれた。

「迷宮の探索と資源の回収率は以前の五割増しだそうだ。しかも、人的被害は回復可能な軽微なものだけだ」

伯爵が窓の外を眺めながらそう言って目を閉じた。

「人的資源を浪費か……まさしく、貴公の言っていた通りだったようだな」

彼は沈痛な表情で言葉を途切れさせた後、こちらを振り返って言う。

「自分の見識の浅さから、愚行を最善手と思い込んでいた己の不明を恥じるばかりだ」

彼が言っているのは、獣人奴隷達を肉壁として犠牲にしていた事を指しているのだろう。

これはたぶん、彼の本音だと思う。キゴーリ卿から、肉壁として死んでいった獣人奴隷達を追悼する為に、伯爵が慰霊碑を建てる事を文官に命じていたと聞いたしね。

「契約にあった獣人達の待遇改善案は、先ほど領内に布告した。下々に浸透するのは先になろうが、それを形骸《けいがい》化させぬと、セーリュー伯爵家の家名と王祖様に誓おう」

シガ王国の貴族にとって、家名と王祖ヤマトの名を出した誓いは一番信用できるはずだから、彼の本気度の高さが分かるというものだ。

その後、王国会議での再会を約束し、彼の部屋を辞した。

◆

「「「リザ！」」」

「アーベ、チタ、ケミ！」

リザと奴隷から解放された獣人達が抱擁を交わす。

昨日、第三期の訓練が終わり、重犯罪奴隷を除く二九六七人の獣人奴隷がオレ達に譲渡された。

リザの知り合いは全《すべ》て奴隷から解放したが、それ以外の獣人奴隷達はセーリュー伯爵からの要請で、ムーノ伯爵領で農奴として数年経《た》ってから解放する事になっている。

なんでも、セーリュー市で解放してしまうと、ムーノ伯爵領で農業や狩猟に従事するのを良しとせず、セーリュー伯爵領で身を持ち崩して盗賊になられても困るとの事だった。

「飛空艇に乗るのは昼からか？」

「いえ、明日の朝の予定です」

熊人のアーベがリザに確認する。

二隻の飛空艇はさっき到着したばかりだ。

ニナさん経由で用意した飛空艇だけど、第二期が始まった時点で乗り切れない予想がついたので、ヒカルに頼んで、王都からムーノ伯爵領への移民を運んだ大型飛空艇をこっちに回してもらったのだ。

それでも一回では運びきれないので、追加した方の大型飛空艇はもう一回往復する事になっている。

「私やこの子が飛空艇に乗る事があるとは思いませんでした」

幼子を抱いた豹頭《ひょうとう》人のチタが感慨深げに言う。

「飛空艇に乗り込むのが明日なら、その前に行きたい所があるんだけど、いいかい？」

犬人や猫人の子供達を後ろに連れた毛長鼠人のケミが、リザに切り出した。

「ご主人様、宜《よろ》しいですか？」

「構わないけど、どこに行きたいのですか？」

前の主人への報復とかだったら、止めないといけない。

獣人奴隷の解放がご破算になったら困る。

「ヨナ婆さんの墓参りだよ」

ケミがぶっきらぼうに言う。

「それなら花を摘んでいきましょう」

マップ検索で花が咲き乱れる場所をチェックして、彼女達を連れて花を摘み、一緒にヨナ婆の墓参りに行く。

「ここ～？」

「ポチは知ってるのです！　ここはヨナのお家《うち》があった場所なのですよ」

ヨナ婆のお墓は、廃屋のようなヨナ邸の敷地内にあった。

「勝手に入って大丈夫かしら？」

「大丈夫だよ。ナディさんに仲介してもらって、ここの所有権は買ってあるから」

訓練の合間に手続きは済ませてある。

「さすごしゅさすごしゅ、手抜かりはないわね」

「再訪した時に、思い出の場所がなくなっていたら嫌だろう？」

幸いにして、使い道のないお金がたっぷりあったしね。

オレ達は毛長鼠人の案内で、ヨナ婆のお墓がある場所に移動する。

「ずいぶん、質素ね」

お墓は木の下に子供の頭ほどの石を置いただけの簡素なモノだった。

「名前くらい刻むか？」

「いらない。ヨナ婆が言ってた。誰《だれ》が埋まってるか知ってる者だけが悼めばいいって」

このお墓にはかつて死んだ他《ほか》の獣人奴隷達の骨も埋まっているそうだ。

オレ達はお墓に花を添え、線香代わりの燭台《しょくだい》に蝋燭《ろうそく》を灯《とも》す。これだけだと寂しいので、生前ヨナ婆が好きだったという濁り酒を杯に注《つ》いでやる。

「ご主人様《しゅいんさあ》、またね《あえ》」

「ご主人様《しゅいんさあ》、淋《さい》しい《しー》」

「ご主人様《しゅいんさあ》、ぼく元気《おくえんい》」

犬人や猫人の子供達が少ない語彙《ごい》でヨナ婆との別れを惜しむ。

「ご主人様、あんたの事、嫌いじゃなかったぜ」

「ご主人様、お世話になった日々は忘れません」

「だー」

熊人と豹頭人の母子が花を捧《ささ》げる。

「先にくたばっちまいやがって……」

毛長鼠人が吐き捨てるように言って、墓石に花を叩《たた》き付けた。

「「「ケミ！」」」

熊人や子供達が毛長鼠人に非難の声を上げる。

だが、続く言葉は毛長鼠人の頬《ほお》を流れる涙を見て止まった。

「なんでだよ、一〇〇まで生きるんじゃなかったのかよ」

毛長鼠人が墓石に額を押しつけるようにしてむせび泣く。

この場で誰よりもヨナ婆の死を悼んでいたのは彼女だったらしい。

「すまねぇな。かっこ悪い所を見せちまった」

「いいえ、そんな事はありません」

恥ずかしそうにそっぽを向く毛長鼠人に、リザが優しい声で言う。

彼女達とヨナ婆との確かな絆《きずな》にほっこりしつつ、ヨナ邸を後にする。

「「「マスター」」」

門の方へ歩いていると、ナナ姉妹が一斉にオレを見た。

「「「私達も前マスターに花を手向けたいと告げます」」」

ナナ姉妹達がそんな事を言い出した。

ヨナ婆を悼む獣人達を見て、前マスターである「不死の王《ノーライフキング》」ゼンの事を思い出したのだろう。

「いいよ、明日の朝までだと時間が足りないから、二回目の移民時に行こうか」

「「「イエス・マスター」」」

今夜の内に、夜陰に紛れて閃駆《せんく》を使えば、すぐに山頂まで行けるし、転移ポイントを先に作っておけば、「揺り篭《クレイドル》」跡地まで花を手向けに行くのも楽ちんだしね。

「どうしました？」

リザが犬人や猫人の子供達と何か話している。

「ナディ《なり》にお礼言《いい》いたいです《えいられ》」

「店長《れんちょ》にも《お》」

「ご主人様、宜しいでしょうか？」

「急ぐ用事もないし、別に構わないよ」

子供達のお願いで、なんでも屋に寄っていく事にした。

「――リザ師匠！」

呼び止める声に振り向くと、三人ほどの兵士がいた。

名前は覚えていないが、第二期の卒業生の一人だったと思う。

「この人がリザ師匠？」

「初めまして！　もう訓練は行わないのでしょうか？　自分は訓練の選考に漏れて、師匠の訓練に参加できなかったのが残念で、残念で」

一人が驚き、もう一人がリザに懇願する。

急に言い寄られて、リザが困り顔だ。

「おい、離れろ！　すみませんリザ師匠、暑苦しいヤツらで」

卒業生が懇願兵士を、リザの前から引き離す。

「いいえ、構いません。ですが、私の一存では訓練をつけられませんので――」

リザが視線で助けを求めてきたので、「セーリュー伯爵からの依頼があれば考慮しますよ」と言っておいた。

「あー！　ルル師匠！」

「タマちゃん先生とポチちゃん先生も！」

「ナナ様やミーア様、それにアリサもいるじゃないか」

他の卒業生達もオレ達を見つけて集まってきた。

亜人である獣娘達が人族の卒業生達と、姿を隠す事なく対等に談笑している。

ごくごく当たり前の光景だけど、少し前のセーリュー市ではありえないものだった。

それはごく一部だけの奇跡かもしれない。

でも、これはリザや仲間達が起こした変化だ。オレはそんな変化を齎《もたら》したリザ達を誇りに思う。

◆

「ご主人様、ポチ達はユニに会ってきていいのです？」

卒業生達と別れ、なんでも屋の前まで来ると、そわそわした感じのポチに聞かれた。

「ああ、構わないよ」

「やった～」

「わーい、なのです！」

ポチとタマがユニちゃんに会いに門前宿へ駆けていく。

オレ達は獣人達と一緒に、なんでも屋に行き、ナディさんと店長に、これまでのお礼を告げ、心ばかりの謝礼を追加で渡した。

「ナディさん、家の買い取りの件ではお世話になりました」

「いえいえ、もともと借金の形《かた》に商業ギルド扱いになっていた空き家ですし、買い取っていただけてこちらも助かりました」

ヨナ婆の遺産を相続した甥は、博打《ばくち》にのめり込んで借金奴隷に落ちてしまったそうだ。

今は数が大幅に減った獣人奴隷達の代わりに、人族の奴隷達が鉱山都市へ送られているそうなので、借金額の多い彼もそこに送られた可能性が高い。

「ユーヤ、感謝」

「ナディ」

「でも、感謝」

「了解」

ミーアが店長にお礼を言っている。

たぶんだけど、店長はナディがやった事だから礼は不要と断って、それでもミーアが礼を言いたくて店長がそれを受け取った感じかな？

相変わらず、言葉が短すぎて内容の翻訳が必要な二人だね。

「サトゥーさーん」

門前宿の方からマーサちゃんがやってきた。

ユニちゃんを連れたポチとタマも一緒だ。

「この子達から聞いたんだけど、もう行っちゃうの？」

「うん、ここでの仕事も終わったからね」

「えー、寂しくなるなー、今度来た時は泊まっていってね。その頃《ころ》には宿も増えて、混雑も落ち着いていると思うから」

「その時はぜひ寄らせてもらうよ」

「寄るだけじゃなくて、泊まっていってよー。安く――はできないけど、真心のこもった美味《おい》しい料理と清潔なベッドを用意しておくからさ」

マーサちゃんが初めて会った時のセリフを言う。

ちょっとはにかんだ笑みを浮かべているところを見ると、彼女もあの時の事を覚えていたようだ。

「分かった。その時は泊まるよ」

「約束だよ！」

マーサちゃんと指切りを交わす。

「ポチもまた馬小屋に泊まって、ユニの手伝いをしてあげるのです！」

「藁《わら》のベッドはお任せあれ～？」

「あはは、ポチちゃんもタマちゃんも、もう御《お》貴族様なんだから、ちゃんとお部屋に泊まれるはずだよ。ね、マーサさん？」

ユニちゃんが笑いながらマーサちゃんに尋ねる。

「うん、もちろんだよ。伯爵様から、これからは獣人の旅人も増えるから、宿泊拒否や入店拒否は禁止だって通達があったもん。獣人への暴力や差別発言をするのも禁止になったって、お客さんが騒いでたよ」

セーリュー伯爵はちゃんとオレと契約を結んだ待遇改善案を実行してくれているらしい。

宿泊拒否や入店拒否の禁止は待遇改善案には含まれていなかったけど、ちゃんと迷宮都市の発展に即した未来図を見て追加してくれたようだ。

「そっか、でもすぐに馴染《なじ》むと思うよ」

「そうかな？　でも、この子達とユニを見ていると、そんな日がすぐ明日にでも来そうな気がしてくるよ」

マーサちゃんが笑う。

初めてポチやタマに会った時、「獣人に親切にするなんて」と言って引いていた彼女はもういないようだ。

こんな風に、差別が減っていくといいね。

◆

「サトゥーさ――」

城に戻ってすぐにゼナさんに出会った。

「――ぁああああああああああああん」

こっちに駆けてこようとしたゼナさんが、ドップラー効果を引きながら遥《はる》か彼方《かなた》に駆け抜けていく。

「すぴーでぃ～？」

「ポチの瞬動と同じくらい速いのです」

「ゼナ様は大丈夫でしょうか？」

タマとポチが感心し、リザがゼナさんを心配する。

「大丈夫ですか、ゼナさん」

「すみません、サトゥーさん。まだ慣れてなくて」

ゼナさんに手を貸すと、ピリッと静電気が流れた。

彼女の手には雷爺《じい》の持っていた雷鳴環が嵌《は》まったままになっている。

「――きゃ」

雷鳴環が光って、ゼナさんが魔族戦で見せたハイパーモードに移行した。

「すみません、まだ私の意思とは無関係に、雷獣との半融合状態になってしまうんです」

あのハイパーモードは、雷鳴環に封印された雷獣との半融合状態らしい。

ゼナさんが深呼吸して瞑想《めいそう》に入ると、しばらくしてハイパーモードが解除された。

「こちらにいたか、ゼナ」

「お師匠様」

兵舎の陰から、雷爺と孫が姿を現した。

「さっき光っておったのはゼナか？」

「すみません、未熟で――」

「構わん。雷獣を封じた雷鳴環を自在に扱えるようになれば、わしを超える雷魔法使いになるのも時間の問題だ」

「ですが、ベックマン男爵家の家宝を私がずっと独占しているのは……」

「構わん、構わん。雷獣を封じて以来、雷鳴環はゼナ以外が触れる事を良しとせん。お前が現役を引退するまでは、そのまま使っておれ」

謝罪するゼナさんに、雷爺は鷹揚《おうよう》に笑いかける。

「そういうわけで、サトゥーさん。本当なら前に案内できなかった貴族街をご案内したかったんですけど、当分はお城から出られなくて」

「今のお前が出歩いて、放電でもすれば一般人など、コロリと死んでしまうわ」

申し訳なさそうに話すゼナさんに、雷爺がツッコミを入れた。

「制御が安定するまでは、わしの下で修行じゃ」

雷爺がそう言って、かんらかんらと笑う。

「ペンドラゴン子爵！」

城の方からオレに声を掛けたのは、領軍の礼服を着たゼナさんの弟ユーケル君だ。

一緒にいる巫女《みこ》オーナも、神殿の儀式用巫女服を着ている。

「こんにちは、今日は何かあったんですか？」

「はい、迷宮都市セリビーラへの派遣選抜隊の任命式があったんです」

ユーケル君と巫女オーナは、迷宮都市に派遣済みの選抜隊と交代しに行くそうだ。

「ペンドラゴン子爵、自分もミスリルの探索者を目指します」

「危険ですよ？」

「分かっています。目指して不可能だと判断したら、素直に撤退します。賭《か》けるのは自分の命だけではありませんから」

そう言ってユーケル君は巫女オーナを見た。

うん、二人の明るい未来の為《ため》にも、「命を大事に」を基本に頑張ってほしい。

そうだ――。

「迷宮都市には知り合いがたくさんいますから、後で紹介状をお渡ししますね」

太守夫人と元緑貴族ことポプテマ前伯爵、ギルド長、迷宮方面軍の将軍あたり宛《あて》の紹介状を書いておけばいいだろう。

「それは助かります。ユーケル、お礼を言いなさい」

「はい、感謝します、ペンドラゴン子爵」

既にユーケル君は巫女オーナの尻《しり》に敷かれているらしい。

◆

獣人達のムーノ伯爵領への移民は順調だ。

ブライトン市の太守代理のリナ嬢が有能なので、滞りなく獣人達を受け入れてくれている。

移民事業が二回目だという事もあるしね。

「マスター、『揺り籠《クレイドル》』の跡地に誰《だれ》かいます」

今日は移民事業の合間を利用して、揺り籠の跡地までゼンに花を手向けに来ている。

「人がアリのようだと告げます」

姉妹の長姉のアディーンが谷底で行列を作って何かを運び出す人を指さすと、その姿を末妹のユイットがアリに喩《たと》えた。

「むぅ？」

「何をしているんでしょう？」

ミーアとルルが首を傾《かし》げる。

「白いモノを運んでいるようですね」

「あれは塩だよ」

リザの言葉を補足する。

揺り篭を作ったトラザユーヤが組み込んだ自壊装置によって、山樹をベースにした「トラザユーヤの揺《ゆ》り篭《かご》」は塩の塊となって崩れた。

谷底で作業している人達は、塩を運び出しているのだろう。

「あれって、揺り篭の残骸《ざんがい》よね？　食べて大丈夫なのかしら？」

アリサが疑問を口にした。

「大丈夫だと思うぞ」

戦利品の自動回収《オート・ルート》に巻き込まれて、少量とは言えない量の塩がストレージに入っているけど、普通に摂取して問題ないと表示されている。

「花を手向けたいと告げます」

「どこに供える？」

揺り篭の残骸が降り積もって小山になっている場所か、谷を一望できるここか。

「トリアはここがいいと提案します」

「そうですね。結婚指輪を納めた奥様と前マスター・ゼンのお墓はフジサン山脈の中腹にあります
し」

姉妹の三女トリアが主張すると、長姉アディーンが理由を挙げて同意した。

「『前マスター・ゼンの冥福《めいふく》を祈ると告げます』」

オレが作った墓石に花を手向け、姉妹達が祈りを捧《ささ》げる。

ここまで来たんだし、赤兜《あかかぶと》あたりの顔も見ていきたかったが、彼は里を留守にしているような
ので、またの機会にするとしよう。

帰還《リ》転移《ターン》で麓《ふもと》までの距離をショートカットし、セーリュー市へと戻った。


ユニちゃんに山で見つけたお花をあげるというポチとタマを連れて門前宿を訪問する。

「きゃああ」

門を潜《くぐ》る直前にユニちゃんの悲鳴が聞こえた。

タマとポチが門前宿に駆け込む。

「ユニ大丈夫〜？」

「ポチ達が来たからもう安心なのです、よ？」

決死のタマとポチの顔が、微妙なモノに変わった。

そこにはバケツに足を突っ込んで尻餅《しりもち》をついたユニちゃんの姿があった。

彼女が持っていたであろう荷物の包装が解け、中身が水浸しになっている。

「ユニ！　──って、先に荷物荷物！」

奥から飛び出てきたマーサちゃんが、荷物を水溜《みずた》まりから取り上げる。

「あちゃー、ずぶ濡《ぬ》れだ。傷んでなかったらいいけど……」

マーサちゃんが包みを解いて中身を確認する。

──え？

思わず、その一つに手が伸びた。

「ちょ、ちょっと、サトゥーさん、勝手に触ったらダメだって」

マーサちゃんが抗議しているが、それどころではない。

「何？　祝福の宝珠《ギフト・オーブ》？」

「──いや」

酷似しているが、内包しているモノが激ヤバだ。

「返してサトゥーさん。それは賢者様のお弟子さん宛の荷物なんだから」

マーサちゃんが手を伸ばすが、素直に返すのが躊躇《ためら》われる。

なぜならば──。

「マーサちゃん、お城に使いを出して」

「何かヤバい物なの？」

「ああ、とっても、ね」

これは「権能の宝珠《アビリティ・オーブ》」。

問題は中に入っている権能だ。

その権能はユニークスキル「闇炎抱擁《ダークフレア・エンブレイス》」。

偽王「背徳妃」が使っていたユニークスキルだった。

もしかしたら、ヨウォーク王国で魔王が発生したのは、賢者の弟子とやらが仕組んだモノだったのかもしれない。

「――ご主人様」

「ああ、あの事件は――」

まだ終わっていないのかもしれない。

◆

その頃《ころ》、オレの知らぬところで――。

「この痕跡《こんせき》は『まつろわぬもの』に間違いない」

ヨウォーク王国に現れた人影が、誰に言うともなく呟《つぶや》いた。

「そのくせ、神の痕跡はほとんどない」

人影——黒と見まがうほど濃い紫色の服を着た青年が周囲を見回す。

「封印が解けてすぐで、本来の数パーセントにも満たないほど弱体化しているとはいえ、勇者や転生者にどうこうできる相手じゃない——いったい何者が？」

青年は短い顎髭《あごひげ》を触りながら思案する。

彼は思考する時に、独り言を呟く癖があるようだ。

「魔王の痕跡は預言通りだが……何か薄いな」

青年の姿が消え、王城の地下にある遺跡へと移動した。

そこには幾人もの兵士がいるというのに、青年に気付いた者はいない。

青年は九つの宝玉が嵌まった扉の前に立つ。

「やはり、ザイクーオンの封印が緩んだのが原因か……」

苦々しい顔で、くすんだ黄色い宝玉を睨《にら》み付ける。

「あんな無能でも必要か……まったく、いたら余計な事しかしないし、いなくても迷惑を掛けるとは、愚かな厄神め」

青年が怒りを鎮めるように目を閉じた。

「やむを得ん。せっかく溜めた力を、あんなバカを復活させるのに使うのは業腹だが、こう何度も封印した『まつろわぬもの』が復活しては世界の均衡が崩れる。このままでは復活したヤツらを道しるべに、外から新しいヤツらが入り込まんとも限らん」

そうなっては事だ、と青年が忌々しげに呟いた。

「気が進まんが、ザイクーオンを復活させる方向で調整するか。後はここの瘴気《しょうき》だが――」

青年の姿が廃墟《はいきょ》となった王城の上に現れる。

「まつろわぬものや魔王が出たにしては、瘴気も薄い。これなら浄化用に迷宮を創るまでもないか」

青年が廃墟同然のヨウォーク王都を見回す。

「セーリュー市の新しい迷宮とクボォーク王国の再生迷宮で事足りるだろう。ゴロウの反応があるし、サガ帝国に寄った時にでも聞けば、おおよその真相は分かりそうだ」

そう呟く青年の前に、見回りの兵士が出くわした。

「何者だ！　ここは立ち入り禁止――」

兵士が誰何《すいか》した時、そこにいたはずの青年の姿は消えていた。


「ここの迷宮は壊されたか」

青年の姿は遠く離れたクボォーク王国にあった。

「セーリュー市の迷宮の状態によっては新しく――」

「――鈴木先輩？」

前髪が目元まで伸びた童顔の少年が、青年の顔を見上げて驚きの声を上げた。

「お前は誰だ？」

「僕ですよ僕！　――ってあれ？　先輩が大きくなってる？　それに髭《ひげ》なんて生やしてましたっけ？」

「なるほど、別次元の光子《みつこ》か……いや、違うな。巻き込まれただけの不運な少年か」

「あの～、鈴木先輩、ですよね？」

童顔の少年――サトゥーが後輩氏と呼んだ彼を、青年は酷薄な目で見下ろす。

「レージ、何かあったの？」

「大丈夫、知り合いと会っただけだよ」

不安そうな女性が、近くの建物から後輩氏を呼ぶ。

「なるほど、現地妻がいるなら、元の世界に送り返すわけにもいかんか」

青年は表情を和らげ、無造作に後輩氏の頭に手を乗せる。

「祝福を与えよう」

青年の手が紫色に輝き、後輩氏の身体《からだ》を包む。

後輩氏がその光に驚いていると、いつの間にか青年の姿はなくなっていた。

「レージ、今のは？」

「さあ？　何が何やら」

後輩氏は狐《きつね》に化かされたような顔で、新婚ほやほやの奥さんを抱き寄せた。

彼がその身に起こった事を理解するのは、少し先の事となる。

青年の姿はセーリュー市の門前広場にあった。

「サトゥーさん？」

門前宿の看板娘マーサが青年の後ろ姿に声を掛けた。

「佐藤《さとう》？　その間違いは不愉快だ」

「ごめんなさい」

本気の叱責《しっせき》に、マーサが反射的に謝る。

「そういえばちょっとおじさんだ」

「マーサさん、失礼ですよ」

マーサの後ろにいた、小間使いのユニが窘《たしな》める。

「ごめん、ユニ」

「あたしじゃなくて、その人に謝ってください」

ユニに窘められ、マーサが青年に詫《わ》びる。

「幼子に免じて許してやる」

その言葉を耳にした時、青年の姿は門前広場になかった。


青年の姿はセーリュー市の地下「悪魔の迷宮」の深部にあった。

「アタキシ、歓迎！」

目玉に腕と翼が生えた下級魔族が、青年の前に現れる。

「魔族か、失《う》せろ」

その一言だけで、下級魔族が黒い靄《もや》になって散った。

青年はその事に頓着《とんちゃく》せず、近くの壁を触って何かを確かめる。

「迷宮種《ダンジョン・シード》の定着はまずまずか、これなら他《ほか》に迷宮を創らずとも、竜の谷の源泉が淀《よど》む事もない」

青年が消え、また別の場所に現れる。

そこは竜の谷にほど近い「戦士の砦《とりで》」と言われる廃墟だ。

「気配が薄い」

青年が竜の谷の方向を見つめながら呟いた。

「君は眠っているのか――」

淡々とした口調なのに、溢《あふ》れるほどの敬愛と愛情と執心が篭《こ》められていた。

「――愛しのアコンカグラ」

あとがき

　こんにちは、愛七《あいなな》ひろです。

「デスマーチからはじまる異世界狂想曲」二七巻をお手に取っていただき、誠にありがとうございます！

　こうして三〇巻に迫る勢いで巻数を重ねる事ができているのも、応援してくださる読者の皆様のお陰です。これからも今まで以上の面白さを探求して参りますので、ぜひとも今後も変わらぬご支持をお願いいいたします。


　さて、それではあとがきを読んでから買うか決める方のために、本巻の見どころを語るとしましょう。

　二七巻では物語の始まりの地ともいうべきセーリュー市を再訪します。

　ゼナさんはもちろん、二巻以来久々に門前宿の看板娘マーサちゃんや小間使い幼女ユニちゃん、なんでも屋のナディさんや店長などが登場します。書いていて思わず懐かしくなって、ついつい出番を増やしてしまった程です。

　作中に登場するヨナ婆さんや奴隷達が分からない方は、デスマＥｘ巻の書き下ろし短編「リザの古馴染《ふるなじ》み」を参照していただけると幸いです。アニメ版で出番の多かったセダム市の陶器工房主も登場しますよ〜。こちらで語っている陶器「幻の青」のエピソードはデスマＥｘ二巻の書き下ろし短編「幻の青」をご覧くださいな〜。

ＷＥＢ版の再訪時には、ゼナさんの縁談を巡ってセーリュー伯爵とバチバチ舌戦を繰り広げたサトゥーですが、書籍版ではゼナの立場が少々違うのもあって、ＷＥＢ版とは大きく違う流れに。ただし、書籍版ではＷＥＢ版とは全く違う理由でセーリュー伯爵と熾烈《しれつ》な舌戦を繰り広げる事になるのです。歴史の修正力って奴ですね（違う。

もちろん、セーリュー市方面のなつかしキャラだけではありません。リザ達の活躍やデスマでお馴染《なじ》みの観光地ご飯も健在です。

また、エピローグでは予想外の人物が、ＷＥＢ版よりも随分早い登場となります。前巻の最後に後輩氏が登場したのも、今回の伏線だったり。

あまり書きすぎると、ネタバレに突入してしまうので、見どころのお話はこの辺りで締めましょう。

では恒例の謝辞を！

担当編集のＩ氏とＡさんのお二人にはいくら感謝してもしきれません。的確な指摘や改稿アドバイスのみならず、作者が見落とした矛盾点や設定間違いなどを的確に見つけてフォローしてくださるお陰で非常に助かっています。これからも末永くご指導ご鞭撻《べんたつ》の程よろしくお願いいたします。

素敵なイラストでデスマ世界に色鮮やかな彩りを与えて盛り上げてくださるｓｈｒｉさんにはい

くらお礼を言っても言い足りません。今回のリザが手を差し伸べる表紙も素敵です。

そして、カドカワＢＯＯＫＳ編集部の皆様を始めとして、この本の出版や流通、販売、宣伝、メディアミックスに関わる全《すべ》ての方にお礼を申し上げます。

最後に、読者の皆様には最上級の感謝を‼

本作品を最後まで読んでくださって、ありがとうございます！


では次巻、デスマ二八巻「東方小国編」でお会いしましょう！

愛七ひろ

お便りはこちらまで

〒102－8177
カドカワBOOKS編集部　気付
愛七ひろ（様）宛
shri（様）宛

カドカワBOOKS

デスマーチからはじまる異世界《いせかい》狂想曲《きょうそうきょく》　27

2023年１月10日　初版発行

著者／愛七《あいなな》ひろ

発行者／山下直久

発行／株式会社KADOKAWA

〒102-8177
東京都千代田区富士見2-13-3
電話／0570-002-301（ナビダイヤル）

編集／カドカワBOOKS編集部

印刷所／大日本印刷

製本所／大日本印刷

●お問い合わせ
https://www.kadokawa.co.jp/（「お問い合わせ」へお進みください）
※内容によっては、お答えできない場合があります。
※サポートは日本国内のみとさせていただきます。
※Japanese text only

Printed in Japan
ISBN 978-4-04-074817-7 C0093

新文芸宣言

かつて「知」と「美」は特権階級の所有物でした。

15世紀、グーテンベルクが発明した活版印刷技術は、特権階級から「知」と「美」を解放し、ルネサンスや宗教改革を導きました。市民革命や産業革命も、大衆に「知」と「美」が広まらなければ起こりえませんでした。人間は、本を読むことにより、自由と平等を獲得していったのです。

21世紀、インターネット技術により、第二の「知」と「美」の解放が起こりました。一部の選ばれた才能を持つ者だけが文章や絵、映像を発表できる時代は終わり、誰もがネット上で自己表現を出来る時代がやってきました。

UGC（ユーザージェネレイテッドコンテンツ）の波は、今世界を席巻しています。UGCから生まれた小説は、一般大衆からの批評を取り込みながら内容を充実させて行きます。受け手と送り手の情報の交換によって、UGCは量的な評価を獲得し、爆発的にその数を増やしているのです。

こうしたUGCから生まれた小説群を、私たちは「新文芸」と名付けました。

新文芸は、インターネットによる新しい「知」と「美」の形です。

2015年10月10日

井上伸一郎

摩訶不思議な
山暮らし――
ニワトリ(?)たちと
癒やしのスローライフ開幕！

前略。山暮らしを始めました。

浅葱　illust. しの

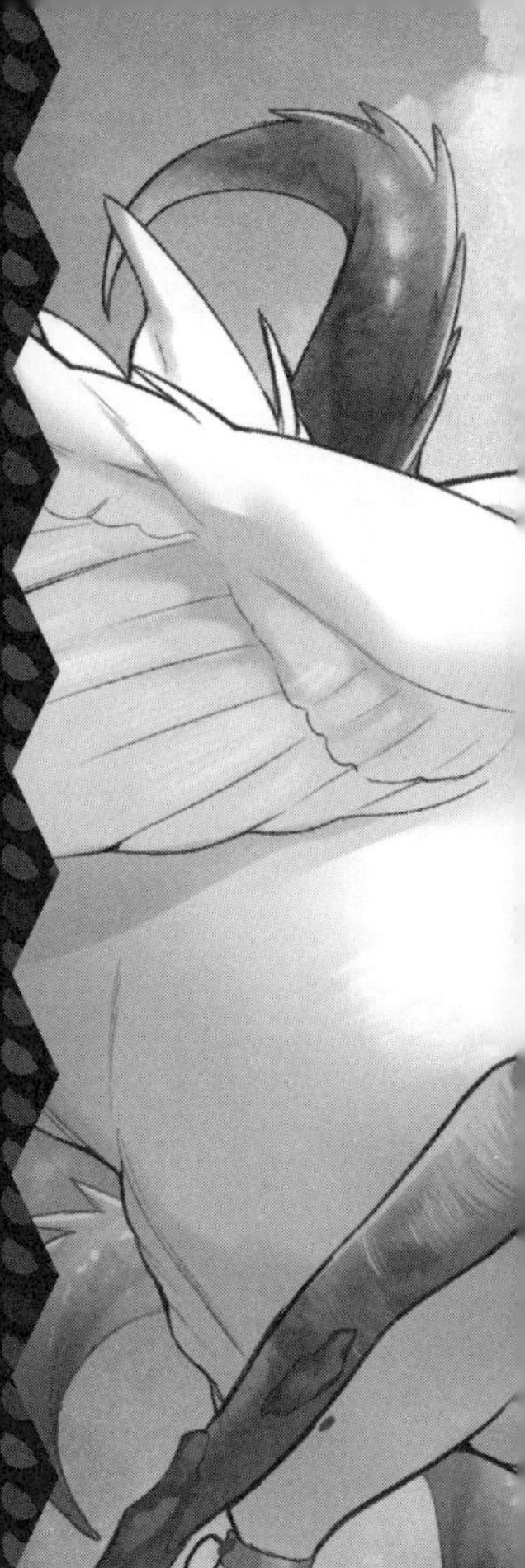

ひょんなことがきっかけで山を買った佐野は、縁日で買った３羽のヒヨコと一緒に悠々自適な田舎暮らしを始める。気づけばヒヨコは恐竜みたいな尻尾を生やした巨大なニワトリ（？）に成長し、言葉まで喋り始めて……。

「どうして――!?」「ドウシテー」「ドウシテー」「ドウシテー」

「お前らが言うなー！」

癒やし満点なニワトリたちとの摩訶不思議な山暮らし！

カドカワBOOKS

あらゆる強者を
『お取り寄せグルメ』で
餌付けして、
なつかれちゃいました！
米織 illust. LINO
カドカワBOOKS
使えないスキル持ちだったせいで家を追い出され、竜の生贄に選ばれてしまったフランチェスカ。しかし土壇場で前世の記憶を思い出しスキルが開花！　それは、地球からグルメを召喚する『お取り寄せ』のスキルで……？

ツンデレ悪役令嬢
リーゼロッテと
実況の遠藤くんと
解説の小林さん
恵ノ島すず
イラスト えいひ
隠したい本心がダダ洩れ!?
今最もカワイイ悪役令嬢!
B's-LOG COMIC＆
異世界コミックにて
コミカライズ
連載中!!!!
作画：逆木ルミヲ
はわわ
カドカワBOOKS

STORY

乙女ゲームの王子キャラ・ジークは突然聞こえた神の声に戸惑う。曰く婚約者は“ツンデレ”らしい。彼女の本心を解説する神の正体が、現実世界のゲーム実況とは知る由もないジークに、神は彼女の破滅を予言して――?